忘れられた少女

上

カリン・スローター

田辺千幸 訳

GIRL, FORGOTTEN
BY KARIN SLAUGHTER
TRANSLATION BY CHIYUKI TANABE

ハーパー
BOOKS

GIRL, FORGOTTEN

BY KARIN SLAUGHTER

Published by K.K. HarperCollins Japan, 2023

ミセス・D・ジンジャーに

忘れられた少女 上

おもな登場人物

アンドレア(アンディ)・オリヴァー——米国連邦保安局の保安官補
レナード・バイブル——同右。通称キャットフィッシュ
マイク・ヴァーガス——同右。証人保護プログラム担当
セシリア・コンプトン——アンドレアの上司。司法警備部門の副部長
エスター・ローズ・ヴォーン——連邦判事
フランクリン・ヴォーン——エスターの夫。元大学教授
エミリー(エム)・ローズ・ヴォーン——エスターとフランクリンの娘
クレイトン(クレイ)・モロウ——エミリーの友人
バーナード(ナード)・フォンテーン——エミリーの友人
エリック(ブレイク)・ブレイクリー——エミリーの友人
エリカ(リッキー)・ブレイクリー——エミリーの友人。ブレイクの双子の妹
ジャック・スティルトン——エミリーの友人。現警察署長
メロディ・ブリッケル——エミリーの友人
ディーン・ウェクスラー——元高校教師
スター・ボネール——ウェクスラーの農場で暮らす女性
ジュディス——エミリーの娘
ギネヴィア——ジュディスの娘
ローラ——アンドレアの母親
ゴードン——アンドレアの養父
ニコラス・ハープ——アンドレアの実父

一九八二年四月十七日

エミリー・ヴォーンは鏡に向かって顔をしかめた。ドレスは店で見たとおりに美しい。問題は自分の体だ。エミリーはその場でくるりと回り、さらにもう一度回って、岸に打ちあげられた死にかけの鯨のように見えない角度を探した。

部屋の隅から祖母の声がした。「ローズ、あなたはクッキーを食べないようにしないと」

エミリーはつかの間考えた。ローズは、世界大恐慌の最中に結核で死んだ祖母の妹だ。エミリーのミドルネームは、彼女にちなんでつけられていた。

「おばあちゃん」エミリーはお腹《なか》に手を当てて言った。「クッキーのせいじゃないと思う」

「そうなの？」祖母の唇に意味ありげな笑みが浮かぶ。「わたしにも分けてくれればよかったのに」

エミリーは再び顔をしかめたが、すぐに笑顔を作った。祖母のロッキングチェアの前に、ぎこちなく膝をつく。祖母は子供サイズのセーターを編んでいた。その指はハチドリのように、小さな襟の上でひらひらと踊っている。ヴィクトリア朝風のワンピースの袖は、片方がまくりあげられていた。エミリーは、祖母の骨ばった手首にぐるりと残された濃い紫色の痣《あざ》にそっと手を触れた。

「ぶきっちょで不格好」歌っているような祖母の言葉は、千もの言い訳のようだった。

「フレディ、パパが帰ってくる前にそのドレスは着替えなきゃだめよ」

今度は、エミリーを叔父のフレッドだと思っている。認知症というのは、家のクローゼットにずらりと並んだ骸骨のあいだをうろつくようなものだ。

エミリーは訊《き》いた。「クッキーを取ってきてほしい?」

「それはいい考えね」祖母は編み物を続けていたが、いまでは決して焦点を結ぶことのなくなった目が、不意にエミリーをとらえた。唇が笑みを作る。貝殻の裏側の真珠のような輝きを眺めているかのように、小首をかしげた。「なんて滑らかでつややかな肌なのかしら。とてもきれいよ」

「そういう家系なの」いまの状況をほぼ正常に認識しているらしく、祖母の目つきが変わったことにエミリーは驚いた。あたかも、雑然とした脳みそに張られた蜘蛛《くも》の巣を箒《ほうき》で払ったかのように、祖母がまたそこにいた。

エミリーは祖母のしわだらけの頬に触れた。「こんにちは、おばあちゃん」

「こんにちは、かわいい子」祖母は編み物をする手を止めて、エミリーの顔を包んだ。

「誕生日はいつ？」

　できるかぎりの情報を与えなくてはならないことはわかっていた。「二週間後に十八になるわ、おばあちゃん」

「二週間」祖母の笑みが広がった。「若いって素晴らしい。希望でいっぱい。あなたの人生は、まだなにも書かれていない本だね」

　エミリーは身構え、感情の波に対抗するための目に見えない砦《とりで》を作った。泣きだしたりして、このひとときを台無しにするつもりはない。「おばあちゃんの本の話をして」

　祖母は顔を輝かせた。話をするのが大好きなのだ。「あなたのお父さんを身ごもったときの話はした？」

「ううん」エミリーは答えたが、その話ならもう何十回も聞いていた。「どんなふうだったの？」

「ひどかった」その言葉が重苦しいものにならないよう、祖母は笑いながら言った。「朝も夜も吐いてばかり。ベッドからほとんど出られなくて、料理もできなかった。家の中はひどい有様。外はものすごく暑くてね。髪を切りたくてたまらなかった。とても長くて腰まであったんだよ。洗ったあとは、乾かすより先に、暑さのせいでぼさぼさになった」

　祖母は『バーニス・ボブズ・ハー・ヘア』（F・スコット・フィッツジェラルドの短編）と自分の人生を混同しているのだろうかと、エミリーは考えた。祖母はしばしば、フィッツジェラルドとヘミングウェイを思い出す。「どれくらい短く切ったの？」

「まさか。切ったりしていないよ」祖母が言った。「あなたのおじいさんが切らせてくれなかった」

驚きのあまり、エミリーの口があんぐりと開いた。小説ではなく、本当の話らしい。

「いろいろと面倒だったんだよ。わたしの父さんは巻き添えを食ってね。母さんとふたりでわたしを擁護しに来てくれたんだけれど、あなたのおじいさんが家に入れようとしなかった」

エミリーは、祖母の震える手を強く握り締めた。

「フロントポーチで言い争っていたのを覚えているよ。もう少しで殴り合いになりそうだったけれど、母さんが止めた。赤ん坊が生まれるまで、わたしを連れて帰って面倒を見たいって母さんが言ったんだけれど、あなたのおじいさんは断った」まるで、たったいま起きたことのように、祖母は驚いた顔になった。「あの日、連れて帰ってくれていたらわたしの人生がどれほど違っていたか、想像してみてごらん」

エミリーにはとても想像できなかった。自分の人生が陥っている現実のことしか考えられない。エミリーも祖母と同じように、囚《とら》われてしまっていた。

「小さな羊ちゃん」祖母の節くれだった指が、こぼれそうなエミリーの涙を拭った。「悲しまないで。あなたはここを出ていく。大学に行く。あなたを愛してくれる人に出会う。

あなたを大好きになる子供を産む。素敵な家で暮らすのよ」

エミリーは胸が締めつけられるのを感じた。そんな人生を送る夢は消えた。

「わたしの宝物」祖母が言った。「これだけは信じて。生と死のベールに囚われたせいで、わたしは過去と未来の両方が見えるようになったの。あなたの未来には幸せしか見えない」

押し寄せてくる悲しみの重さに、砦がひび割れていく。どういうことになろうと——いいことであれ、悪いことであれ、どうでもいいことであれ——彼女の未来を祖母が目にすることはない。「大好きだよ、おばあちゃん」

返事はなかった。祖母の目に蜘蛛の巣がかかり、ぼんやりしたいつもの表情に戻っていた。見知らぬ人の手を握っていると思ったのか、気まずそうに編み針を手に取り、再びセーターを編みはじめた。

エミリーは残った涙を拭い、立ちあがった。見知らぬ人が泣いているのを見ているほど気まずいものはない。鏡が目に入ったが、これ以上自分の姿を見なくてもすでに気分は最低だった。そもそも、なにひとつ変わることはないのだから。

エミリーが荷物を持って部屋を出たときも、祖母が顔をあげることはなかった。

エミリーは階段まで行き、耳を澄ました。閉じた仕事部屋のドアの向こうから聞こえるのは、くぐもった母の声。父の太いバリトンの声が聞こえはしないかと意識を集中させたが、教授会からまだ戻っていないようだ。それでもエミリーは靴を脱ぎ、そろそろと階段をおりはじめた。古い家がきしむ音は、両親のいがみ合う声と同じくらい、聞き慣れたものだった。

玄関のドアに手を伸ばしたところで、クッキーのことを思い出した。大型の古い振り子時計が五時を告げている。祖母は、欲しいと言ったことを覚えていないだろうけれど、なにかを食べさせてもらうのは六時過ぎになる。

エミリーはドアの脇に靴を置き、小さなハンドバッグを靴のヒールに立てかけた。爪先立ちで母の仕事部屋の前を通り過ぎ、キッチンへと向かう。

「そんな格好でどこに行くつもりだ?」キッチンには、父の葉巻とすえたビールのにおいが充満していた。黒のスーツの上着が椅子の背もたれにかけられている。白いドレスシャツの袖はまくりあげられていた。カウンターには、空になったふたつの缶とその脇にまだ開けていないナッティ・ボーの缶ビールが置かれていた。

エミリーは、缶の脇を伝う水滴を見つめた。

父親は、学生のひとりに続きを言えと促すかのように指を鳴らした。「答えろ」

「あたしはただ――」

「ただ、なんだ?」父親はエミリーを遮って言った。「家族をあれだけ傷つけておきながら、おまえはまだ満足できないのか? おまえの母親は、キャリアでもっとも重要な週を迎えようとしているのに、その二日前にすべてを台無しにするつもりか？」

エミリーの顔は恥ずかしさに燃えるようだった。「そんなつもりじゃ――」

「おまえがなにを考えていようが、どんなつもりだろうが、どうでもいい」父親は缶ビールのプルトップを引きちぎってシンクに投げこんだ。「部屋に戻って、その不愉快なドレスを脱いで、おれがいいと言うまで出てくるな」

「わかりました」エミリーはキャビネットを開けて、祖母に持っていくためのクッキーを取り出そうとした。〈バーガーズ〉のオレンジと白の箱に指が触れかかったところで、父親に手首をつかまれた。彼女の脳は痛みを意識するのではなく、祖母のか細い手首に残る手錠の形の痣を連想した。

あなたはここを出ていく。大学に行く。あなたを愛してくれる人に出会う……

「パパ、あたしは――」

父親の手に力がこもり、その痛みにエミリーは息ができなくなった。膝をつき、強く目を閉じると、父親の口臭が鼻についた。「おれはいまなんて言った？」

「パパは――」手首の骨がきしみはじめたので、エミリーはあえいだ。「ごめんなさい、あたし――」

「おれはなんて言った？」

「部屋に戻れって」

父親の手が離れた。ほっとすると同時に、エミリーの腹の奥のほうがぎくりとした。立ちあがり、キャビネットのドアを閉める。キッチンを出た。廊下を戻った。いちばん大きな音を立てる階段のいちばん下の段に足をのせ、それから床にその足を戻した。きびすを返した。

靴はハンドバッグと並んで、玄関のドアの脇に置かれたままだ。どちらも、サテンのドレスと同じ青緑色。けれどドレスはきつすぎたし、パンティストッキングは膝までしかあがらないうえ、足はひどくむくんでいたから、エミリーは靴を無視して、バッグだけを持って外に出た。

芝生を横切って歩くエミリーのむき出しの肩を、穏やかな春の風が撫《な》でていく。芝生が足をくすぐる。潮のにおいが遠くから漂ってくる。夏のあいだは遊歩道に観光客が群がるが、いまはまだ大西洋の水は冷たすぎるらしい。この時期のロングビル・ビーチは、フライドポテトを買うために〈スラッシャーズ〉の外に延々と並んだり、キャンディ店のショーウィンドウの色とりどりの列をまじまじと眺めたりすることは絶対にない、町の住人のものだ。

夏。

あとほんの数カ月。

クレイとナードとリッキーとブレイクは卒業の準備をしている。大人としての暮らしを始める準備。この息苦しい、哀れな浜辺の町を出ていく準備。今後、彼らがエミリーについて考えることはあるだろうか？　いま、考えているだろうか？　哀れだと考えているかもしれない。排他的な小さなグループから腐った存在をようやく排除できて、ほっとしているかもしれない。

　部外者であることが、以前のようにエミリーを傷つけることはもうない。自分が彼らの人生と関わり合いがなくなったことを、エミリーはようやく受け入れていた。祖母はああ言っていたけれど、エミリーがここを出ていく日は来ない。大学にも行かないし、彼女を愛してくれる人に会うこともない。ライフガードとして、反抗的な子供たちに海岸で笛を吹きならすか、あるいは〈ソルティ・ピートのソフトクリーム〉のカウンター越しに、無料サンプルを延々と渡し続ける人生が待っているだけだ。

　温かなアスファルトの上をぺたぺたと歩いて角を曲がった。家を振り返りたかったけれど、芝居がかったことはしたくない。そうする代わりに、耳に電話を押し当てて仕事部屋の中を行ったり来たりしながら、戦略を練っている母親を思い浮かべた。父親はビール缶を空にして、冷蔵庫の中の残りのビールと書斎にあるスコッチのどちらにしようかと考えているだろう。祖母は小さなセーターを編み終えて、どこの子供のために編んでいたのだろうと考えているかもしれない。

　車が近づいてきたので、エミリーは道路の中央から端に寄った。二色のシボレー・シェヴェットが通り過ぎたかと思うと、タイヤをきしらせながら止まり、鮮やかな赤いブレーキランプが点灯するのが見えた。開いた窓から大きな音楽が聞こえている。ベイ・シティ・ローラーズ。

S—A—T—U—R—D—A—Yナイト！

バックミラーに向けられていたミスター・ウェクスラーの顔が、サイドミラーのほうを向いた。ブレーキからアクセルへ、そして再びブレーキに足を戻したらしく、ブレーキランプが点滅した。このまま行ってしまおうかどうしようか、迷っているらしい。

車がバックしてきたので、エミリーはあとずさった。車の灰皿でマリファナ煙草がくすぶっているにおいがした。ディーンは今夜のお目付け役なのだろうと思ったが、身に着けている黒のスーツは、プロムより葬式のほうがふさわしい。

「エム」歌声に負けじと、彼は声を張りあげた。「なにをしているんだ？」

エミリーは両手を広げ、ふわりとした青緑色のプロム用のドレスを見せつけた。「なにをしているように見える？」

彼の視線がざっとエミリーの全身をなぞり、それから彼女が初めて彼の教室に入ってきたときと同じように、もう一度ゆっくりと見直した。彼は社会科を教えているだけでなく、陸上競技のコーチでもあったから、あの日は赤紫色のポリエステルのショートパンツと白い半袖のポロシャツという格好だった——ほかのコーチと同じように。

共通点はそれだけだった。

ディーン・ウェクスラーは生徒たちと六歳しか違わなかったが、だれもかなわないくらい経験を積んでいて、世慣れていた。大学に進む前、一年間バックパックを背負ってヨーロッパを旅して回った。ラテン・アメリカで村人のために井戸を掘った。ハーブティーを飲み、自分で使うマリファナを育てている。私立探偵マグナムのようなふさふさした口ひげを生やしている。市政と政府について教えることになっているが、ある授業ではDDTがいまも地下水を汚染しているという記事を紹介し、またある授業では、選挙の流れを変えるためにレーガンが大使館人質事件の件でイラン人と秘密裡《ひみつり》に交わした取引について説明した。

ひとことで言えば、ディーン・ウェクスラーは最高にいかした教師だとだれもが考えていた。

「エム」彼はため息をつくように、その名を繰り返した。車のギアをニュートラルに入れ、サイドブレーキを引く。エンジンが切れ、ナーイートのところで歌が途切れた。

ディーンが車から降りた。エミリーを見おろすように立ったが、今日ばかりは、そのまなざしは優しかった。「きみは、プロムには行けないよ。みんながどう思う？　きみのご両親はなんて言う？」

「そんなの、気にしないもの」語尾が上ずったのは、大いに気にしているからだ。

「きみは自分の行動の結果を考えなきゃいけない」彼は手を伸ばして、エミリーの腕をつかもうとしたが、考え直したようだ。「きみのお母さんはいま、徹底的に調べられているんだ」

「そうなの？」母親が、耳が受話器の形になってしまうくらい長い時間電話をしていることを知らないかのように、エミリーは訊き返した。「なにか問題でもあったの？」

彼が聞き取れるほどのため息をついたのは、自分の寛大さを教えるためだ。「きみは自分の行動が、お母さんがこれまでしてきたことすべてを台無しにするかもしれないとは、考えないんだね」

エミリーは、雲の上を漂う一羽のカモメを眺めた。きみの行動。きみの行動。きみの行動。これまでディーンが上から目線で話すのを聞いたことはあったが、それが彼女に向けられたことは一度もなかった。

「だれかがきみの写真を撮ったらどうする？　学校に記者がいたら？　それがきみのお母さんにどんな影響があるのか、考えなきゃだめだ」

ふとあることに気づいて、エミリーの口元に笑みが浮かんだ。彼は冗談を言っている。もちろん、冗談に決まっている。

「エミリー」ディーンの言葉が冗談ではないのは明らかだった。「きみは――」

彼は言葉をあきらめ、両手を使って、エミリーの体にオーラをまとわせた。むき出しの肩、ふくよかすぎる乳房、大きく張り出した腰、青緑色のサテンは腹部の膨らみを隠しきれず、ウェストのあたりの縫い目は張り裂けそうだ。

だから祖母は小さなセーターを編んでいた。だから父はこの四カ月、エミリーを家の外に出さなかった。だから校長はエミリーを退学させた。だからエミリーは、クレイとナードとリッキーとブレイクから遠ざけられた。

エミリーは妊娠していた。

ディーンはようやく言葉を取り戻した。「きみのお母さんはなんて言うだろうね？」

エミリーは、押し寄せてきた恥ずかしさの大波を乗り切ろうとして口ごもった。それは、彼女がもはや輝かしい未来が待つ優等生の少女ではなく、自分の行いに対して大きな代償を払うことになる悪い娘だという噂《うわさ》が広まって以来、耐え忍んできた恥ずかしさだった。「いつからあたしの母親のことをそんなに気にかけるようになったの？　あの人は腐敗したシステムの歯車なんじゃなかったの？」

意図した以上に鋭い口調になったが、エミリーの怒りは本物だった。ディーンは両親とまったく同じことを言う。校長と。ほかの教師たちと。牧師と。友だちだった人たちと。彼らはみんな正しくて、エミリーはいつだって、いつだって間違っているのだ。

エミリーは彼をもっとも傷つけるだろう言葉を口にした。「あなたを信じていたのに」

彼は鼻を鳴らした。「きみはまだ若すぎて、信じるという意味がわかっていないんだ」

エミリーは怒りを制御しようとして、唇を噛《か》んだ。彼がこんなくそ野郎だっていうことに、どうしていままで気づかなかったんだろう？

「エミリー」彼はまだ、屈辱を与えることで自分の言うとおりにさせようとしているのか、再び悲しそうに首を振った。エミリーを気にかけてなどいない——本当には。彼女と関わりたくないと思っている。プロムで騒ぎを起こしてほしくないと思っている。「きみはずいぶん巨大になった笑いものになるだけだ。帰るんだ」

帰るつもりはなかった。「世界を燃やせってあなたは言った。自分でそう言ったのよ。なにもかも燃やせ。一から始めろ。なにかを作れ——」

「きみはなにも作っていないよ。お母さんの注意を引くために、ばかげたことをしようとしているだけだ」彼は腕を組んだ。腕時計を見た。「大人になるんだ、エミリー。自分勝手な時期は終わったんだよ。きみが考えなきゃいけないのは——」

「あたしはなにを考えなきゃいけないの、ディーン？　あたしになにを考えさせたいの？」

「大声を出すんじゃない」

「命令しないで！」エミリーは喉の奥で打つ心臓を感じた。こぶしを握り締める。「あなたが自分で言ったのよ。あたしは子供じゃない。もうすぐ十八なの。だれかに——男たちに——命令されるのは、もううんざりなんだから」

「今度はぼくが、家父長制度の代表なのか？」

「違うの、ディーン？　あなたは家父長制度の一員じゃない？　あなたがしたことを父に話したら、あっという間にあの人たちは守りを固めるでしょうね」

片方の腕から指先まで、炎が走った。両足が地面から浮き、ぐるりと向きを変えさせられ、車の横に叩《たた》きつけられた。むき出しの肩甲骨に当たる金属が熱い。冷えていくエンジンがカチリと音を立てるのが聞こえた。ディーンの手はエミリーの手首をがっちりとつかんでいる。反対の手で口を押さえている。すぐ近くまで顔を寄せているので、口ひげの細い毛に伝う汗が見えるほどだった。

エミリーは抗《あらが》った。痛い。彼は本気でエミリーを痛めつけている。

「いったいどんなたわごとを親父《おやじ》さんに言うつもりだ？　言ってみろ」

エミリーの手首でなにかが砕けた。骨が歯のようにかたかた鳴っているのが感じられる。

「なにを言うつもりだ、エミリー？　なにも言わない？　きみはなにも言わないだろう？」

エミリーは顔を上下させた。彼女を従わせたのが、顔を撫でるディーンの汗ばんだ手だったのか、それとも彼女の中にある生存本能のようなものだったのかはわからない。

ディーンはゆっくりと手を放した。「なにを言うつもりだ？」

「な、なにも。父には――なにも言わない」

「それはよかった。なにも話すことなんてないんだからな」ディーンはシャツで手を拭いながら、うしろにさがった。視線を下に向けたのは、彼女の腫れた手首がもたらす結果を考えているのだろう。彼女が両親になにも話さないことはわかっていた。なにかを言っても、彼らはただ姿を隠していろという命令に逆らって外出した彼女を責めるだけだ。「本当に悪いことが起きる前に、家に帰るんだ」

ディーンが車に乗りこめるように、エミリーは道を譲った。エンジンが一度、そしてもう一度うなってからかかった。ラジオから雑音が聞こえ、カセットテープが再び音楽を奏ではじめる。

S－A－T－U－R……

エミリーは腫れあがった手首を胸の前で抱え、すり減ったタイヤが空回りするのを見つめた。ディーンはゴムが焼ける煙の中に彼女を残して走り去った。不快なにおいが漂っていたが、エミリーは熱いアスファルトに裸足《はだし》で立ち尽くしたまま、その場から動こうとしなかった。左の手首が鼓動に合わせてずきずきする。右手を腹部に当てた。超音波検査で見た速い脈が、彼女自身の心臓の鼓動に同調しているところを想像した。

そうするべきだと感じたから、超音波写真は全部、バスルームの鏡に貼ってある。写真にはゆっくり大きくなっていく――目と鼻が、次に手と足の指ができた――豆の形の染みが写っていた。

あたしはなにかを感じるべきでしょう？

高揚する思い？　子供との絆《きずな》？　畏怖や尊厳？

彼女が感じたのは恐怖だった。怖《おそ》れだった。責任の重さだった。そして最後はその責任が、彼女にはっきりしたなにかを感じさせた——目的意識。

エミリーは、悪い親がどんなものかを知っていた。彼女は毎日——ときには一日に何度も——親が果たさなければならないもっとも大切な務めを果たすことを子供に約束した。

その言葉を声に出して言ってみた。

「あたしはあなたを守る。だれにもあなたを傷つけさせない。あなたはどんなときも大丈夫」

そこから町までは歩いて三十分かかった。裸足の足はまず焼けたように感じられ、それから皮がはがれたようになって、遊歩道の白い杉のデッキを歩く頃にはなにも感じなくなっていた。右側には大西洋が広がっていて、引き潮の波が砂を引っかいている。左手にある明かりを落とした店のショーウィンドウに、デラウェア湾の上をゆっくりと移動する太陽が映っていた。エミリーは、西へと進んでいく太陽がアナポリスからワシントンDC、そしてシェナンドーを通過する様を思い浮かべた——そのあいだも遊歩道をのろのろと歩き続けていた。おそらくはこれから死ぬまでずっと、歩き続けるであろう遊歩道を。

去年のいま頃、エミリーはジョージ・ワシントン大学のフォギー・ボトム・キャンパスを訪れていた。すべてが軌道からはずれてしまう前のことだ。彼女が知っていた人生が、取り返しがつかないほど変わってしまう前。夢を見るどころか、希望を抱く権利すら失ってしまう前。

これが人生の計画だった。卒業生の親族としての優遇制度のおかげで、エミリーがジョージ・ワシントン大学に進むことは決まっていた。学生時代をホワイトハウスとケネディ・センターにはさまれた場所で過ごす予定だった。上院議員の元でインターンとして働き、父と同じ道をたどって政治学を学ぶ。母を見習ってハーバード大学法科を出て、一流の弁護士事務所で五年働き、州判事となり、そして最後は、おそらくは、連邦判事となる。

きみのお母さんはなんて言うだろうね？

「あなたの人生は終わった！」エミリーの妊娠が明らかになったとき、母はそう叫んだ。「もうだれもあなたを尊敬することはないわ！」

この数カ月を振り返ってみると、面白いことに母の言ったとおりだった。

エミリーは遊歩道をおりると、ビーチ・ドライブを横断して、キャンディ店とホットドックスタンドのあいだの細長い路地を進んだ。そしてついにロイヤル・コーヴ・ウェイにたどり着いた。車が何台か通り過ぎていき、なかには速度を落として、鮮やかな青緑色のドレスをまとったみすぼらしいビーチボールのような彼女を眺めていく車もあった。空気が冷たくなってきたので、エミリーは腕をこすった。こんな派手な色にするんじゃなかった。ストラップつきのものにするべきだった。大きなお腹に合うものに変えるべきだった。けれどエミリーはたったいままでそんなことを考えもしなかったので、大きくなった乳房はドレスの胸元からこぼれそうだったし、腰は売春宿にある時計の振り子のように揺れていた。

「やあ、いかしてるね！」ムスタングの開いた窓から、若者が叫んだ。後部座席にはその友人たち。だれかの脚が窓から突き出していた。ビールとマリファナと汗のにおいがした。

エミリーは膨らんだ腹部を片手で支えるようにして、学校の中庭を進んだ。お腹の中で育つ子供のことを考えた。最初は現実とは思えなかった。やがて錨《いかり》のように感じられてきて、最近になってようやく人間と思えるようになった。

彼女の分身。

「エミー？」

振り返ると、木の陰に隠れるようにしてブレイクが立っていたので驚いた。片手に煙草を持っている。意外なことに、プロム用の格好をしていた。彼女たちは小学校の頃から、ダンスやプロムは、哀れな人生の中で最高のものになるであろう夜に執着する庶民たちの見せびらかしの場だと言って、彼らを小ばかにしていた。通り過ぎていった車に乗った若者たちは白やパステルカラーに身を包んでいたが、ブレイクだけはフォーマルな黒のタキシード姿だった。

エミリーは咳払《せきばら》いをした。「ここでなにをしているの？」

ブレイクはにやりと笑った。「庶民をじきじきに嘲笑《あざわら》ってやるのは楽しいだろうと思ったのさ」

エミリーはクレイとナードとリッキーの姿を捜した。彼らはいつも一緒にいるからだ。

「中にいるよ」ブレイクが言った。「リッキー以外はね。あいつは遅れてくる」

エミリーは言うべき言葉を見つけられずにいた。ブレイクと最後に話したときのことを考えると――彼女をばかなビッチと呼んだ――ありがとうと言うのは変だ。

エミリーはぼそりと「じゃあね」とだけ口にして、歩き出した。

「エム？」

ビッチというくだりは正しいにしても、エミリーはばかではなかったから、足を止めることも振り返ることもなかった。

開け放した体育館のドアから音楽が聞こえている。中庭を歩いていると、奥歯にベースが反響するのが感じられた。ありきたりで悲しすぎたが、プロム委員会は今夜のテーマを〝海辺のロマンス〟に決めたらしい。何列もの青いリボン飾りの合間に、紙で作った七色の魚が泳いでいる。この町の名はその魚にちなんでつけられたというのに、クチナガフウライ《ロングビル・スピアフィッシュ》は一匹もいなかったが、エミリーになにができるだろう？　彼女はもう、ここの生徒ですらないのだ。

「驚いたね」ナードが言った。「そんな格好で来るなんて、ずいぶん度胸があるな」

ナードは、彼ならそこにいるだろうとエミリーが想像していたとおり、入り口のすぐ脇に立っていた。ブレイクと同じで黒のタキシード姿だったが、冗談でこんなものを着ているのだとわからせるために、ラペルに〝I Shot J.R.〟のボタンをつけていた。エバークリア（アルコール度数九五度の酒）とチェリー味のクールエイドを混ぜたものが半分入ったボトルをエミリーに勧めた。

彼女は首を振った。「受難節にやめたの」

ナードは大声で笑い、上着のポケットにボトルを押しこんだ。酒の重みで、すでに縫い目が裂けている。耳のうしろには手巻き煙草。エミリーはナードと初めて会ったとき、父親が言ったことを思い出した。

あいつは刑務所行きか、ウォール・ストリートに収まるかのどちらかだろうが、順番は逆だろうな。

「で」ナードは煙草を手に取り、ライターを探している。「おまえみたいな悪い娘が、こんな楽しい場所でなにをしてるんだ？」

エミリーは天を仰《あお》いだ。「クレイはどこ？」

「なんでだ？　あいつに話でもあるのか？」ナードは眉をぴくぴくさせながら、エミリーの腹部を見つめた。

エミリーは、彼が煙草に火をつけるまで待った。水晶の玉を撫でる魔女のように、痛めていないほうの手で腹を撫でる。「あんたに話があるとしたらどうする、ナード？」

「くそ」ナードは不安そうに、エミリーの背後に目を向けた。人が集まってきている。

「面白くないよ、エミリー」

エミリーはまた天を仰いだ。「クレイはどこ?」

「知るもんか」ナードは、駐車場に入ってきた白のストレッチリムジンに興味を引かれたふりをして、彼女に背を向けた。

クレイはどこかステージの近くで、ほっそりした美しい少女たちに囲まれているのがわかっていたから、エミリーは体育館に入っていった。磨かれた木の床を進んでいくと、ぐっと温度がさがっているのが足の裏でわかった。建物の中も海辺のテーマで飾りつけられている。高い天井に走る垂木《たるき》にたくさんの風船が浮いているのは、プロムの終わりに落とすことになっているのだろう。いくつもの大きな丸テーブルには、貝殻や鮮やかなピンク色の桃の花で作った、海がテーマのセンターピースが置かれていた。

「見て」だれかが言った。「彼女、ここでなにをしてるの?」

「びっくり」

「図太いよね」

エミリーはまっすぐ前だけを見つめていた。バンドはステージで準備をしていて、空白を作らないようにだれかがレコードをかけたようだ。食べ物が置かれたテーブルの前を通ったときには、胃が文句を言った。パンチだということになっている、げんなりするほど甘ったるいシロップ。肉とチーズをたっぷりはさんだ、フィンガー・サンドイッチ。去年の夏の観光シーズンの売れ残りのタフィー。しなびたフライドポテトが入った金属の容器。ソーセージロール。クラブケーキ。〈バーガーズ〉のクッキーとケーキ。

エミリーはステージに向かっていた足を止めた。

あたりの音は消えている。聞こえるのは、知らない人間と話してはいけないと警告するリック・スプリングフィールドの歌声だけだ。

人々が彼女を見つめていた。ただの人たちではない。お目付け役。親たち。彼女の技巧は見事だと言った美術の教師。彼女が提出したヴァージニア・ウルフのレポートに〝感動した！〟と書いてきた英語の教師。今年の模擬裁判では、彼女を首席検事にすると約束した歴史の教師。

あのときまでは――

エミリーは肩をそびやかしたまま、遠洋定期船の船首のように突き出した腹部でステージに向かって進んだ。彼女はこの町で育ち、学校に通い、教会やサマーキャンプや遠足やハイキングやお泊まり会に行った。ここにいるのは彼女のクラスメイトであり、隣人であり、ガールスカウトの仲間であり、実験のパートナーであり、共に勉強した仲間であり、ナードがイタリアへの家族旅行にクレイを連れていき、リッキーとブレイクが祖父の軽食堂を手伝っているあいだ、一緒に過ごした友人たちだった。

それがいまは――

エミリーがなにかに感染しているかのように、かつての友人たち全員が彼女から遠ざかろうとしている。なんていう偽善者たち。彼女はただ、彼らがしているか、したいと思っていることをして、その結果、運が悪かっただけなのに。

「なんなの」だれかがつぶやいた。

「ありえない」親のひとりがいった。

非難の声はもう彼女には刺さらない。あのクソみたいな二色のシボレーに乗ったディーン・ウェクスラーが、妊娠したことについてエミリーが感じていた恥の感情の最後のひと切れまではぎ取っていった。批判がましいろくでなしたちが間違いだと思いこんでいるせいで、間違っていることになっているだけだ。

エミリーは彼らの声に耳を傾けることなく、お腹の子供への約束を心の中で繰り返した。**あたしはあなたを守る。だれにもあなたを傷つけさせない。あなたはどんなときも大丈夫。**

クレイはステージにもたれていた。腕を組んで、エミリーを待っている。ブレイクとナードと同じ黒のタキシードを着ていた。いや、クレイが選んだのと同じタキシードをふたりが着ていると言うべきだろう。彼らはいつもそうだった。なんであれクレイがしたことを、ほかのふたりが真似《まね》するのだ。

　エミリーが目の前で足を止めてもクレイは無言のまま、なにか言いたげに片方の眉を吊《つ》りあげただけだった。まわりにいるのは、ばかにしているはずのチアガールたち。グループのほかのふたりはおそらく、皮肉のつもりでプロムに出ると自分に言い訳しているだろう。本当は女の子とやれるからプロムに出ているのだと、クレイだけはわかっている。

　だれもなにも言おうとはしないので、チアリーダーのロンダ・ステインが口を開いた。

「彼女、ここでなにをしているわけ？」

　視線はエミリーに向いていたが、質問はクレイに対してだった。

　別のチアガールが言った。「『キャリー』をやってほしいんじゃない？」

「だれか、豚の血を持ってきた？」

「だれが王冠をかぶせるの？」

　不安げな笑いが広がったが、全員がクレイを見つめ、なにか言うのを待っていた。

　クレイは大きく息を吸い、ゆっくりと吐いた。それから片方の肩をさりげなくすくめてみせた。「自由世界だ」

　乾いた空気に、エミリーの喉がざらついた。今夜がどういうことになるかを考えたときは、だれもが驚くさまを想像してわくわくしていたときは、あなたの母親は高校のプロムであえてダンスをするような過激で自由奔放な女なのだと子供に話すことを考えていたときは、さぞかし気持ちが高ぶるだろうと思っていたのに、いま彼女が感じているのは疲労だった。精神的にも肉体的にも、なにひとつできる気がしない。ただきびすを返し、来た道を戻ることしかできそうになかった。

だから、そうした。

人々は道を空けたままだったが、雰囲気は明らかにとげとげしくなっていた。少年たちは怒りに歯を食いしばり、少女たちは彼女に背を向けた。教師や親たちは不快そうにかぶりを振っている。彼女はここでなにをしているんだ？　どうしてほかの子たちの夜を邪魔するの？　ふしだらな女。売女《ばいた》。自業自得よ。自分を何様だと思っているんだ？　いずれ、どこかの若者の人生を台無しにするんだろうな。

体育館の中がどれほど息苦しかったのかに気づいたのは、無事に外に出てからだった。ナードはもうドアの脇にはいない。ブレイクはどこか別の暗がりに姿を消した。リッキーはこういうときにいつもいるところ、つまりはどうでもいいところにいるのだろう。

「エミリー？」

振り返ると、驚いたことにクレイがいた。彼女を追って体育館を出てきたのだ。クレイトン・モロウはだれのあとも追ったりしないのに。

彼が訊いた。「ここでなにをしているんだ？」

「帰るのよ。あんたも友だちのところに戻れば」

「あの負け犬たちのところに？」彼の唇がめくれあがった。エミリーの背後にその視線が流れ、人間にはありえない速さで移動するなにかを追った。彼は鳥を観察するのが好きだった。だれも知らないクレイのオタク部分。彼はヘンリー・ジェイムズを読み、イーディス・ウォートンが大好きで、微積分学の上級過程で軒並みAを取っていて、フリースローがなにかは知らなくて、アメフトのボールを回転させることもできないけれど、死ぬほどかっこいいからだれもそんなことは気にしない。

エミリーは尋ねた。「なんの用、クレイ?」

「おれを捜しにここに来たのはきみだ」

自分を捜しに来たとクレイが考えているのが妙に感じられた。プロムではグループのだれにも会えないだろうと思っていたのだ。彼女はただ、自分を追放した学校のほかの人たちを悔しがらせたかっただけだ。さらに言えば、校長のミスター・ランパートがスティルトン署長に通報して、自分を逮捕させればいいと思っていた。そうしたら彼女を保釈しなければならないから、父親は激怒して、母は——

「くだらない」エミリーはつぶやいた。結局、すべては母親のためにしたことだったのかもしれない。

「エミリー? 答えろよ。どうしてここにいるんだ? おれにどうしろっていうんだ?」

クレイが求めているのは答えではない。赦《ゆる》しだ。

エミリーは彼の牧師ではない。「あそこに戻って楽しんでくれれば、クレイ? チアガールたちとやって、大学に行って、いい仕事につけばいい。あんたに開かれているすべてのドアをくぐればいい。残りの人生を楽しんで」

「待てよ」クレイはエミリーの肩に手をのせ、自分のほうに向かせた。「きみはフェアじゃない」

エミリーは彼の澄んだ青い目を見つめた。このやりとりは彼にとっては意味のないことだ――ひと筋の煙のようにいずれ彼の記憶から消えてしまう、不愉快なやりとり。二十年後、郵便受けを開けて高校の同窓会の招待状を見つけたクレイが感じる、ちょっとした不安の原因でしかないだろう。

「あたしの人生はフェアじゃないの」エミリーは言った。「あんたは大丈夫よ、クレイ。いつだって大丈夫。これからもずっと大丈夫」

クレイは深いため息をついた。「よくいるような退屈で嫌な女にはなるなよ、エミリー。そういうのはごめんだからな」

「半分閉めたドアの向こうであんたがなにをしていたのか、スティルトン署長に知られないようにするのね、クレイトン」彼の目に浮かんだ恐怖が見えるように、エミリーは爪先立ちになった。「そうならないといいわよね」

片手が伸びてきて、エミリーの首をつかんだ。うしろに引いたもう一方の手はこぶしを作っている。怒りに彼の目が暗くなった。「いずれ、痛い目に遭うことになるぞ、このあばずれ」

エミリーは目をぎゅっと閉じて殴られるのを覚悟したが、不安そうな笑い声が聞こえてきただけだった。

薄目を開けた。

クレイは彼女をつかんでいた手を放した。人が見ているところで彼女を傷つけるようなばかな真似をする男ではない。

あいつはホワイトハウスに行くだろう、初めてクレイを見たとき、父親はそう言った。ロープの先で揺れることにならなければな。

彼に首をつかまれたとき、エミリーはバッグを落としていた。クレイはそれを拾うと、サテン地の脇についた泥を拭った。いかにも礼儀正しく、彼女に差し出す。

エミリーはひったくるようにして彼の手からバッグを奪い取った。

エミリーが歩き出しても、今回はクレイはあとを追ってこなかった。パステルカラーのふわりとしたスカートに身を包んだプロムの参加者たちが通り過ぎていく。そのほとんどは足を止めて、ぽかんとした顔でエミリーを眺めるだけだったが、一時期バンドで一緒に練習をしたことのあるメロディ・ブリッケルだけは温かい笑みを向けてくれて、それはありがたかった。

エミリーは信号が変わるのを待った。今度は声をかけられることはなかったが、大勢の少年を乗せた一台の車がわざとらしくのろのろと通り過ぎていった。

「あたしはあなたを守る」エミリーは彼女の中で育つ小さな同乗者に向かって言った。「だれにもあなたを傷つけさせない。あなたはどんなときも大丈夫」

ようやく信号が変わった。傾きかけた太陽が、横断歩道の向こうに長い影を作っている。ひとりで町にいても居心地が悪いと思ったことはなかったけれど、いまは腕に鳥肌が立っていた。もう一度キャンディ店とホットドックスタンドのあいだの路地を歩くのが不安だった。長く歩いたせいで足が痛んだ。クレイにつかまれた首が痛かった。手首がまだずきずきしているのは、折れているか、あるいはひどい捻挫をしているかだろう。ここに来るべきではなかった。家に残り、夕食の合図のベルが鳴るまで祖母のそばにいるべきだった。

「エミー?」ホットドックスタンドの暗い入り口からヴァンパイアのように現れたのは、ブレイクだった。「大丈夫?」

エミリーは虚勢にひびが入るのを感じた。大丈夫かと彼女に訊いてくれる人はもういない。「帰らなくちゃ」

「エム――」ブレイクは簡単に帰らせてはくれないようだ。「おれはただ――本当に大丈夫?　だって、きみがここにいるのは変だ。おれたちみんなここにいるのは変だけど、とりわけきみは、だってその、靴。なくなっているじゃないか」

ふたりは揃《そろ》ってエミリーの裸足の足を見た。

　エミリーはぷっと吹き出し、その笑い声は自由の鐘のように彼女の全身に鳴り響いた。あまりに笑いすぎて、お腹が痛くなるほどだった。体をふたつ折りにして笑った。

「エミー?」ブレイクが片手を彼女の肩に置いた。頭がどうかしたのかと思ったらしい。「きみの親に連絡するか、それとも――」

「だめ」エミリーは涙を拭いながら、体を起こした。「ごめん。自分が、文字どおり裸足で妊娠している（女性は家庭に入り、多くの子供を産むべきだという概念を表す表現のひとつ）ってことに、たったいま気づいたの」

　ブレイクは仕方なさそうに笑った。「それって、わざと?」

「ううん。そうかも?」

　エミリーには本当にわからなかった。潜在意識が妙なことをさせたのかもしれない。赤ん坊が彼女のホルモンをコントロールしているのかもしれない。三つめの選択肢――彼女はとんでもなくいかれている――は歓迎できないものだったから、そのどちらであっても受け入れるのは簡単だった。

「ごめん」ブレイクは言ったが、彼は同じ過ちを幾度となく繰り返したから、謝罪の言葉はいつも空々しく聞こえた。「おれが前に言ったこと。前っていうか、ずっと前。言っちゃいけなかった……その、あんなことを言ったのは……」

　彼がなにを言っているのか、エミリーにはよくわかっていた。「トイレに流すべきだって言ったこと?」

もう何カ月も前、ブレイクがその言葉を口にしたときにエミリーがぎょっとしたように、ブレイクはぎくりとした。

「あれは――そうだ」彼は言った。「あれは、言っちゃいけないことだった」

「そうだね、言うべきじゃなかった」エミリーは喉が締めつけられるのを感じた。自分で決めたことではなかったからだ。決めたのは両親だった。「あたしはもう――」

「どこかで話を――」

「痛い！」エミリーは彼につかまれた手首を振りほどいた。でこぼこした歩道に足を取られた。倒れながらブレイクのタキシードの上着に手を伸ばしたが、なすすべもなくアスファルトに尾骨を打ちつけた。痛みは耐えがたかった。体を横向きにした。脚のあいだを液体が伝うのを感じた。

赤ちゃん。

「エミリー！」ブレイクは彼女の傍らに膝をついた。「大丈夫？」

「あっちへ行って！」エミリーは叫んだが、立ちあがるためには彼の手助けが必要だった。倒れた拍子にバッグを押しつぶしていた。サテンは裂けていた。「ブレイク、お願いだからどこかに行ってよ。あんたは事態を悪くするだけ！　どうしていつもいつも事態を悪くするのよ？」

彼が傷ついたのがわかったが、いまはそれどころではなかった。激しい転倒で赤ん坊が傷つくさまざまな可能性が頭を駆けめぐっていた。

ブレイクが言った。「そんなつもりじゃ――」

「あんたは、そんなつもりじゃなかったのよね！」エミリーは叫んだ。いまでも噂を広めているのは彼だ。リッキーをあんなに非情にしたのは彼だ。「あんたはいつだってそんなつもりじゃないんだよね？　あんたのせいだったことはないし、あんたがなにかを台無しにしたことはないし、責任があったことだって一度もない。でも、知っている？　これってあんたのせいだから。望みどおりになったでしょう？　なにもかも全部、あんたのせいよ」

「エミリー――」

エミリーはふらつき、キャンディ店の角にもたれて体を支えた。ブレイクがなにか言ったのが聞こえたものの、耳の中は甲高い悲鳴でいっぱいだった。

あれはあたしの赤ちゃん？　助けてって叫んでいるの？

「エミー？」

エミリーはブレイクを押しのけ、よろめきながら路地を進んだ。腿の内側を熱い液体が伝い落ちていく。ざらざらした煉瓦《れんが》に手のひらを押し当てて、膝をつきそうになるのをこらえた。すすり泣きに喉がつまる。口を開けて、息を吸った。塩の味がする空気が肺を焼く。遊歩道に反射した日光のせいでなにも見えない。日の当たらないところまであとずさり、路地の突き当たりの壁にもたれた。

通りに目を向けた。ブレイクはいなくなっている。だれも見ていない。

エミリーはドレスをたくしあげ、痛む腕でサテン地を抱えこんだ。怪我《けが》をしていないほうの手を脚のあいだに伸ばす。血を見ることを覚悟したけれど、指にはなにもついていなかった。頭をさげて、手のにおいを嗅いだ。

「なんだ」

彼女は失禁していた。

エミリーはまた笑ったが、今度は涙混じりだった。安堵《あんど》のあまり、膝ががくがくする。地面に座りこむと、ドレスが煉瓦に引っかかった。尾骨が痛んだが、かまわなかった。自分が失禁していたことが、うれしくてたまらない。両脚のあいだに血が流れているのだろうと思ったときに頭に浮かんだ恐ろしい考えが、バスルームの鏡に貼ったどんな超音波写真よりもはっきりと教えてくれていた。

その瞬間、エミリーは赤ん坊が無事でいてほしいと心から思った。義務ではなく。子供は彼女が背負うべき責任というだけではない。彼女が与えられることのなかった愛をだれかに与えるチャンスなのだ。

恥ずかしくて、屈辱的で、無力だったこの数カ月で初めて、エミリー・ヴォーンはこの赤ん坊を愛していると心の底から思った。

「女の子のようですね」いちばん最近の検診で、医者はそう言った。

そのときは、単なる過程としてその知らせを受け取ったエミリーだったが、彼女の感情をずっと押し込めていたダムは、いま決壊した。

あたしの娘。

彼女の小さな、大切な幼い娘。

エミリーは手で口を押さえた。安堵のあまりすっかり力が抜けてしまったので、冷たい地面にすでに座っていなければ、倒れこんでいただろう。膝に顔を寄せた。大きな涙が頬を伝った。口が開いたが声は出ない。胸が愛であふれていて、言葉にすることができなかった。お腹に手を当てて、小さな手が押し返しているさまを想像した。その愛《いと》しい指先にキスができる日のことを思うと、心臓が飛び出しそうになった。赤ん坊にはひとりひとり母親だけがわかる特別なにおいがあるのだと、祖母が言っていた。エミリーはそのにおいを知りたかった。夜中に目を覚まし、彼女の体内で育った美しい少女の速い呼吸を聞きたかった。

計画を立てなければいけない。

二週間後には十八歳になる。その二カ月後には、母になる。仕事を見つけよう。両親の家を出よう。祖母はわかってくれる。わからないことは忘れるだろう。ディーン・ウェクスラーは、ひとつ正しいことを言った。エミリーは大人にならなければいけない。いまは、自分のこと以外にも考えなくてはいけないことがある。ロングビル・ビーチを離れなくてはいけない。ほかの人に考えてもらうのではなく、自分で将来の計画を立てなくてはいけない。なにより大事なのは、エミリーが手に入れられなかったものすべてを赤ん坊に与えることだ。

優しさ。理解。安心。

エミリーは目を閉じた。自分の体の中で、楽しげに浮かんでいる赤ん坊を想像した。大きく息を吸って、いつもの呪文を唱えはじめた。今回は義務からではなく、愛から出た言葉だった。

「あたしはあなたを守る——」

パキンという大きな音にエミリーは目を開けた。

黒い革靴と黒いソックスと黒いズボンの裾が見えた。顔をあげた。バットが空《くう》を切り、太陽が揺らめいた。

エミリーの心臓がぎゅっと縮こまった。唐突に、どうしようもなく、恐怖に包まれた。自分のためではなく、赤ん坊のために。

エミリーは両手で腹を抱え、脚を引き寄せ、体を丸めて横向きに倒れた。あと一瞬を、あとひと息を、エミリーは必死で求めた。小さな娘への最後の言葉が嘘《うそ》にならないように。いつもだれかが彼女たちを傷つけようとする。

彼女たちが安全だったことはなかった。

1

現在

アンドレア・オリヴァーは、吐き気に治まれと命じながら、不整地のコースを走っていた。太陽が肩にのしかかる。濡《ぬ》れた地面が靴に絡みつく。汗がシャツをラップに変えていた。踵《かかと》が地面につくごとに、ハムストリングはバンジョーの金属製の弦のようにきしんだ。必死になってついていこうとする脱落者たちが、背後でうめいているのが聞こえる。前方にいるのは、トップでゴールする可能性が一パーセントでもあるなら、それを逃がすまいとしてピラニアのように先を争う、Aタイプ行動パターンの努力家たちだ。

アンドレアはさぼるでもなく、リスクを取るでもなく集団の中央を走っていた。そのこと自体が、努力の結晶だと言える。二年前であれば、確実に最後尾にいただろう。それどころか、目覚まし時計の五回目か六回目のアラームが鳴り響いているにもかかわらず、まだベッドにいたに違いない。母のガレージの上の狭い部屋には、服が散乱していただろう。食卓に置いたままの封を切っていない郵便物にはどれも、〝支払遅延通知〟とスタンプが押されていただろう。ようやくベッドから這《は》い出せば、返事をよこせという父からのショートメールが三通、連続殺人犯に誘拐されたのかと尋ねる母からのショートメールが六通、そしてこれが最後の警告で次はクビだと言う内容のメッセージが仕事先から来ていただろう。

「くそ」ペイズリーがぼそりと言った。

アンドレアが振り返ると、ペイズリー・スペンサーが集団から離れるところだった。脱落者のひとりが転んでいた。トム・ハンフリーが仰向けになって木々を見あげている。全員のうめき声がひとつになって森に響いた。グループのひとりでも完走できなければ、全員がやり直しというのがルールだ。

「立って！　立って！」彼を元気づけるためか、あるいは立ちあがるまで蹴り続けるために、ペイズリーが叫びながら戻った。「あんたならできる！　ほら、トム！」

「行こうぜ、トム！」ほかの面々が叫んだ。

アンドレアもうめくような声をあげたが、口を開ける勇気はなかった。タイタニック号のデッキチェアのように、胃がぐらぐらと揺れている。もう何カ月も、彼女は短距離走や腕立て伏せやジャンピングジャックや縄登りバーピーをし、一日にだいたい一五〇〇キロほど走ってきたけれど、いまもまだ体重は軽いままだ。喉に苦いものがこみあげてきた。奥歯がさがってきた。こぶしを握り締めて、コースの最後のカーブを曲がる。最後の直線。

あと五分で、この過酷な地獄のコースをもう二度と走らなくてよくなるのだ。

ペイズリーがゴールラインに向けて全力で走っていく。トムが集団に戻っていた。間隔が縮まっている。全員が最後の力を振り絞っていた。

アンドレアには振り絞る力が残っていなかった。これ以上無理をしたら、胃が喉から飛び出すかもしれない。空気を吸おうとして口を開けたが、ブヨの群れを飲みこんだだけだった。思わず咳《せ》きこみ、わかっていたはずだったから自分に毒づいた。彼女はこの二十週間、ジョージア州グリン郡《グリンコ》連邦法執行機関訓練センター《Federal Law Enforcement Training Center》（FLETC）で死ぬほど自分をいじめてきた。あたりは蚊とスナノミとブヨとげっ歯類ほどもあるゴキブリと犬ほどもあるげっ歯類だらけだったし、湿地の真ん中にあるようなものだったから、息をしようなどと考えるべきではなかったのだ。

遠くから雷の音が聞こえてきた。コースがくだり坂になったので、アンドレアは足元に集中した。雷は独特の手拍子と歓声に変わった。努力家たちが黄色いテープを切ったらしい。歓声は、彼らを殺すためか、もしくは強くするために考えられた過酷なダンテ風の拷問からの卒業を祝うためにやってきた家族たちだ。

「嘘みたい」アンドレアのつぶやきは心からのものだった。彼女は死ななかった。落ちこぼれなかった。何カ月にもわたって教室で授業を受け、接近戦や監視技術や令状の執行や銃器の訓練を毎日五時間から八時間こなし、たっぷりと肉体の鍛錬をしたおかげで筋肉を二キロ増やし、いまこうして、ようやくのことで、信じられないことに、米国連邦保安局の保安官補まであと十メートルのところまでたどり着いた。

いかにもカス野郎の彼らしく、アンドレアの左側をトムが走り抜けていった。トムへの腹立ちがアンドレアを復活させた。一気に放出されたアドレナリンのせいでめまいがした。脚が動き出す。アンドレアはトムを再び追い抜き、ペイズリーに追いついた。ふたりは勝ち誇ったように笑みを交わした——最初の週に三人の男が脱落し、もう三人が退所を勧告され、人種差別的な冗談を口にした男はいなくなり、さらに不必要に他人の体に触れたもうひとりが姿を消した。アンドレアとペイズリー・スペンサーは、四十八人のクラス中わずか四人だけだった女性のうちのふたりだった。あとほんの数歩ですべてが終わり、その先には卒業式のステージが待っているのだ。

ペイズリーがほんのわずかだけ早く、ゴールラインを駆け抜けた。ふたりは喜びに両手を突きあげた。ペイズリーの大勢の親戚たちが鶴のような叫び声をあげながら、彼女を取り囲んで抱きしめている。同じような喜びのシーンがアンドレアのまわりのいたるところで繰り広げられていた。どの顔にも笑みが浮かんでいる。ふたりを除いて。

アンドレアの両親だった。

ローラとゴードンは、どちらも腕を組んでいた。知らない人たちに背中を叩かれ、祝福を受けているアンドレアを眺めている。ペイズリーがじゃれ合うように彼女の腕を叩いた。

アンドレアは、ゴードンが携帯電話を取り出すのを見つめながら彼女を叩き返した。アンドレアは笑顔を作ったが、父親はやり遂げた娘の写真を撮ろうとしたわけではなかった。彼は背を向けて、かかってきた電話に出た。

「おめでとう！」だれかが叫んだ。

「立派だよ！」

「よくやった！」

人混みの中を歩くアンドレアを見つめるローラの唇は、きつく結ばれていた。その目は潤んでいるように見えたが、アンドレアが学校で初めて演奏をしたときや、美術展で最優秀賞を獲得したときのような、うれし涙ではなかった。

アンドレアの母親は打ちのめされていた。

試験官のひとりがゲータレードの入ったコップをアンドレアに差し出した。彼女は首を振り、奥歯を嚙みしめながら鮮やかな青色の簡易トイレの列に向かって走った。トイレを使うのではなく、そのまま裏側に回り、口を開いて胃の中身を吐き出した。

「くそ」こぶしと足で悪党を制圧する方法を身につけたというのに、自分の胃をコントロールできないことに、アンドレアはいらついた。手の甲で口を拭う。視界が揺れた。ゲータレードをもらっておくべきだった。グリンコで学んだことがあるとすれば、水分補給の大切さだ。そして、絶対にだれにも吐いているところを見られないこと。この仕事を続けるかぎり、ずっとここでつけられたニックネームで呼ばれるからだ。ゲロ・オリヴァーなどと呼ばれるのはごめんだ。

「アンディ？」

振り返った先に、水のボトルを差し出す母親の姿を見てもアンドレアは驚かなかった。ローラに得意なことがあるとすれば、頼まれなくても率先して人助けをするところだ。

「アンドレアよ」アンドレアは訂正した。

この二十年あまり、アンドレアはアンディと呼んでほしいとずっと言い続けていたから、

ローラは天を仰いだ。「アンドレア。大丈夫？」

「ええ、お母さん。大丈夫」ボトルの水はきんと冷えていた。アンドレアはボトルを首のうしろに押し当てた。「喜んでいるふりだけでもしてくれればいいのに」

「そうね。吐くときの手順はどうなっているの？　犯罪者は、あなたが吐き終えるまで、レイプして殺すのを待ってくれるわけ？」

「嫌なこと言わないでよ。待たないに決まってるでしょ」アンドレアは水のボトルの蓋を開けた。「二年前にお母さんが言ったことを覚えてる？」

ローラはなにも言わなかった。

「わたしの誕生日に？」

ローラはやはり無言のままだったが、ふたりがアンドレアの三十一歳の誕生日を決して

忘れないことはわかっていた。

「ちゃんとした暮らしをしろ、お母さんのガレージから出て、自分で生きていけって言ったのはお母さんよ」アンドレアは両手を広げた。「そのとおりにしているつもりだけど」

ローラはようやく口を開いた。「敵の仲間入りをしろとは言わなかった」

アンドレアは頬の内側に舌を押しつけた。ぐっと歯を嚙みしめると、口の中に筋ができた。これまで、人前で吐いたことはない。一度も。アンドレアはクラスで二番目に背が低かった。百六十五センチのペイズリーよりほんの三センチ高いだけだ。ふたりとも、いちばん細身の男より二十キロは軽かったが、どちらも上位十パーセントの成績を収めていたし、いまもクラスの半分よりは先にゴールした。

「アンドレア、保安官になるだのなんだのっていうこのばかげた騒動は、仕返しのつもり？　あなたを蚊帳の外に置いていたわたしに罰を与えようとしているわけ？」

アンドレアの生物学上の父親が、大量殺人を画策していた頭のいかれたカルト集団のリーダーだったことをローラが三十一年も隠していたことを思えば、蚊帳の外に置くというのは、ずいぶんと控えめな表現だ。それどころか彼女は、自動車事故で悲劇的な死を遂げた空想上の父親まで作りあげた。二年前、追い詰められたローラが真実を話さざるを得なくなっていなければ、アンドレアはいまも彼女の嘘を信じていただろう。

「どうなの？」

二年前アンドレアは、なにも言わずにいることはすべてを話すことと同じくらい傷つくものだという、つらい教訓を学んでいた。

ローラは重苦しいため息をついた。彼女は操作される側にいることに慣れていない。腰に両手を当てると、ほかの人たちを振り返り、それから空を見あげ、最後にアンドレアに視線を戻した。「あなたの意志の力はたいしたものね」

アンドレアは冷たい水を口に含んだ。

ローラは言った。「ここにたどり着くためにあなたが見せた自制心と気力があれば、望みどおりのどんな仕事につくことだってできる。わたしはあなたのそういうところが好きなの。あなたの気概と決意は素晴らしい。あなたが夢中になれることをしてほしいと思っている。でも、これは違う」

アンドレアは口をゆすいでから、水を吐き出した。「道化師の学校では、足が小さすぎるって言われた」

「アンディ」ローラはいらだたしげに足を踏み鳴らした。「美術学校に戻ったっていいし、先生になってもいいし、九一一のコールセンターの仕事を続けたっていいのよ」

アンドレアはごくごくと水を飲んだ。三十歳のアンドレアなら、母親の言葉を額面どおりに受け取っていただろう。けれどいまは、間違ったことを言っているとしか思えない。

「生意気な悪ガキに囲まれるために借金を増やせって言うの？　それとも時給九ドルで、

ゴミが回収されなかったって文句を言う老人たちの話を聞いていろって?」

ローラはひるまなかった。「美術はどうするの?」

「お金がかかるし」

「あなたは絵を描くのが好きじゃないの」

「銀行は、わたしに学生ローンを返させたいだろうね」

「それは、お父さんとわたしが——」

「どのお父さん?」

ドライアイスのような沈黙が広がった。

母親が気持ちを立て直そうとしているあいだに、アンドレアは水を飲み干した。最後の一撃は言い過ぎだったかもしれない。ゴードンは——これまでもいまも——素晴らしい父親だった。つい最近まで、アンドレアが知るただひとりの父親だった。

「とにかく」ローラは手首につけた時計の向きを調整した。「着替えをしないと。卒業式は一時間後よ」

「スケジュールを知っていたなんて、びっくり」

「アンディ——」ローラは言い直した。「アンドレア。あなたは自分から逃げているような気がする。違う町に行ってこんなばかげた危険な仕事をすることで、別の人間になれると思っているみたい」

アンドレアはとにかく母を黙らせたかった。自分の人生を一度吹き飛ばし、その灰の中からなにか意味のあるものを作りあげる必要性を、だれよりもローラが理解しているべきなのに。ローラの人生が完璧にバランスが取れたものだったら、二十一歳のときに暴力的なカルト集団に加わることはなかった。ふと正気に返って、アンドレアの生物学上の父親を警察に突き出すこともなかった。そのどちらも、二年前、アンドレアの人生が危険にさらされていると考えて彼女が過剰に反応した理由にはならない。

「お母さん」アンドレアは言った。「わたしが内側にいることを喜ぶべきじゃない?」

ローラは怪訝《けげん》そうな顔をした。「なんの内側?」

「支配体制の」それ以上、うまい説明が見つからない。「もし彼が刑務所から出てきたら、もしまたわたしたちにちょっかいを出そうとしてきたら、そのときは連邦保安局がわたしのうしろに控えているわけだから」

「刑務所から出てくることはない」アンドレアが言い終える前から、ローラは首を振っていた。「たとえ出てきたとしても、わたしたちで対処できる」

お母さんはできるでしょうね、アンドレアは心の中でつぶやいた。問題はそこだ。厄介なことが起きたとき、アンドレアはかくれんぼをしている子供のように部屋の隅で小さくなっているだけで、大胆に立ち向かったのはローラだった。もし父親が再びふたりに狙いをつけることがあったとしても、いまのアンドレアはあれほどの無力さを感じることはないだろう。

「ダーリン」ローラはもう一度説得しようとした。「わたしはいまのあなたが好きよ。繊細で、美的感覚が鋭くて、優しい女の子が」

アンドレアは唇を嚙んだ。最後の訓練生がゴールラインを越えたのか、さらなる歓声が聞こえた。一緒に訓練を受けた生徒たち。アンドレアが、十分近くも先んじた訓練生。

「アンドレア、わたしの母親がくれた一方的なアドバイスをあなたにもあげる」ローラは二年前まで自分の過去についてはもちろんのこと、家族について語ったことも一度もなかった。アンドレアが自分に意識を向けるのを待とうとはせずに言った。「若い頃のことよ。ちょうどいまのあなたと同じくらい。わたしはひたすら崖を乗り越えようとするみたいに、人生に待ち受けるあらゆる困難に立ち向かっていた」

聞き慣れた台詞《せりふ》だとは認めたくなかった。

「自分は勇敢で、大胆だと思っていた。落ちたらなすすべがないんだって気づくまで、何年もかかったわ。そうなったら、ただ重力に身を任せるしかないんだって」

アンドレアはわざとらしく肩をすくめた。「わたしは高いところは平気」

「わたしも同じようなことを母親に言ったのよ」ローラは密《ひそ》かな思い出に笑みを浮かべた。

「わたしがなにかを目指して走っているわけじゃないことを母は知っていた。わたしはあらゆるものから逃げていたの――とりわけ、自分自身から。母がなんて言ったと思う？」

「それを話してくれるんでしょ？」

ローラは笑みを浮かべたまま、アンドレアの顔を両手でそっとはさんだ。「〝どこに行こうと、あなたはそこにいるのよ〟って言ったの」

アンドレアは、母親の目に不安を見て取った。ローラは怯《おび》えている。彼女はアンドレアを守ろうとしている。それとも、いつもそうしてきたようにアンドレアを操作しようとしているのかもしれない。

「もう、お母さんったら」アンドレアはうしろにさがった。「素晴らしいおばあちゃんみたいに聞こえるじゃない。会ってみたかったわ」

ローラのつらそうな表情が傷の深さを教えていた。舌が剃刀《かみそり》になるこんなやりとりは、ふたりにとって初めてのことだった。

アンドレアは母の手を軽く握った。言葉ではもう修復できない。傷口に絆創膏《ばんそうこう》を貼って、次に会うときまで化膿《かのう》させておくだけだ。「お父さんを捜してくる」

「そうね」ローラは喉を鳴らして涙をこらえた。

人混みのほうへと戻りながら、アンドレアは心の中で自分を叱りつけた。それから、自分を叱りつけた自分を叱りつけた。いまさらそんなことをしてなにになるっていうの？

彼女に感心した見知らぬ人たちから背中を叩かれ、称賛の言葉をもらいながら、空のボトルをリサイクル用ゴミ箱に放りこんだ。白い顔が大部分を占める人たちのあいだに視線をさまよわせ、うしろのほうにひとりで立つ父親を見つけた。ゴードンはほとんどの父親よりも背が高くて引き締まった体つきをしていて、むさ苦しい顎ひげと口ひげのせいでイドリス・エルバのような雰囲気を漂わせていた。イドリス・エルバが、地元の天文学クラブのリーダーで、ジャズのことばかり喋《しゃべ》るまくる、信託や不動産を専門とするおたくっぽい弁護士であればの話だが。

アンドレアは全身汗だくだったが、ゴードンは〈エルメネジルド・ゼニア〉のスーツを着ていたにもかかわらず、彼女をぎゅっと抱きしめると、頭頂部にキスをした。

「お父さん、わたしは汗まみれなのに」

「そのためにクリーニング店があるんじゃないか」彼はもう一度アンドレアの頭にキスをしてから、体を離した。「おまえがやり遂げたことを誇りに思うよ」

アンドレアは、父が選択した言葉に気づいていた。彼女が連邦保安局の一員になったことを誇りに思っているのではない。幼稚園で七面鳥の絵を描くために、自分の手の形をトレースしたアンドレアを誇らしく思ったように、トレーニングをやり抜いた彼女を誇りに思っているだけなのだ。

「お父さん、わたしは――」

ゴードンは首を振った。その顔には笑みが浮かんでいたが、アンドレアは父の笑顔を知っていた。「おまえのお母さんがひどく気まずそうだっていう話をしようか。少しは楽しめるんじゃないかな」

アンドレアが振り返ると、ローラが一列に並んだ武装した男たちの前を不安そうに通り過ぎるところだった。教官たちはポケットに米国連邦保安局《USMS》の公式の標章が刺繍《ししゅう》された、紺色のポロシャツを着ている。黄褐色のズボンのベルトには、ＵＳＭＳの銀星章《シルバー・スター》のバッジをつけ、腰にはグロックを帯びていた。

気さくな教官のひとりがローラに話しかけた。動揺している彼女を見てゴードンはくすくす笑ったが、アンドレアは散々彼女を困らせてきたから、落ち着かない様子のローラを面白がることはできなかった。

「わからない」アンドレアは言った。

ゴードンが彼女に視線を向けた。

「わたしがどうしてこんなことをしているのかを訊きたいのなら、答えはわたしにもわからない」アンドレアはそう認めることで肩の荷をおろした気になった。これまで自分自身に対しても、その思いを口にしたことはない。ローラの一方的なアドバイスのおかげで、舌が緩んだのかもしれない。「心の中では、保安官になれば目的意識が持てるとか、生物学上の両親が行おうとした破壊活動の償いをするべきだっていう考えにしがみついていた。でも正直に言えば、ただ片方の足をもう一方の足の前に出して、後退するよりは前に進むほうがましだって自分に言い聞かせていただけなのよ」

いつものごとく、ゴードンは一度考えてから、言葉を口にした。「最初はおまえがお母さんを怒らせようとしているのかと思っていた。確かにそれは成功したわけだが、四カ月にわたる身体的な訓練と集中的な勉強は、典型的な反抗とは言えないな」

的を射ていた。「フェンタニルを吸ったり、バイク乗りとの子供を作ったりするのには、魅力を感じなかったんだもの」

面白くない冗談だとゴードンの顔が告げていた。「これまでの人生に対する答えが欲しいとおまえが考えるのはもっともだ」

「そうかも」アンドレアは応じたが、それも数多くある理由のひとつにすぎない。

アンドレアがその一員となった米国連邦保安局は、証人の身の安全に関するプログラム——一般的に証人保護と呼ばれている——を担当している。ローラがサインをした時点ではアンドレアはまだ生まれていなかったが、アンドレアの父親について彼女が証言した結果、ふたりはどちらもそのプログラムの対象となった。アンドレアの父親に不利な証言をする見返りとして、ローラはジョージアの海沿いの町で暮らす悲劇の未亡人の身分を得た。冷酷な犯罪者というレッテルを貼られる代わりに、小さな町の言語聴覚士として一目置かれるようになった。反政府意見の持ち主だったから、現実を知った退役軍人たちと退役軍人病院で共に働くにはぴったりだった。

残念なことに、アンドレアは保安官学校に入って二週目に、保安局のあらゆる証人保護記録は固く封印されていることを知った。法的に正当な確たる理由がなければ、いかなる人物も記録を見ることはできない。USMSはイルミナティではない。結社に加わったからといって、世界の秘密すべてを知ることはできないのだ。

「とにかく」ゴードンは話題を変える潮時を知っていた。「保安官のバッジは見事だね。とてもワイアット・アープだ」

「シルバー・スターって呼ばれているの。それから、ワイアット・アープが保安官になったのは、だれかにお兄さんを殺されそうになってからよ」アンドレアは話しだすと止まらなかった。教官たちに、USMSの歴史を脳の隅々にまで叩き込まれている。「ヴァージル・ワープは、OK牧場の決闘を仕切っていた保安官補だったの」

「おまえに教科書を開かせた教官たちはたいしたものだ」ゴードンの笑みはぎこちないままだった。「初任給で生活費が賄える。二年目からは段階的な昇給が保証されている。それからも昇級はある。有給休暇。病欠。ヘルスケア。五十七歳の定年。その後は牧場でのんびりする気になるまで、経験を生かしてコンサルタントの仕事につくこともできる」

ゴードンはなんとか会話を続けようとしていたので、アンドレアも言ってみた。「わたしたちは、本当の悪人だけを追うのよ」

彼は眉を吊りあげた。

「追いかける相手のことはわかっているの。スピード違反の車を止めて、それが麻薬カルテルのメンバーなのか、それともソフトボールの練習に遅れそうになっている人なのかもわからない地元の警察とは違う」

ゴードンは黙って聞いている。

「わたしたちは、相手の名前も犯罪歴もわかっている。判事が令状を出して、わたしたちはそこに書かれている人間を捜すの」アンドレアは肩をすくめた。「あるいは、囚人を裁判所まで連れていく。あるいは知能犯罪者の資産を没収する。あるいは小児性愛者がしなければならないことをしているかどうかを確認する。わたしたちは捜査はしない。はっきりと限定された仕事を割り当てられないかぎり。たいていの場合、すでに有罪判決を受けた人間が相手なの。何者なのかはわかっているのよ」

ゴードンはまたうなずいたが、それはアンドレアの言ったことに同意したというより、彼女の言葉を聞いていたという意味にすぎなかった。

アンドレアは尋ねた。「〝The Problem We All Live With〟っていう絵を知っている?」

「ノーマン・ロックウェル。一九六四年。油絵」ゴードンは美術に詳しい。「白人だけの小学校に通うことになった、ルビー・ブリッジズという六歳の少女に着想を得て描かれたものだ」

「彼女を守っているのが、連邦保安官だって知っていた?」

ゴードンが訊いた。「そうなのか?」

アンドレアは、まさにこのときのために学んだあらゆる事実を伝えた。「保安官は最高裁判事と外国の代表団の身辺警護をするの。オリンピックの選手たちを保護する任務もあるわ。南極大陸にいる科学者たちのことも守っている。この国でもっとも古くからある連邦の法執行機関なの。ジョージ・ワシントンが、最初の十三人の連邦保安官をじきじきに任命したのよ」

ちょうどそこに、ローラがやってきた。「逃亡奴隷を捕まえて、所有者のところに連れ戻したのも彼らよ。第二次世界大戦中には、日系アメリカ人を拘置していた収容所を運営していたし、それから――」

「ローラ」ゴードンがたしなめた。

アンドレアは地面に視線を落とした。ほかの親が子供たちと言葉を交わしているのが聞こえるが、これほど気まずい思いをしている者はだれもいない。

「ハニー？」ゴードンはアンドレアが顔をあげるのを待って、言った。「わたしはおまえを応援するよ。いつだって応援してきた。わたしを説得する必要はないんだ」

「冗談でしょ」ローラがつぶやいた。

ゴードンはアンドレアの肩に手を置いた。「自分が何者なのかを忘れないということだけ、約束してほしい」

「そうよ」ローラが言い添えた。「あなたがいったいだれなのかを忘れちゃだめ」

ふたりがまったく違う話をしていることはわかっていたが、アンドレアは議論を始めるつもりはなかった。

「こんにちは」どこからか、別の保安官が現れた。洒落《しゃれ》たスーツを着ているが、上着の下に銃を帯びているのがわかる。最後に会ったのが一年八カ月前ではなく、つい二秒前だったかのように、マイクはアンドレアにウィンクをした。「USMSのマイケル・ヴァーガスです。お嬢さんのことが、さぞ誇らしいでしょうね」

「ヴァーガス？」ローラはマイクを見て、明らかにたじろいだ。彼はローラの証人保護プログラムの担当者で、ローラは政府のために働いている人間はだれであれ信用していない。「それって別の偽名なの？　それともようやく本当のことを言っているわけ？」

アンドレアは母親に視線を向けた。「本当のことって？」

「エージェント・ヴァーガス、お会いできてうれしいですよ」証人保護プログラムはそうあるべきものだったから、ゴードンはこれが初対面であるかのようにマイクと握手をした。アンドレアの教官たちも、彼女が証人保護を受けていたことを知らない。所長ですら知っているかどうか怪しいものだとアンドレアは考えていた。

「ミズ・オリヴァー」マイクは、ローラが握手をするつもりがないことを知っていた。

「おめでとうございます。誇らしさに顔が輝いていますね」

「なにか飲みたい」朝の十時半だったが、ローラは連邦政府の訓練センターにバーを探しに行った。権力を前にしたローラがいらつくのはいつものことだが、三十年以上も彼女のあらゆる行動を規制していた人々の一員にアンドレアがなったせいで、バズーカ砲を抱えたヤマアラシのようになっている。

マイクは、声が聞こえないくらいまでローラが離れるのを待って言った。「保安官が禁酒法施行の手伝いをしていたことは、彼女に言わないほうがよさそうだ」

ゴードンはもう一度アンドレアの肩をぎゅっと握ってから、その場を離れていった。

マイクは遠ざかる彼を見送りながら、アンドレアに言った。「少なくとも、きみのお母さんは来てくれたわけだ。意味のあることだよ」

アンドレアは無言のまま、うわべだけでも冷静さを装おうとした。走ったせいで汗だくでひどい有様だったが、全身がかっと熱くなっているのはマイクのせいだった。アンドレアが突然連絡を絶つまで、ふたりは四カ月間、深い関係だった。別れるという決断は必要なことではあったが、ひどく辛いものだった。ローラがついいましがた指摘したとおり、マイクはアンドレアが崖から転がり落ちたことなどなかった時代の人生の一部だ。彼女を救うためにさっそうと登場する、救世主コンプレックスを持つ男などアンドレアは必要としていない。自分で自分を救うことを学ばなければいけないのだ。

彼女が保安官補になったのは、それが理由なのかもしれない。

ほかよりもずっともっともっともらしい説明だ。

「セクシーな新しいおれをどう思う?」マイクは濃く黒い顎ひげを撫でた。「気に入った?」

ぞくぞくするほど気に入っていたが、アンドレアは肩をすくめただけだった。

「ちょっと歩こうか」マイクは明らかに言い合いをしているローラとゴードンをちらりと振り返ったあと、彼女の肩を軽く叩いて促した。「ふたりはまた付き合っているの?」

そのとおりだったが、母親の担当者に情報を与えるつもりはなかった。

マイクはさらに言った。「善人の仲間になるというきみの決断をゴードンが応援してくれてよかった」

ゴードンはアイビーリーグのロースクールを出た黒人男性だが、バックミラーに警官の姿を見るたびに汗をかいている。

「父はいつだってわたしを応援してくれる」

「お母さんもだ」マイクはアンドレアの懐疑的な表情を見て笑った。「数年前、ローラのせいで危うく職を失いそうになったにもかかわらず彼女の肩を持ったのは、彼の回復力の証《あか》しかあるいは外傷性健忘の兆候かもしれない。「彼女を理解してあげないと。保安官は危険のある仕事だからね。ローラはそのことをだれよりもよく知っている。きみが傷つくのが怖いんだよ」

アンドレアは個人的なことから話題を逸《そ》らそうとした。「あなたが卒業したときには、お母さんは盛大なパーティーを開いたんでしょうね」

「そうだよ。そのあとで、おれの身になにか恐ろしいことが起きたらどうしようと考えて、食料品庫で泣きじゃくっていたけれどね」

アンドレアは心が痛むのを感じた。保安官のトレーニングをやり遂げることに必死になっていたせいで、わかりきったもの以外にもローラが彼女の選択を嫌がる理由があるのかもしれないとは、考えてもみなかった。いろいろな面を持つ人ではあるが、ローラ・オリヴァーは愚かではない。

「教えてくれないか」マイクは管理棟へとアンドレアをいざないながら言った。「いまおれたちは、一年半前、きみがおれを捨てたことを後悔していないふりをしているのかな?」

どちらかと言えばアンドレアは、彼に追い詰められていないふりをしていた。彼の名前を叫べばいいのか、それとも泣きだすべきなのかわからない。

記憶が正しければ、ふたりはそのどちらもしていたはずだ。

「ほら」彼はおどけたように、もう一度アンドレアの肩を小突いた。「質問には答えるべきだと思うぞ」

アンドレアは答えを思いついた。「わたしたち、軽い付き合いなんだと思っていた」

「そうなのか?」マイクは先に立って、ガラスのドアを開けた。

「軽い付き合いだったら、おれの母親に会わせるためにきみをウェスト・ジーザス・アラバマまで連れていったりしないんじゃないかな」

彼の母親はローラとは正反対のタイプだった。

アンドレアはさらに言った。「軽い付き合いっていう言葉には、いろいろな意味があるの」

「そんなメッセージをもらった覚えはないな。ショートメールだった? それともボイスメール?」

「伝書鳩《でんしょばと》よ」アンドレアは冗談で返した。「さえずり《ツイート》を受け取らなかった?」

実用的なオフィスビルの中は照明が消されていたが、エアコンはよく効いていて、アンドレアにとってはこれ以上ないくらい最高の場所だった。汗が乾いて、肌がちりちりするのが感じられた。

マイクは柄にもなく無言のまま廊下を進み、階段へと続くドアを開けた。アンドレアはフェミニズムから、そして彼のうしろ姿を楽しむために、彼を先に行かせた。オーダーメイドのズボン越しに、引き締まった脚の筋肉が浮かびあがっている。たくましい手で手すりをつかみ、二段ずつ階段をあがっていく。アンドレアは彼の前にも何人かとセックスしたことはあったが、付き合ったのは彼が初めてだった。彼はとても頭がよくて、自分に絶対的な自信を持っていた。当時は、彼と同じようになれるとは思えなかった。

マイクは階段をあがりきったところにあるドアを開けた。「ツイートは愚か者より先にするもんだ」

マイクが先に入っていったので、愚か者というのは自分のことなのだろうとアンドレアは思った。いったい自分たちはここでなにをしているのだろうと考えながら、暗い廊下の先に目を凝らす。マイクの得意技だ――彼はいつもアンドレアに大切なことを無視させる。本当なら今頃シャワーを浴び終えているはずなのに。このままでは卒業式に遅れてしまう。

アンドレアは尋ねた。「わたしをどこに連れていくの？」

「きみはびっくりするのが好きだろう？」

びっくりするのが好きだったことはないが、アンドレアはおとなしく彼について、がらんとした会議室に入った。

明かりは消えていた。マイクがブラインドを開けると、太陽の光が差しこんだ。

彼が言った。「座って」

厳密に言えば彼のほうが階級は上だが、アンドレアは彼の命令に従うつもりは毛頭なかった。

偵察と逃亡犯の逮捕の演習に使われていた部屋の中を歩いた。授業は終わっているので、ホワイトボードはきれいに消されている。壁には額装された昔の保安官たちの肖像画が飾られていた。一七九〇年代、ロバート・ローサイスは保安官として初めて勤務中に命を落とした。バス・リーヴズは、前世紀から今世紀にかけてその地位にあった初めての黒人保安官補だ。フィービー・カズンズは米国初の女性保安官というだけでなく、ロースクールを初めて卒業した女性のひとりでもあった。

いちばん大きな額に入っているのは、ハリソン・フォードが逃亡した囚人を、トミー・リー・ジョーンズが彼を追いかける保安官を演じた一九九三年の映画『逃亡者』のポスターだった。寮の小会議室に飾られていたニコラス・ケイジの『コン・エアー』の巨大なポスターよりはましだと、アンドレアは思った。ハリウッドでは、保安官はあまりいい待遇を受けていない。

マイクは大きな世界地図の前に立った。あちらこちらにあるUSMSの基地に青いピンが刺さっている。USMSは密接な関係を持つコミュニティで、世界中に約三千人のエージェントがいる。全員が互いを知っているか、もしくは彼らを知るだれかを知っているかのどちらかだ。マイクから逃げ出したことが、彼と再び出会うことになる仕事につく結果になったのは、意外ではなかった。

彼が訊いた。「どこを希望した？」

アンドレアはこれといった要望を出していなかった。卒業式のあとで、配置を伝えられることになっている。「どこか西のほうがいいって頼んだ」

「家から遠いところか」それが重要であることを、マイクはよくわかっていた。「なにがしたいのかは決めた？」

アンドレアは肩をすくめた。「状況次第じゃない？」

USMSは本人が望む仕事をしてもらいたいと考えているので、一年目はさまざまなことを体験させる。二週間おきにいろいろな仕事——逃亡者の逮捕、裁判官の警護、資産の没収、囚人の移送とそれに関わる業務、性犯罪者の管理、行方不明の子供に関するプログラム、そしてもちろん証人保護プログラム——に携わるのだ。

ぱっとひらめいて、自分に向いている仕事を見つけられればいいとアンドレアは考えていた。それが無理でも、充分な退職制度と有給休暇がある。

マイクが言った。「西のほうのオフィスは小さい。当てにできる地元の人員があまりいないんだ。おそらく、ほとんどの時間を手錠をつけて引きずり出すことに費やすことになると思うよ」

囚人の移送の話だ。アンドレアは肩をすくめた。「どこかで始めなきゃいけないんだから」

「まあ、そうだ」マイクは窓に近づいた。練習場を眺める。「あと数分かかる。座ったらどうだ？」

早く本題に入れと言うべきだったのだろうが、アンドレアは彼の広い肩を見つめることしかできなかった。マイク・ヴァーガスのもっともセクシーなところは、その筋肉質の体でもなければ低い声でもなく、いかした新しい顎ひげでもない。彼と話をしていると、彼は自分だけになにかを打ち明けてくれているという気になるのだ。魔術的リアリズムが好きなのに、ドラゴンが出てくる本は受けつけないこと。足をくすぐられるのが苦手で、寒いのが大嫌いなこと。時々は腹も立つけれど、威張り散らす三人の姉が大好きなこと。子供の頃、聖女のような母親がふたつの仕事を掛け持ちして家族を養っていたけれど、母と過ごす時間を増やせるなら食事を抜いても構わないと思っていたこと。初めて家族のことがアンドレアとのあいだで話題になったとき、父親について嘘をついたこと。

マイクが十歳のとき、真夜中に目を覚ました父親が十代だったマイクの兄を侵入者だと思いこんで、頭を銃で撃ってしまったこと。

死んだ兄が木の床に倒れるどさりという音が、いまも時々マイクの耳には聞こえること。

一週間後、同じ銃で自殺した父親が倒れるどさりという別の音が、いまも時々聞こえること。

「そうだ、もう少しで忘れるところだった」振り返ったマイクの顔には笑みが浮かんでいた。「きみにちょっとしたアドバイスをしようと思っていたんだ」

アンドレアは彼のからかうような口調が気に入っていた。「一方的なアドバイスは好きよ」

彼の笑みが顔いっぱいに広がった。「どこに行くことになっても、おれたちは付き合っているってみんなに言うといい。きみ自身のためにね」

アンドレアは大笑いをした。「どうしてそれがわたしのためになるの？」

「うん、まずはひとつめ。おれを見て」彼は両手を広げた。「おれはものすごくかっこいい」

　確かにそのとおりだった。「ふたつめは？」

「きみの新しいオフィスの男たちは、どうしてきみが自分たちと寝ないんだろうって疑問に思うからだ」彼は窓にもたれた。「彼らは考えはじめる――彼女は内部調査に来ているんだろうか？　おれをスパイしている？　彼女は信頼できる？　それともレズなんだろうか？　どうしてカムアウトしない？　彼女はなにを隠している？　彼女の恋人はおれよりもいかしている？」

「選択肢はそれだけなの？　スパイかゲイかのどちらかしかないわけ？　興味がないだけっていう答えにはならないの？」

「ベイビー、彼らは連邦保安官なんだぞ。きみにもちろん興味を抱くさ」

　アンドレアは首を振った。汗とバスオイル以上にグリンコにあふれているのが、テストステロンだ。「あなたのエゴがわたしの伝書鳩を呑《の》みこんだみたいね」

　日光を受けて彼の瞳がきらりと光った。「きみの味が忘れられないのはそのせいだろうな」

　黒のスーツを着てイヤホンをつけた、いかにも連邦保安官らしいいかめしい態度の男性がはげた頭をドア口からのぞかせたので、ふたりはぎょっとした。男は部屋を見まわしてからうなずき、一度顔を引っこめた。

「遅れてすまない」堂々とした年配の男性が入ってくると、部屋中の酸素が吸われてしまったようだった。彼は優美な手をアンドレアに差し出した。「ようやく会えてうれしいよ、アンドレア。この訓練センターできみが成し遂げたことは、本当に誇らしい。素晴らしかった」

アンドレアは、口があんぐりと開かないように唇を噛んでいなければならなかった。彼は名乗らなかったが、その顔は知っている――もちろん、知っていた。スキャンダルで落伍《らくご》するまで、彼は大統領予備選挙の有力な候補者だった。幸運なことに無事に窮地を脱して、いまはカリフォルニア州の初年上院議員だ。

そしてまた彼は――アンドレアが最近知ったことだが――ローラの兄でもあった。つまりはアンドレアの伯父だということだ。

「母に――」アンドレアの喉がつまった。「母に会っていないんですか?」

ボトックス注射をしているジャスパー・クエラーの眉がぴくりと動いた。「来ているのか?」

「父と一緒に。ゴードンです。ふたりは、その……」アンドレアは座らざるを得なかった。マイクが自己紹介するまで、彼がいることを忘れていた。彼女をここに連れてきたマイクの股間を思いっきり蹴りあげたかった。まんまと罠《わな》に誘いこまれた自分のことも蹴飛ばしたかった。ジャスパーがここにいるのは偶然ではないとわかっていたからだ。

すべては計画されていた。

アンドレアの頭の中で、ある質問が繰り返されていた。二年前、彼女の人生が根底からひっくり返されたときに、突きつけられた質問だ。

なんてこった、きみは釣り針を口に引っかけたままで、これまでの人生を送ってきたのか？

そのときはそうだと答えた。二年後もまだ餌に引っかかったままだという事実に、言い訳の余地はない。

アンドレアはジャスパーに尋ねた。「ここでなにをしているんですか？」

マイクは部屋を出ていくいいタイミングだと考えたようだ。

ジャスパーは薄い革のブリーフケースをテーブルに置いた。金メッキの鍵がカチリと開く鋭い音は、いかにも高級そうだ。彼のスーツを作ったのがだれなのかは知らないが、手作業で縫製されたものに違いない。彼女の学資ローンの総額を形にしたものを、いま目にしているのかもしれなかった。

彼は椅子を示した。「いいかな？」

壁に掛けられた組織図を確かめる必要はなかった。ＵＳＭＳは司法省の中の組織で、彼女の前の椅子に座ってもいいかと尋ねた男性を含む、二十二人の上院議員からなる上院司法委員会の監督下にある。

「どうぞ」アンドレアは横柄に手を振ろうとしたが、テーブルの端にぶつけただけだった。エアコンはよく効いているにもかかわらず、背中を汗が伝うのがわかった。感情があふれ出しそうだ。自分の娘と兄が同じ部屋にいることを知ったら、ローラは怒り狂うだろう。アンドレアがどれほど母に腹を立てていたとしても、目の前にいる人間を選ぶことはない。なにがあろうと、絶対にジャスパーの側に立つことはありえない。

「アンドレア、まずはこれまで会えなかったことを謝りたいと思う」もう何十年も前に軍服は脱いでいるのに、座っているときですら、ジャスパーは軍人らしい姿勢を崩さなかった。「きみから来てくれればいいと思っていた」

アンドレアは、彼の目のまわりの細いしわを見つめた。ローラより六歳年上だが、貴族的な鼻と高い頬骨はよく似ている。「どうしてわたしが？」

彼は一度だけうなずいた。「いい質問だ。きみのお母さんが反対したんだろうね」

真実は効果的な武器だ。「その話が出たことは一度もありません」

ジャスパーは開いたブリーフケースの向こうから彼女を見つめた。フォルダーを取り出し、テーブルの上に置く。ブリーフケースを閉じて、床におろした。

彼がフォルダーについて尋ねてもらいたがっているのがわかっていたから、アンドレアは尋ねたくなるのをこらえた。「卒業式に遅れます」

「大丈夫だ。きみが来るまで始まらない」

アンドレアは歯ぎしりした。保安局という小さな世界はさらに小さくなった。アンドレア・オリヴァーと話をするために上院議員が卒業式の開始を待たせているのはなぜなのだろうと、訓練を受けた捜査官たちがじきに彼女を取り囲むことになるだろう。

「きみと直接会えて、本当によかった」ジャスパーはまじまじと彼女を眺めた。「きみはお母さんにとてもよく似ている」

「どうして褒められているように聞こえないのかしら？」

彼は微笑《ほほえ》んだ。「父親と比べられるよりはいいと思うね」

そのとおりだとアンドレアは思った。

「実を言うと、わたしがここに来たのは彼が理由だ」ジャスパーはフォルダーを軽く叩いた。「きみも知っているとおり、二年前にきみの父親に対して行われたさらなる告発で、陪審員の意見は割れた。司法省が再び彼を裁判にかけることはないだろう。そのあいだにも、元々の量刑は減っている。九・一一以前、国内におけるテロ行為の計画は、新しい種類の犯罪だった。法の効力が及ぶのは殺人の陰謀だけだ。きみの母親の証言は役には立ったが、充分ではなかっただろう？　彼が犯罪を犯していたほうが、結果としてはよかったかもしれない」

母親を批判されたのは気に入らなかったが、アンドレアは肩をすくめただけだった。ニック・ハープは四十八年の刑のうち、まだあと十五年を残しているのだ。「だから？」

「半年後に、またきみの父親の仮釈放の審理が行われる」

彼のその口調に、アンドレアの胃がぎゅっと縮んだ。彼女が夜、眠れるのは、ニックが檻《おり》の中にいることがわかっているからだ。「前にも何度か仮釈放の審理があった。いつも棄却されていたのに、どうして今度は違う結果になると思うんです？」

「ここ最近、国内のテロに対する一般的な考え方が変わってきたことがある。とりわけ、仮釈放委員会は歴史的に見ても保守的だからね」米国の上院議員には世界をコントロールする力はないと言わんばかりに、ジャスパーは首を振った。「これまでは、わたしが彼の仮釈放を阻止することができたが、今回は実現する可能性がある」

「本当に？」アンドレアは疑っていることを隠そうとはしなかった。「あなたは刑務局を監督する立場でしょう？」

「そのとおり」彼はうなずいた。「自分に有利になるようにことを運んでいると思われるのは、不適切なことなのでね」

アンドレアの喉がからからになった。ニックが刑務所から出てくるかもしれないと思うと恐ろしくてたまらなかったし、こんなふうに突然現れたジャスパーにも腹が立った。

「でも上院議員、あなたがこれまでにいくつか不適切なことをしているのはわかっていますけれど」

彼はまた笑みを浮かべた。「きみの母親と同じようにね」

「母を持ち出すのはやめて」アンドレアはテーブルに身を乗り出した。「前回、あの男がわたしたちになにをしたか、知っているんですか？　あいつは怪物よ。何人も死んだ。あいつはずっと刑務所の中にいたのに。出てきたらなにをするか、わかっていますか？　まっすぐに母のところにやってくる。わたしのところに」

「素晴らしい」ジャスパーは、肩をすくめたさっきのアンドレアの仕草を真似た。「わたしたちは皆、彼が引き続き収監されるかどうかに関心があるようだ」

冷淡で嫌な女を演じても効果はないようだったので、アンドレアは別の角度から攻めることにした。「わたしになにをしろと言うんですか？」

「その反対だよ。わたしはきみにあるものを与えるために来た」彼はフォルダーから手を放した。アンドレアはラベルが貼られていることに気づいたが、書かれている文字までは読み取れなかった。「きみを助けたいんだ、アンドレア。きみの家族を」

その名をまだ口にしてはいないものの、彼がローラのことを言っているのはわかっていた。

「きみは西海岸への配属を希望していたね」

アンドレアは勢いよく首を振った。伯父の地元の州だけは避けたい。「わたしは――」

「最後まで聞いてほしい」彼は手をあげた。「それよりもう少しここから近い、ボルチモアのようなところは嫌だろうかと考えていた」

　不意に不安が押し寄せてきて、アンドレアは黙りこんだ。

「そこの連邦判事が、冗談とは思えない殺害の脅しを受けた。ボルチモアにある彼女の自宅に、何者かが死んだネズミを送りつけたんだ」ジャスパーは一拍の間を置いた。「夜のニュースできみも見たかもしれない」

　アンドレアと同世代の人間はだれも夜のニュースを見たりしないので、彼女はなにも知らなかった。

「レーガンが任命した判事だ。残っているわずかな人間のうちのひとりだよ。前の政権のあいだ、引退を促す圧力はかなりあったんだが、彼女はそのタイミングを逸してしまった」

　アンドレアは政治にはまったく興味がなかったが、USMSが連邦判事を保護する任務を負っていることは知っていた。

「彼女が判事に任命された背後には、悲劇的な話がある。公聴会の前の週、彼女の娘が行方不明になった。時を同じくして、町はずれの大型ゴミ容器の中から死体が発見された。被害者は女性で、顔がつぶされていた。首の椎骨が二つ、折れていた。歯の記録で身元を突き止めなくてはならなかった。被害者は、判事の娘だった」

ものすごく高い建物の縁に立っているみたいに、アンドレアの足の裏がむずむずしはじめた。

「信じられないことに、その少女は生きていた」ジャスパーは、その事実に畏敬の念を表すかのように、言葉を切った。「生きていたというのは、相対的な言葉だ。医学的に言えば脳死状態だったんだが、彼女は妊娠していたんだ。わたしの知るかぎり、父親がだれなのかはわかっていない。その後二カ月近く、生命維持装置によって彼女の体は生かされた——赤ん坊が無事に生まれるまで」

体ががたがたと震えないように、アンドレアは唇を強く嚙んだ。

「当時、少女の事件は世間の注目を集めた。彼女の悲劇的な状態は、間違いなく母親の承認のあと押しになった。中絶反対の姿勢を政策に盛りこんだのがレーガンだ。それ以前、彼らの側の人間はそれほど重要視していなかったんだ。ブッシュは副大統領の地位を得るため、〈プランド・ペアレントフッド〉（性と生殖に関する非営利組織で妊娠中絶権利擁護派の推進団体）を見放さなければならなかった」ジャスパーは、早く要点を言ってほしいとアンドレアが考えていることに気づいたようだ。「判事と夫が、生まれた子供を育てた。子供と言ったが、いまはもう四十歳近い。彼女自身にも娘がいる。十代の子だ。かなり手のかかる娘だと聞いている」

アンドレアはさっきと同じ質問をした。「あなたはここでなにをしているんですか？」

「きみが本当に知りたいのは、その話ときみの父親になんの関係があるのか、ということだろう?」彼は再び、謎のファイルに手をのせた。

「連邦裁判所は夏季休暇に入っている。例年どおり、判事と夫は自宅に戻っていて、これから二カ月をそこで過ごすことになっている。ボルチモア本部の特別捜査官が殺人予告の捜査を行い、USMSはそれぞれ昼と夜を担当する二チームで身辺の警護にあたる。身辺警護はたいして難しい仕事じゃない。子守のようなものだ。それにロングビル・ビーチは美しい町だ。どこにあるかは知っているね?」

アンドレアは咳払いをしてから、答えた。「デラウェア」

「そのとおり。実を言うと、ロングビル・ビーチはきみの父親が育った町だ」

アンドレアは残りのパズルのピースを当てはめた。「四十年前、判事の娘を殺したのはニック・ハープだと考えているんですね」

ジャスパーはうなずいた。「殺人には時効がない。有罪になれば、彼は死ぬまで刑務所の中だ」

アンドレアの頭の中で、その言葉が繰り返された――死ぬまで刑務所の中。

「彼は子供の父親だと噂されていた。行方不明になった夜、少女は彼と対峙《たいじ》している。言い争っているところを、何人かに目撃されているんだ。言葉で脅しただけでなく手も出している。そして被害者が彼女だと断定されてまもなく彼は町を出ていった」

アンドレアは喉が動くのを感じた。聞かされた事実を頭にとどめようとしたけれど、ニック・ハープにもうひとり子供がいたということしか考えられなかった。

そして彼は、彼女を捨てた。

「自分で確かめるといい」ジャスパーはようやくファイルから手を放すと、彼女のほうに滑らせた。

アンドレアは、ふたりのあいだに置かれた閉じたままのファイルを見つめた。ラベルの文字が読めるようになった。

エミリー・ローズ・ヴォーン
生年月日　1964／5／1　死亡月日　1982／6／9
少女の名前がにじんで見えた。頭がまだ混乱している。意識を集中させようとした――殺人、時効がない、ニックは死ぬまで刑務所の中――が、ある疑問が脳裏から離れなかった。これはなにかの罠？　ジャスパーが信用できない。だれのことも信用できないと、アンドレアはつらい経験から学んでいた。

「どうだね？　興味はないかい？」

アンドレアがいま感じているのは、興味ではなかった。

恐怖。懸念。怒り。

アンドレアと同じように海辺の町で育った三十八歳の異母姉。母親の謎を決して解くことができないもうひとりの子供。彼らの人生をめちゃくちゃにしたあと、次の被害者を見つけたサディスティックな父親。

アンドレアは震える手をファイルに伸ばした。指の感覚がおかしくなっているのか、表紙が厚く感じられる。最初のページは、カメラに向かって明るく微笑む可愛らしい金髪の少女の写真だった。きつくかけられたパーマと青いアイシャドウが、いかにも八〇年代初期らしい。アンドレアはページをめくった。さらに次のページ。警察の捜査資料であることが、その書式でわかった。日付、時刻、場所、市街地図、犯罪現場の図、考えられる凶器、目撃者、罪のない十七歳の少女の体の傷。

ページをめくるうちに、アンドレアの指は汗で湿ってきた。捜査員のメモがあった。一九八二年当時、コンピュータは珍しかった。タイプライターも使われていなかったようだ。書き殴られた文字は何度もコピーされているうちににじんで、ひどく読みにくかった。

ファイルのどこにも、ニコラス・ハープという名前が見つからないことはわかっていた。それは、彼がアンドレアの母親と初めて会ったときに使っていた偽名だ。一九八二年の春、ロングビル・ビーチを出ていったときに、彼は本当の身分を捨てている。そこに住む人たちは、本当の名前の彼を知っている。最後のページに、円で囲まれ、二重に下線を引かれたその名前があった。

クレイトン・モロウ。

2

「オレゴンはきれいなところよ、お母さん」チェサピーク湾を渡りながら、アンドレアはウーバーの運転手の怪訝そうな顔を無視して言った。顔を彼に向け、電話をしているのだと身振りで示す。「きっと気に入ると思う」

「それは大切よね」ローラが言った。水がシンクを流れる音がする。ベルアイルに戻って、ゴードンのための食事を用意しているのだ。「わたしが最後に行ったのは、もうずいぶん前だわ。木が印象的だった」

「ベイマツが州の木よ。州花はオレゴングレープ。でもブドウっぽいグレープじゃないの。実はベリーに近い」アンドレアは、仕事用の携帯電話でオレゴンについてのウィキペディアのページをスクロールしていた。「九番目に大きい州だって知っていた？」

「知らなかった」

「それに――」アンドレアは、統計を読みあげているように聞こえない情報を探した。

「北西部には、ヴァリー・オブ・ザ・ジャイアンツっていう名前の熱帯雨林があるの。いかしてると思わない?」

「そっちは寒いの? 上着を持っていきなさいって言ったでしょう?」

「大丈夫」ウェザー・コムのページを開いた。「十八度あるから」

「まだ昼間だからよ」オレゴンとの時差はほんの三時間しかないにもかかわらず、ローラが言った。「お日様が沈むと同時に気温もさがる。あっちで上着を買ったほうがいいわ。こっちからフェデックスで送るより、そのほうが安い。太平洋岸の北西部では、夏の天気は変わりやすいのよ」

「わたしなら大丈夫だから」アンドレアは、五千キロ近く離れた場所の天気にふさわしい上着について語る母の言葉を聞きながら、窓の外を眺めた。

「ジッパーつきのものがいい。それに、風が入りこまないように、袖口は伸縮性のあるものにすることね」

アンドレアは、午後の早い時間の太陽の光を浴びながら目を閉じた。体内時計も方向感覚も狂っている。ジャスパーは、自分に都合よくことを運んだだけではなかった。すべてを完全にひっくり返した。本来なら、最初の任務を始めるまでに二週間の休暇があるはずだった。疎遠になっていた伯父のおかげで、卒業式からまだ二十四時間ちょっとしかたっていないというのに、彼女はすでにふたつの任務を与えられていた。ひとつは、殺しの脅迫を受けたうえ、死んだネズミを送りつけられた判事の警護で、もうひとつは、遠い昔に少女を殺した証拠をどうにかして見つけて、実の父親を刑務所から出さないようにすることだった。

この二年間にくだしたすべての決定と同じで、どうして自分がジャスパーの申し出を引き受けたのか、アンドレア自身にもわかっていなかった。最初は黙って部屋を出ていこうと思った。けれど思い直して、この二年間、ずっと拒否してきたことをした――自分の人生が砕けた瞬間のことを思い返したのだ。

アンドレアはその困難に対処できず、壊れたシンバルを叩き続けるぜんまい仕掛けの猿のようにぐるぐるとその場で回るばかりだった。当時のことで、彼女が誇りに思えるものはなにひとつない。なにも計画などなかった。結果を考えることもなかった。両親の謎を解き、ふたりが犯した罪についての真実を暴くため、あてもなく何千キロも車を運転した。その衝動のせいで、危うく人生がめちゃめちゃになるところだったし、ローラももう少しで命を落とすところだった。マイクに対してもそうだ。彼は幾度となく助けようとしてくれたのに、その努力に対してアンドレアは比喩的にも現実的にも急所を蹴りつけたのだ。

アンドレアがジャスパーにイエスと言ったのは、それが理由だったのかもしれない。

それがいちばんもっともらしい説明だろう。

四十年前の殺人事件をどうやって解決すればいいのかは、だれにもわからない。米国連邦保安官補としての最初の二十四時間は、幸先《さいさき》よく始まったとはとても言えなかった。昨日の午後、ボルチモア行きの九時五十分の飛行機に乗るため、アトランタ空港までレンタカーを五時間走らせたが、悪天候で離陸が二時間半遅れ、そのうえ着陸地点がワシントンDCに変更になり、おかげで夜中の二時に到着する羽目になった。ダレス空港から二十分タクシーに乗ってヴァージニア州アーリントンにある安モーテルまで行き、そこで四時間眠り、メリーランド州ボルチモアのUSMS地区本部に向かう列車の中でさらに一時間半眠った。

彼女の到着を待っていた人間はいなかった。ほかの職員たちは全員がDCでの会議に出席していた。普段は、資産の没収の仕事に当たっているリータ・フレイザーという職員がアンドレアを会議室に閉じこめて山のような書類にサインをさせ、セクハラについて書かれた小冊子を読ませ、シルバー・スターと一緒に政府支給のグロック17を手渡して、上司とチームのほかのメンバーと会うために改めて出直してくるようにと告げた。

さらに事態を悪化させたのが、リータが車を手配できなかったことで、そのためアンドレアは世界一高いウーバーでロングビル・ビーチに向かう結果になった。昨日からの一日はすでに、この世界の歴史上、もっとも退屈な日の拡張版になったような気がしていた。そしていま午後二時近くになって、アンドレアはようやく新しいパートナーと——願わくば——会うことになっているデラウェアに向かって、メリーランド州の海岸沿いを走っていた。

「買ったら、写真を送って」ローラが言った。

母が話しているのが、まだ経験してもいない天気に備えて買うことになっている幻の上着の話であることを理解するのに、アンドレアは頭の中を巻き戻さなくてはならなかった。

「覚えていたらね」

「一日二回電話するって約束したでしょ」

「してない」

「ショートメールでもいい」

「お断り」

「アンドレア」ローラはなにか言いかけたが、ゴードンが話しはじめたので送話口を押さえた。

オレゴン州についてネット検索したのは、局の方針に反していただろうかと考えながら、アンドレアは仕事用の携帯電話の画面を消した。いまだに、銃とバッジを与えられたことが信じられない気持ちだった。彼女は米国連邦保安官補になったのだ。人を逮捕することができる。そうしようと思えば、ウーバーの運転手を彼女の代理に任命することもできる。彼女のビーズのような目を道路に貼りつけることもできるかもしれない。彼女が保安官補であることに気づいた瞬間に、彼は後部座席に残された糞《ふん》を見るような目で彼女を見るだろうからだ。

アンドレアは、教官のひとりがホワイドボードに書いた文章を思い出した。

人から愛されたいのであれば、法執行機関に入ってはいけない。

「わかった」ローラが電話口に戻ってきた。「無理にとは言わないけれど、時々はメールをくれるとすごくうれしい、ダーリン。そうすれば、あなたが生きているってわかる」

「そうする」言われたとおりにするかどうかはわからなかったが、アンドレアは譲歩した。

「もう切らないと。ニシマキバドリが見えてきた」

「あら、写真を――」

アンドレアは電話を切った。風に乗って、まるで宙を歩いているような奇妙な飛び方をするイソシギを眺めた。

目を閉じ、疲労が軽くなることを願いながら、長々と息を吐いた。体が睡眠を欲しているのが感じられたが、これまで眠ろうとしても眠れなかったのは、伯父の本当の動機を突き止めたいという思いと、彼女がなにをしているかを知ったら、父はすべてをめちゃくちゃにしようとするだろうかという疑問と、マイクとの会話を頭の中で繰り返して、どちらがましかを――ひどい間違いを犯したと彼に打ち明けるか、それとも失《う》せろと告げるのか――考えることで、頭の中がいっぱいだったからだ。

このあと二時間も同じゲームをし続けるつもりはなかった。少なくとも、アーマーオール（車の洗浄剤）とマツの芳香剤のにおいが充満するウーバーの後部座席では無理だ。意識を逸らすために、アンドレアはバックパックからエミリー・ヴォーンのファイルを取り出した。すり切れたラベルのタイプの文字に目が留まった。ジャスパーはどうやって警察の捜査資料を手に入れたのだろう？　米国上院議員である彼は、さまざまな種類の情報にアクセスできるに違いない。それに彼はいまいましいほど金持ちだから、権力が及ばないところでは、現金をたっぷり詰めこんだ大きなブリーフケースにものを言わせるのだろう。

ジャスパーの企《たくら》みがなんであれ、問題ではなかった。アンドレアの捜査の目的はひとつだけで、それは裕福な伯父に取り入ることではない。父親に刑務所に入っていてほしいと、彼女は心の底から望んでいた。ローラの身の安全のためだけではなく、破壊を目的とするカルトに弱い人々を誘いこむことができるような人間は、刑務所から出すべきではないからだ。そのために三十八年前の殺人事件を解決しなければならないのなら、どうにかして三十八年前の殺人事件を解決するまでだ。犯人が父親であることを証明できなければ、あるいはほかの何者かが犯人であることを証明した場合は……そのときにはあの崖から落ちることになる。

アンドレアはもう一度息を吸い、ゆっくりと吐いてからフォルダーを開いた。

もっとも印象的だったのが、エミリー・ヴォーンの写真だ。高校最後の年に写したものだということはすぐにわかる。パーマをかけ、濃いアイラインを引いてはいるものの、十八歳目前の少女は美しかった。アンドレアは写真を裏返して、日付を見た。ほかの生徒たちと一緒にカメラの前で順番を待っていたのは、エミリーのお腹がそろそろ膨らみはじめていた頃だろう。それを隠すために、ガードルか引き締め効果のあるパンティストッキングをはいていたか、もしくは八〇年代の女性にとっての拷問のようななにかを身に着けていたに違いない。

アンドレアは、もう一度エミリーの顔を眺めた。卒業間際にはどんな気持ちになるものかを思い出そうとした。大学に進むことを考えてわくわくしている。家を出るのが待ちきれない。まだ親がかりだとはいえ、大人に、少なくとも自分が大人と考えている存在になろうとしている。

人生の最後の七週間、エミリー・ヴォーンは人間保育器として過ごした。警察の捜査資料を読むかぎり、父親は不明だと言ったジャスパーの言葉は正しい。一般大衆と裁判制度がDNAを証拠として認めるようになったO・J・シンプソンの裁判が行われたのは、一九八二年から十三年後だ。当時はエミリーの言葉に頼るほかはなく、彼女は墓まで秘密を持っていってしまった。

問題は、クレイトン・モロウはその可能性があったから容疑者とされたのか、それともニック・ハープがあんな犯罪を犯したから彼が疑わしく見えるのか、どちらだろうということだ。

アンドレアは当然のようにグーグルで検索をしたが、エミリー・ヴォーンの事件についてはごく限られた情報しか出てこなかった。ポッドキャストやテレビのドキュメンタリーでも、事件を深く掘りさげたものはなかった。おそらく、新しい手がかりがなかったからだろう。新しい目撃者も、新しい容疑者もいない。現場で集められたわずかな物証も、時間がたつうちに失われたか、二〇〇三年のハリケーン・イザベルによる洪水で流されてしまっていた。

エスター・ヴォーン判事のウィキペディアには、エミリーの死の状況について書かれた四十年ほど前の二十一の新聞記事のリンクが貼られていた。そのうちの十六は、八年前に廃刊になった地方紙の〈ロングビル・ビーコン〉のもので、リンクをクリックしても404と表示されるだけだった。全国紙の記事は有料コンテンツで、クレジットカードの記録を残したくはなかったし、そもそも彼女のカードが通るかどうかわからなかったから、アクセスするつもりはなかった。捜査当局の正当な許可なしに身元調査を行うのは、規則に――そして連邦法にも――反することなので、USMSのデータベースは使えなかった。

つまり、アンドレアのインターネットによる調査は行き詰まったということだ。エミリー・ヴォーンの死は、インターネットの世界にほとんど痕跡を残していない。長年のあいだにエスター・ヴォーンが書いたいくつもの意見記事には、刑事司法を正当化するために――レーガンに任命された人間ならそうするであろうとおりに――彼女が捻《ね》じ曲げた〝個人にとっての悲劇〟の詳細は記されていなかった。彼女の夫ドクター・フランクリン・ヴォーンに関しては、彼は家族と過ごす時間を増やすため、セリンジャー・スクール・オブ・ビジネス・マネージメントの名誉教授を退任することが記された、イエズス会系の私立大学であるメリーランド州ロヨラ大学発行の一年前のプレスリリースが見つかった。

ここでも、その家族についての詳細には触れられていなかった。

同じように、ドクター・ヴォーンの経済や社会的正義についての尊大な発言の多くは、苦境がどのようにもたらされたものであるかにかかわらず、自力でそれを乗り越える以外の解決策に欠けていた。

なによりいらだたしいのは、インターネット上にエミリーの娘の名前があがっていないことだった。

そのことをどう考えればいいのか、アンドレアにはわからなかった。デジタルの世界に彼女の痕跡が残っていないことについては、いくつもの説明が可能だ。彼女はアンドレアより五歳年上だから、ソーシャルメディアにはなじみが薄いのかもしれない。フェイスブックはインスタグラムやティックトックやツイッターと同じくらい情報を吸いあげるが、ネットワークに接続せずにいれば、自分の名前がオンラインにあがらないようにすることはできる。エミリーの娘は正式に名前を変えたのかもしれないし、配偶者の名前を名乗っているのかもしれないし、祖父母と連絡を絶っているのかもしれないし、より考えられるのは母親が――おそらくは誇大妄想症の父親によって――無残に殺されたことと、祖母が連邦判事であることと、世間は四十年前と同じくらいたちが悪いうえ、インターネットのせいでいまは完全に怪物と化してしまっているから、身を潜めているのかもしれない。ということで、アンドレアにできるのは考えることだけだった。エミリーの娘はいまもまだロングビル・ビーチにいるのだろうか？　それともどこかに移った？　彼女は離婚している？　子供――手に負えない十代の娘――がいるとジャスパーは言っていたが、祖父母とは親しいのだろうか？　エミリーの死の真相を聞かされている？　仕事はなにをしているのだろう？　外見はどんなふうだろう？　ニック・ハープのような青色の目と鋭い頰骨とうっすらと割れた顎をしているのだろうか？　それとも母親のふっくらしたハート形の顔を受け継いでいる？

アンドレアは自分の顔に手を触れた。ジャスパーやローラのような貴族的な顔立ちではないが、雰囲気がローラに似ていると言ったジャスパーは正しいのだろう。目は淡青色ではなく、薄い茶色だった。細面だが輪郭は三角形ではなく、顎の先には父親譲りと思われる、ほとんど気づかないくらいの割れ目がある。鼻は遺伝の謎だ――チューリップのにおいを嗅ぐピグレットのように先が反りあがっていた。

エミリーの写真をファイルの最初のページに戻した。捜査資料のページをめくったが、空港のゲートで、飛行機の中で、タクシーの後部座席で、モーテルで、列車の中で、そのすべてを数えきれないほど繰り返し読んでいた。にじんだ指の跡が、オレンジ・ピーナツバター・クラッカーを朝食代わりにがつがつ食べたことを教えていた。

自分はもっとうまくやれるはずなのにと、アンドレアは思っていた。

グリンコ訓練センターの未来のエージェントたちは、全員が犯罪捜査学校で十週間の集中的な訓練を受ける。アンドレアは、アルファベットで表される連邦法執行機関――DEA、ATF、IRS、CBP、HHS――にいずれ所属することになる仲間たちと机を並べ、より高度な捜査技術を学んだ。その後、保安官を志す者たちは集団を離れ、十週間以上にわたって専門的な指導を受けると同時に、この仕事だけが必要とする身体的要件を満たすための訓練を受けるのだ。

教官たちは細部まで練った疑似事件を作りあげた――逃亡した犯罪者、児童誘拐、最高裁判事に対するエスカレートしていく脅し。アンドレアのチームは、空想上の企業の防犯カメラやATMや住人の呼び鈴を綿密にチェックした。インターネットを使って、建物の図面や地図を入手し、信用調査を行い、家族や友人やさまざまな種類の知人を捜すために公記録を調べた。目を通すべきソーシャルメディアのアカウントがあり、認識すべきナンバープレートがあり、顔認証すべき写真があり、召喚すべき携帯電話の事業者がいて、読むべきメールがあった。

一九八二年には、口と耳があるだけだった。質問をし、答えを得る。それらを全部つなぎ合わせて、真相にたどり着こうとした。

犯人が逮捕されなかったことを考えれば、ロングビルの警察署長が称賛されるほどの仕事をしたとは言えないが、かなりの労力を費やしたことは確かだ。エミリーが発見された〈スキーターズ・グリル〉の裏のゴミ容器の寸法が記された何枚もの線画。体に残された傷の位置をXで表した棒線画。エミリーと同じ型の血痕が発見された路地は、証拠を求めて徹底的に捜索された。凶器かもしれないもの――路地にあった船積み用の木枠の断片――が主要道路脇に放置されていた。その木枠から黒い糸の塊が見つかったが、ありふれたものなので決定的な証拠にはならないというのがFBIの報告だった。アンドレアは複数の目撃者の証言から、突然命を奪われる前のエミリー・ヴォーンの最後の足取りをたどることができた。

なにより心が痛んだのは、アンドレアが無視できなかったのは、普通ならコンピュータの画面から削除されてしまうだろう言葉だった。技術の進歩と共に消えてしまう幽霊。ファストフード店の厨房で働く人間がゴミ容器の蓋を開け、破けたゴミ袋の横に裸で横たわる妊娠した女性の死体を見つけたときの九一一のオペレーターの手書きの記録をアンドレアは読んでいた。オペレーターの文字が震えているのは、ロングビル・ビーチの警察はマナーの悪い観光客や攻撃的なカモメに対する苦情に対応するのが主な仕事だからだろう。最初の行はおそらく、通報者がまず口にしたことをまとめたのだと思われた。

〈スキーターズ・グリル〉の裏のゴミの中で、女性の死体が発見された。

その時点では、それがエミリーだということはわかっていなかった。それは、その後の捜査で明らかになることだ。アンドレアの心に突き刺さったのは、目を潤ませたのは、どこかの時点、おそらくはそれがだれなのかが判明した時点で、だれかが女性という言葉に線を引いて、少女に書き換えていたことだった。

可能性に満ちていた少女。期待と夢を持っていた少女。お腹の子供にしっかりと腕を巻きつけ、横向きに倒れているところを発見された少女。

アンドレアにとって、エミリーはただの少女ではなかった。最初の少女だ——父親が暴力の航跡の中に残していった大勢のうちのひとり。

アンドレアは、車が速度を落としたのを感じた。二時間のドライブは思っていたより短かった。エミリーのファイルを閉じ、バックパックに戻した。ここが、ロングビル・ビーチのメインストリートなのだろう。何十人もの観光客が日光に陶然としながらファストフードの屋台のまわりをぶらついたり、大西洋に沿って作られた幅の広い白い板張りの遊歩道をそぞろ歩いたりするのが見えた。九百キロ南にあるベルアイルの遊歩道でも同じ景色が見られるかもしれない。

いらだたしいことに、アンドレアは母を思い出した。

〝どこに行こうと、あなたはそこにいるのよ〟

「行き先は——」ちょうどそのとき運転手がラジオの音量をあげたので、アンドレアは顔をしかめた。「図書館！　図書館の前で降ろして！」

運転手はけたたましい音楽に合わせて頭を上下に振りながら、海から遠ざかるように右に急ハンドルを切った。彼女に聞かせるためにこの歌を選んだのは明らかだった。N・W・Aの『ファック・ザ・ポリス』

ドアに肩が押しつけられるほど勢いよく車がまた急カーブを曲がったので、アンドレアはあきれたように天を仰いだ。ロングビル・ビーチ図書館は高校の裏手にあった。図書館のほうが新しいようだったが、それほどの差はない。赤い煉瓦造りの学校に対して、図書館のほうはサーモン色の漆喰《しっくい》仕上げで、夏には建物を窯に変えてしまうと思われるパラディオ式の窓があった。

運転手は図書館の前で車を止めたときも、音楽のボリュームをさげようとはしなかった。本の返却用ボックスのそばに、色あせたアロハシャツにジーンズ、カーボーイハットといういでたちの細身の年配の男性が立っていた。アンドレアが車のドアを開けると、流れてきた音楽に合わせて彼は手拍子を打ちはじめた。

「ファック・ザ・ポリス、ファック――ファック――」大声で歌いながら、ツーステップを踏み車に近づいてくる。「ファック・ザ・ポリス！」

グリンコの訓練センターに来るまで、人に対するアンドレアの分類基準は自分より年下か年上かということだけだった。いまは、目の前にいる男性は五十代半ば、身長は百八十センチ前後、体重は八十キロくらいだろうと見当をつけた。筋肉質な腕には軍人のようなタトゥーがある。傾きかけた太陽の光を受けて、はげた頭が光っていた。顎の下一センチちょっとのところまであるヴァンダイクひげは、白髪交じりだ。

「ファック・ザ・ポリス」彼がくるりとその場でまわると、シャツがまくれあがった。「ファック――ファック」

彼のベルトに取りつけられた九ミリのグロックが見えたので、アンドレアは体をこわばらせた。その横でシルバー・スターが光っている。彼が新しいパートナーなのだろうとアンドレアは考えた。さらに、逃亡犯の検挙が彼の仕事に違いないとも考えた。最悪の犯罪者を捕まえる任務を与えられたエージェントには、服装の規定も規則も最低限のものしかないからだ。

アンドレアは手を差し出した。「わたしは――」

「アンドレア・オリヴァー。訓練センターを終えたばかり」彼はその手を握り返しながら、印象的なテクサーカナ訛《なま》りで言った。「バイブル保安官補だ。ようやく着いてよかった。荷物は？」

アンドレアにできるのは、一週間分の着替えが入ったダッフルバッグを示すことだけだった。それ以上持っていけば、どうしてポートランドではなくボルチモアに荷物を送らなくてはならないのかを、母に説明する必要が生じてしまうからだ。

「いいさ」バイブルは運転手に向かって両手の親指を立てた。「その歌であんたが言いたいことはよくわかったよ。仲良くなれそうだな」

運転手がなにか答えたとしても、バイブルは聞いていなかった。ついてくるようにとアンドレアに向かってうなずき、歩道を進んでいく。「歩きながら観察し合って、互いを知り、計画を立てようと思っていた。おれも二時間ほど前に着いたばかりで、幸先よく始めるってわけにはいかなかったんでね。ところでおれはレナード。みんなにはキャットフィッシュって呼ばれている」

「キャットフィッシュ・バイブル？」この二年間で初めてアンドレアは、母がここにいればよかったのにと思った。彼はまるで、フラナリー・オコナーの小説から飛び出してきたみたいだ。

「あだ名はあるかい？」彼に聞かれてアンドレアは首を振った。「だれにだってあだ名はあるもんだ。あんたは隠しているだけだ。気をつけて」

自転車に乗った子供がもう少しで彼女にぶつかるところだった。

「こいつを見てくれ」彼は、両頰にうっすらと残る傷に光が当たるように顔を動かした。「ナマズ《catfish》とやりあったんだ」

そのナマズは飛び出しナイフを持っていたのだろうかとアンドレアは考えた。

「とにかくだ」バイブルは口調に会わせて足取りを速めた。「あんたの飛行機が遅れたのは聞いた。奮闘と反吐《へど》のすぐあとで飛行機に飛び乗るのは、さぞきつかっただろうな」

彼が言っているのは、卒業前の最後のランニング、マーシャル・マイルのことだ。つまり彼は、アンドレアがこれほど早く任務を与えられた、いたって特殊な状況についても知っているというわけだ。

アンドレアは言った。「わたしは大丈夫。準備はできてます」

「それはよかった。おれも大丈夫だ。超、元気だ。いつだって準備は万端。おれたちはいいチームになりそうだな、オリヴァー。肌で感じるよ」

アンドレアはダッフルバッグをしっかりと握り、バックパックをもう一方の肩に移して、大股で歩くバイブルについていこうとした。メインストリートに近づくにつれ、歩きにくさが増していく。ビーチ・ドライブの両側は、地図を眺めたり、立ち止まってメールを打ったり、太陽に見とれたりしている体格も年齢も多様な観光客たちでいっぱいだった。

アンドレアは自分の格好がひどく目立つことに気づいていた。黒のポロシャツには背中にも胸ポケットにも、USMSの大きな黄色いロゴがついている。男性用のSサイズしかなかったので、袖は肘が隠れるくらいの長さだったし、幅広の襟は顎に当たるほどだ。女性用のズボンには小さなポケットがあるものの、ベルト通しがついていなかったので、結局、少年用のズボンを買わざるを得ず、裾を出したがそれでも丈はまだ一・五センチは短く、逆にウェストは一・五センチ大きかった。厚手の布ベルトを使って、銃と手錠と警棒とシルバー・スターを腰に留めた。生まれて初めて、アンドレアの腰は豊満になったが、あまり見栄えはよくなかった。

バイブルは彼女が戸惑っていることに気づいたらしい。「ジーンズは持っているか？」

「ええ」一本持っていた。

「おれはジーンズをはくのが好きだ」彼は横断歩道のボタンを押した。頭がミーアキャットのように人混みの上に突き出ている。「楽だし、おしゃれだし、動きやすい」

バイブルが、楽なものとぴったりフィットするもののどちらがいいかを語っているあいだに、アンドレアは道路標識を眺めた。目撃者のひとりの証言に出てきた交差点だと気づいた――

一九八二年四月十七日、午後六時頃、わたしことメロディ・ルイーズ・ブリッケルは、ビーチ・ドライブとロイヤル・コーヴ・ウェイの交差点を横断するエミリー・ヴォーンを目撃しました。体育館の方向から来たように見えました。チュールのついた青緑色のサテン地のストラップレスのドレスを着て、同じ色のクラッチバッグを持っていましたが、ストッキングも靴もはいていませんでした。問題を抱えているように見えました。エミリーや彼女のグループには近づかないように母に言われていたので、彼女には話しかけませんでした。それっきり、生きている彼女は見ていません。彼女

の赤ん坊の父親がだれなのかは知りません。偽証すれば罰せられることは承知のうえで、この証言の内容が事実であることを誓います。

バイブルが訊いた。「本部ではだれに会った?」

アンドレアは意識を現実に戻さなくてはならなかった。「みんな会議に出ていたんです。資産の没収をしている女性が——」

「リータ・フレイザーか。いい子だ。おれと同じくらいあそこにいる。だがいいか、大事なのは——あんたの面倒を見てくれと、おれはマイクに言われたってことだ」

アンドレアの心は沈んだ。「マイクはなにも——」

「いや、それ以上言わなくていい。騎士道精神は若者には通じないっていつも女房のカシーに言われているんだが、おれは噂なんてものは信じないってことをあんたには言っておきたいんだ。あんたたちが婚約しているから、こんなことを言っているわけじゃないぞ」

アンドレアの口があんぐりと開きかけた。

「この話はこれで終わりだ」信号が変わった。バイブルは日焼けした若者たちに囲まれながら、通りを渡りはじめた。振り返ってアンドレアに尋ねる。「ボルチモアでは、もう住むところを見つけたのか?」

「いいえ——わたしは——」アンドレアは彼に追いつこうとして小走りになった。「わたしたちは――マイクとわたしはそんな――」

「おれには関係のないことだ。この話は二度と持ち出さない」彼は指で唇のチャックを閉めるふりをした。「だが、あんたは判事のなにを知っている？」

「わたしは――」アンドレアはブラックホールに落ちていくような気持ちになった。

「学校を出たばかりのぴかぴかの新人がどんなふうだったかは覚えている──資格を手にしたばかりで、どっちに行くべきかもわからない。だがあんたには、あんたを指導するおれがいる。いま、おれの以前のパートナーはビーチでマイタイを飲みながら、マナティーを数えているんだ。いまはあんたとおれがチームだ。家族みたいなもんだな。まあ、仕事上の家族ってやつだ。あんたには自分の家族がいるわけだからな」

アンドレアは歩道に足をのせた。息を吸った。初めてマイクに会ったとき、彼はバイブルと同じようなマシンガントークを浴びせてきた。彼女をうろたえさせ、言うつもりではなかったことを言わせせようとした。それが幾度となく成功して、アンドレアは自分がばかになったような気がしたものだ。

それから二年、アンドレアはそんな女ではなくなるように努力してきた。

もう一度息を吸ってから、言った。「エスター・ローズ・ヴォーン判事。八十一歳。レーガンに任命され、一九八二年に承認された。ふたりいる保守派のひとり。孫娘とひ孫――」

バイブルが突然立ち止まったので、アンドレアはもう少しでぶつかるところだった。

「孫とひ孫のことをどうやって知った？」

アンドレアは罠にはまったような気がした。エミリー・ヴォーンの三十八歳になる娘がオンラインの世界になんの痕跡も残していないのは、意図的なことなのかもしれない。

アンドレアは苦しい言い訳をする代わりに尋ねた。「知らない理由がありますか？」

「もっともだ」バイブルは再び歩き出した。

アンドレアには、長い歩道を彼について歩き続けるしかできることはなかった。観光客の最後のひとりが、汚れた窓ガラスの向こうで作っているタフィーを見るために集団から離れ、人の数はまばらになってきた。旅行者向けの施設も減っていき、閉まっているバイクのレンタルショップと、パドルボードとパラセーリングのレッスンの申しこみをする場所が最後だった。毎年夏には、ほかのすべてのものと同じく、舷外浮材もアンドレアには見慣れたものだった。離岸流にサーフボードを持っていかれたり、高層ビルにパラシュートをぶつけたりしないように四苦八苦している観光客たちをビーチから眺めてきたのだ。

「で、判事だ」バイブルはさっき口をつぐんだときと同じように、突然、また喋りはじめた。「殺害の脅しを受けた。たいしたことじゃない。しょっちゅうあることだ。二年前に根拠のない訴えを起こしてからは、特にな」

アンドレアはうなずいた。殺害の脅しは、いまや〈スターバックス〉でも見つかるくらいありふれている。

「いちばん最近の脅しは信ぴょう性が高いと判断された。送られてきた手紙には、彼女の個人的な事柄について注目すべきことがいくつか書かれていたからだ。メールではなく郵便だった。判事はメールはしないんだ」

アンドレアはもう一度うなずいたが、新しい情報を一度に与えられて頭がずきずき痛みはじめていた。ここに来るまで、彼女はエミリー・ヴォーンと彼女を殺した人物のことばかり考えていた。〝子守〟同然と言われていたせいで、本来の職務のことは頭の隅に押しやっていたが、実はとても真剣な仕事であることにようやく気づいた。

保安官らしいことを言おうとした。「手紙はどこから送られてきたんですか？」

「図書館から歩いてくるあいだに通った、青い郵便ポストだ。付近にカメラはついていない。判別できるような指紋はなかった。どれも週末に投函《とうかん》されていた。一通は金曜日、一通は土曜日、それから日曜日と月曜日だ。いずれも、ボルチモアにある連邦裁判所の判事の部屋宛だった。あんたが今日行ったあの建物だよ。連邦判事と連邦保安官は家族みたいなもんだ。おれは彼女とその家族のことはずっと昔から知っている。互いを気にかけているんだよ」

アンドレアは別の質問をした。「ネズミも裁判所に送られてきたんですか？」

「違う。ネズミの入った箱は郵送じゃなかった。ギルフォードにある彼女の家の郵便受けに入っていた。ノース・ボルチモアの金持ちどもが住むところで、ジョンズ・ホプキンズとロヨラの近くだ」

「判事の夫のドクター・フランクリン・ヴォーンが、去年引退するまで経済学を教えていたところですね」

バイブルが舌を鳴らしたのは、宿題をしてきたことを褒めたつもりなのだろうとアンドレアは判断した。

「同じ人間の仕業なんですか？　殺しの脅しの手紙を送ったのと、ネズミを置いていったのは？」

「同じ男かもしれないし、別の男かもしれない」

「男？」

「おれの経験からすると、女が人を殺すときには面と向かってやるもんだ」

アンドレアも自分の経験から、それが事実だと知っていた。「死んだネズミにはなにか意味があると考えているんですか？　例えば『ゴッドファーザー』みたいに、〝おれたち《ラット》をたれこんだ《アス》〟とか」

「あんたの映画の好みは悪くないが、答えはノーだ。ボルチモア・クルー（ボルチモアで活動していたイタリア系アメリカ人のギャング団）は死んでいなくなったし、判事はもうそういった事件を扱っていない」バイブルが答えた。「どうしておれたちはいまボルチモアにいないんだろうって、あんたは不思議に思っているかもしれないな。おれたちにとって運のいいことに、いまは夏の休暇中だ。そうでなければ、判事は毎日裁判所で仕事をしていたはずだ。死んだネズミの一匹くらいで、家に逃げ帰るなんてことはしないよ。彼女はスケジュールを守りたがる。任命されてからずっと、夏はロングビルの家で過ごしてきたんだ。彼女は今朝、夜明けと同時に車でここに戻ってきた。この二百年、そうしてきたとおりにな。あんたが覚えておかなきゃいけないのは、彼女は自分がするつもりのことをするってことだ」

　あらかじめグーグルで調べてあったから、彼の言いたいことはよくわかった。写真で見るエスター・ヴォーン判事はいつも、飾り気のない黒のスーツにきれいな色合いのスカーフを合わせた、まっすぐカメラを見つめるいかめしい顔つきの女性だった。彼女を評したいくつかの記事は、#Me Too の道へと続いている。九〇年代の記事の中には、ヴォーン判事を気難しい女性と呼んでいるものもあった。複雑で理解しがたい女と説明しているものもある。最近では、Iから始まるより強い形容詞が使われていた。堂々とした《imposing》、専制的な《imperious》、知性がある《intelligent》といった言葉だが、もっとも多いのが不屈《indomitable》だった。

「とにかくだ、あんたが判事について知っておかなきゃいけないのはそれだけだ」バイブルは言った。「だれがなにを、どうして送ったとか、同じ人間がしたことなのかそれとも別の人間の仕業なのかなんてことは、どうでもいいんだ。それは、ボルチモア本部の司法捜査官が調べている。おれたちは捜査官じゃない。おれたちの仕事は、判事の身を守ることだ」

アンドレアは喉を締めつけられる気がした。腰に弾が入った銃を帯びているからだけではなく、これは生死に関わることなのだと改めて感じていた。頭のおかしな人間は本当に判事を襲ってくるだろうか？　わたしに、八十一歳の判事と暗殺者のあいだに立ちはだかる覚悟はあるだろうか？

「遅くに着いたもんで、あんたとおれは貧乏くじを引いちまった。夜のシフトだ。ネズミの送り主だか、脅迫者だかが現れたときに備えて、目を開けてなきゃいけない。わかるな？」

アンドレアの耳には、ある言葉しか聞こえていなかった。夜のシフト。飛行機が遅れてからというもの、静かなホテルの部屋のベッドのことばかり考えていたというのに。

「まずはあそこだ」バイブルは、数メートル先にある黄色い煉瓦の建物を指さした。「警察署長と会う。保安官規則第十二条。できるだけ早く、おれたちが来たことを地元の人間に知らせて、軽んじてるわけじゃないことを知ってもらう。会いに行くのはあんたが来るまで待っていたんだ。ここまでで、なにか質問は？」

アンドレアは階段をあがりながら首を振った。「なにも」

「よし。じゃあ、行こうか」

アンドレアは、彼の背後で閉まりかけたドアをダッフルバッグの端で押さえた。バックパックを肩に背負い直して、中に入る。ロビーは刑務所の監房ほどの大きさだった。入ったとたんに、トイレ用洗剤と鼻を刺す尿石除去剤のにおいに気づいた。トイレは受付の真向かいにあった。三メートルも離れていないだろう。

「こんばんは」バイブルは、受付にいたひどく疲れた様子の巡査部長にさっと敬礼をした。「バイブル保安官補です。彼女はパートナーのオリヴァー保安官補。署長に会いに来ました」

巡査部長はうめくような声で返事をすると、受話機を手に取った。アンドレアは、一九三五年以降のロングビル・ビーチ警察の警察官たちの写真が貼られている、トイレのまわりの壁に視線を向けた。トイレのドアの片側から反対側へと、記されている日付をたどっていき、目的のものを探した。

一九八〇年の写真には、両側に三人ずつの警察官を従えたレゴのような角ばった顎をした署長が写っていた。ボブ・スティルトンと部下たちとその下に記されている。

アンドレアの心臓が妙な具合によじれた。

ボブ・スティルトン署長は、エミリー・ヴォーン事件の捜査担当者だった。

アンドレアの喉がごくりと鳴った。スティルトン署長は想像していたとおりの男だった――ビーズのような小さな目といかにも大酒のみらしい赤い団子鼻をした、意地の悪そうな顔つきをしている。どの写真でも、手が白くなるくらい強くこぶしを握っていた。彼の報告書を読めば、文法も句読点も重要視していないことがわかる。演繹《えんえき》的推論を提示することも。供述書や関係書類や図面はすべて揃ってはいるものの、事件の概要についての彼の考えを裏付けるような現場の捜査メモは一切残っていなかった。クレイトン・モロウが容疑者であることが唯一示されているのは、ファイルの最後のページ――検死報告書だった――のいちばん下に署長が殴り書きした二行の文章だけだった。

モロウが彼女を殺した。証拠はない。

アンドレアは五年後の日付が記された、壁の次の写真に移動した。その次の写真はさらに五年後のものだ。さらに次の写真へと視線を移していく。警察官の数は六人から十二人に増えていた。ボブ・スティルトン署長は年齢と共にますますねじくれていき、二〇一〇年の写真には、彼をより若く、より細身にした男が中央に写っていた。

ジャック・スティルトン署長と部下たち

アンドレアはその名前も知っていた。ジャック・スティルトンはボブ・スティルトン署長の息子だ。一九八二年のジャック・スティルトンは、生きているエミリー・ヴォーンを最後に見たときの様子を、読みにくいブロック体で記していた。

　一九八二年四月十七日午後五時四十五分頃、わたしことジャック・マーティン・スティルトンは、エミリー・ヴォーンがバーナード・〝ナード〟・フォンテーンと話をしているのを目撃しました。ふたりは体育館の外に立っていました。プロムの夜でした。エミリーは緑か青のドレスを着て、小さなバッグを持っていました。ナードは黒のタキシードでした。ふたりはどちらもとても怒っているようだったので、わたしは気になって近づきました。階段の下まで行ったところで、クレイトン・モロウはどこにいるのかとエミリーが訊いたのが聞こえました。ナードは「知るもんか」と言いました。エミリーは体育館に入っていきました。「あのあばずれは、だれかに黙らされる前に減らず口を叩くのをやめないとな」とナードが言ったので、わたしはそんなことを言うなと言いましたが、彼は聞いていなかったと思います。わたしは煙草を吸うために、体育館の裏に行きました。それっきり、ふたりのことは見ていません。そのあと三十分だけそこにいて、家に帰って母と一緒にテレビを見ました。ダナ・カーヴィーのドラマ『ワン・オブ・ザ・ボーイズ』で、そのあとの『サタデー・ナイト・ライブ』にはエルトン・ジョンが出ていました。プロムでクレイトン・モロウは見かけませんでした。エリック・〝ブレイク〟・ブレイクリーも、双子の妹のエリカ・〝リッキー〟・ブ

レイクリーも見ませんでしたが、みんないたはずです。そういう連中ですから。エミリーの赤ん坊の父親がだれなのかは知りません。彼女はあんな目に遭っていい子ではありません。伯父のジョーの葬式のとき、一度黒のスーツを着ましたが、母が貸してくれたものなので厳密にいえばわたしのものではありません。偽証すれば罰せられることは承知のうえで、この証言の内容が事実であることを誓います。

アンドレアの背後でドアが乱暴に開く音がした。

「スティルトン署長。こんな遅い時間なのにありがとうございます」アンドレアが振り返ったとき、バイブルは実物のジャック・スティルトンと握手をしていた。「それほどお時間は取らせませんから」

バイブルが自分たちを紹介しているあいだ、アンドレアは平静を失うまいとしていた。スティルトンの左眉には中央に傷があった。遠い昔に取っ組み合いをした名残なのか、稲妻のような細い線が毛のあいだを走っている。片方の小指は、一度折れて曲がったままくっついたようだ。そんな痕跡があるとはいえ、彼は喧嘩《けんか》がしたくてうずうずしているような男には見えなかった。余分な体重のせいで顔つきは幼く見えるが、ロングビル・ビーチをあとにした数年後にニコラス・ハープとローラに名乗ったクレイトン・モロウと彼が同い年であることをアンドレアは知っていた。

ジャック・スティルトンと握手をしたとき、アンドレアは自分が真っ二つに裂けたような気がした。

彼はわたしの父と友だちだったの？　四十年前に供述書に書いた以上のことを知っていたの？　彼はおとなしく家にいて、母親と一緒に映画を観《み》るようなタイプには見えない。

「どちらも保安官なのか？」スティルトンは疑わしそうに聞いた。バイブルは引退間近のスケートボーダーのようだったし、アンドレアは〈コストコ〉の衣類のリサイクル箱で見つけた少年サイズのズボンをはいているように見えたからだ。実際、そのとおりだったが。

バイブルは言った。「おれたちは間違いなく、連邦保安局の保安官補です、スティルトン署長。子供の頃から、チーズにまつわるジョークを散々聞かされてきたんでしょうね？」

スティルトンの鼻の穴が広がった。「いいや」

「おれもなにか考えてみますよ」バイブルはスティルトンの背中をぴしゃりと叩いた。「とりあえず、ふたりで始めていてくださいよ。おれは女房の親友と握手をしなきゃならないんでね。オリヴァー、大丈夫だろう？」

バイブルはトイレへと姿を消し、アンドレアはうなずくほかはなかった。

スティルトンはいらついた表情で、巡査部長と顔を見合わせた。仕方なくアンドレアに声をかける。「オフィスに行こうか」

バイブルは彼女を深みに放りこんで、泳げるかどうかを確かめようとしているのだ。アンドレアはスティルトンに尋ねた。「署長になって長いんですか?」

「ああ」

アンドレアは続きを待ったが、スティルトンはそれ以上なにも言うことなく彼女に背を向け、ドアをくぐった。

泳ぐのもここまでらしい。

スティルトンは革のベルトをきしらせながら、先に立って執務室へと入っていった。そこは広々とした長方形の実用的な部屋で、奥には〝取調室〟と〝スティルトン署長〟と記された、小さなオフィスがふたつあった。長方形の片側には会議用テーブルと簡易キッチンが並んでいる。もう一方の側には机が四つ置かれ、それぞれパーティションで仕切られていた。頭上の照明はついていたが、だれもいない。ほかの署員はパトロールに出ているか、あるいは家で家族と過ごしているのだろう。

「コーヒーは淹《い》れたてだ」スティルトンは簡易キッチンを示した。「好きに飲んでくれ、スウィートハート」

「え――」アンドレアは不意をつかれた。これまで、ゴードン以外の人間にスウィートハートなどと呼ばれたことはない。「いえ、けっこうです」

スティルトンは会議用テーブルの奥に置かれた、大きな革の椅子にどさりと腰をおろした。「いいだろう、ハニー。どういうことなのか話してくれる気はあるのかな? それとも、きみのボスを待たなきゃいけないんだろうか?」

一度目は聞き流したアンドレアだったが、今回は彼をにらみつけた。

「にらまないでほしいな。南部では、上品なお嬢さんに甘い言葉をかけたりしないのかい?」

スカーレット・オハラにコルセットの紐《ひも》で局部を締めあげられたかのようなわざとらしい南部訛りだった。警察官が人に嫌われるのも無理はない。

「ほらほら、ハニー。ユーモアのセンスはどうしたんだ?」

アンドレアは床にダッフルバッグとバックパックを放り投げると、テーブルに腰かけた。ウーバーの運転手にしたのと同じように、彼を無視して携帯電話を取り出す。画面がぼやけてはっきり見えなかったが、意地でも顔をあげまいとした。スティルトンはしばらく彼女を見つめていたが、やがて彼女のメッセージを受け止めたらしかった。大きな声でうなりながら立ちあがると、簡易キッチンへと歩いていく。棚からマグカップを取り出す、こするような音が聞こえた。コーヒーメーカーからポットをはずす音が続く。

ロック画面に現れたバナーに、アンドレアの目の焦点がようやく合った。予想していたとおり、両親からそれぞれショートメールが届いていた。ローラは、ポートランド美術館のネイティブ・アメリカン・アートの常設展示のリンクを送ってきていた。ゴードンのものは、時間があるようなら週末に電話をかけてほしいという内容だった。アンドレアは電話帳からマイクの番号を捜した。図書館の外でバイブルに言われたことを忘れてはいなかった。

メールを打つ――ここの人たちにいったいなにを言ったの？？？？？

三つの小さな点が点滅する。さらに点滅する。

ようやく、マイクからの返信があった――どういたしまして！

「どうも失礼」バイブルが入ってきて、ドアを閉めた。携帯電話を見ているアンドレアに気づいたが、それにはなにも言わず、スティルトンに尋ねた。「コーヒーは淹れたてですか？」

スティルトンは再び椅子に腰をおろしながら、簡易キッチンのほうを漠然と示した。

「ありがとうございます」バイブルはブーツを引きずって歩きながら部屋を横切り、カップにコーヒーを注いだ。「長々とお邪魔はしたくないんですよ、チーズ署長。報告書を渡してもらえれば、あとで返しにきますが」

スティルトンは怪訝そうに訊き返した。「報告書？」

バイブルも怪訝そうな顔になった。「しばらく前からここにいるんですよね？　おれたちが目を通せるようなものを、前任者が残していってませんかね？」

スティルトンの唇のあいだから舌がのぞいた。「なにに目を通すんだ？」

「判事に関するファイルですよ」

　スティルトンは首を振った。「ファイルって?」

「ああ、なるほどね。おれのミスでした」バイブルは署長から視線を逸らし、アンドレアに説明した。「連邦判事の自宅近くで起きた妙な出来事については、どんなものであれ普通は地元の警察が記録を残しているものなんだ。見かけない人間がうろついていたり、通りに長時間駐まっている車があったりとか、そういうことだ。管轄内に重要人物がいる場合には、通常そうすることになっている」

　アンドレアはそもそも取り出したことを恥ずかしく思いながら、携帯電話をポケットにしまった。バイブルは、どう行動すべきだったかを教えてくれている。あのくそったれを無視するのではなく、自分が連邦職員で彼が愚か者であることを思い知らせるべきだったのだ。

　バイブルは署長に尋ねた。「自殺はどうです? 最近ありましたかね? 未遂でもいいんですが」

「ええと……」スティルトンはまた面食らったようだ。「ヒッピーたちのたまり場になっている農場にいた少女がふたり。ひとりは手首を切った。一年半くらい前だ。それからクリスマス休暇のあいだに、もうひとりが氷山みたいに冷たい海から引きあげられた。ふたりとも助かったよ。ただ注意を引きたかっただけなんだろう」

「ヒッピーたちのたまり場」バイブルが繰り返した。「それはどこです?」

「海沿いの道から十キロほど行ったところだ。直線距離だと一・五キロもない。ちょうど州境のあたりだ」

「虹の色に塗られていたところですかね？」

「そう、それだ」スティルトンがうなずいた。「もう何年も、水力発電で有機栽培だかなんだかをやっている。インターンシップで海外からの学生も大勢来ている。寮や食堂や倉庫があるんだ。無料の労働力を賄う口実だとわたしには思えるがね。ほとんどは女子学生だ。とても若い。家を離れている。惨事の温床だな」

「それで、二件の自殺未遂」

「そういうことだ」

スティルトンは肩をすくめた。アンドレアも肩をすくめたくなった。バイブルがどうして自殺について尋ねたのか、さっぱり理解できない。

「なるほど」バイブルはテーブルにコーヒーカップを置いた。「会ってくださって、ありがとうございました、サー。名刺を渡しておきます。また自殺が起きたら、連絡をもらえるとありがたいですな」

スティルトンは、バイブルがテーブルに無造作に置いた名刺を眺めた。「そうしよう」

「念のため言っておくと、おれたちは判事の家で二十四時間任務についています。ふたりずつで、昼と夜、ぶっ通しです。おれは、ショットガンを抱えてフロントポーチに座っているのは好きですがね。侵入者を防ぐってやつですよ。任務についていない時間は、その先のモーテルにいます。なにかあったら呼んでください。おれたちもそうしますから」

スティルトンは名刺から顔をあげた。「それだけかね？」

「それだけです」バイブルは彼の背中をまたぴしゃりと叩いた。「ありがとうございました、チーズ署長」

アンドレアは黙ってバイブルのあとを追い、ロビーを抜けて建物の外に出た。縦に並んで階段をおりながら、どうするべきかを考えた。バイブルは彼女を深みに突き落とした。彼女は首に金床を巻かれた石のように一気に沈んだ。仕事を始めてほんの数時間だというのに、すでに落第しかけている。

歩道におり立ったところで、バイブルが足を止めた。「それで？」

ごまかすことはできなかった。真っ先にすべきは権威を確立することだと、教官からはくどいほどに叩きこまれている。小さな町の警官の敬意さえ得ることができないのなら、悪党相手には到底無理だ。

アンドレアは言った。「だめでした。彼をわたしたちの味方につけることができたのに、わたしはいらついてしまったんです。彼の助けがいることがあるかもしれないのに」

「やつはなにをしてあんたを怒らせた？」

「わたしをスウィートハートと呼んで、わたしのアクセントをからかったんです」

バイブルは笑った。「そいつはどえらいことだな、オリヴァー。やつを拒絶するのは、ひとつの方法だ。うまくいったのを見たことがある。女の子数人が即座に彼をハニーと呼び返して反撃した。ちょっと気のあるふりもしたかもしれないな」

アンドレアが世慣れているわけではなかったが、仕事の場で男性に気のあるふりをすれば、決して敬意は得られないことくらいはわかっていた。「ほかの方法は？」

「保安官規則第十六条——自分を温度計だと思え。相手の温度を見定めて、自分をそれに合わせるんだ。署長は少し温かかったから、あんたも温かくしなきゃいけなかった。やつを拒絶する必要はない。次は試してみるんだな。継続は力なり」

聞き慣れたその言葉に、アンドレアはうなずいた。たいていの治安活動では、対応を微調整する必要がある。アンドレアはもっと極端な状況に慣れていた。「わかりました」

「いまは、それほど必死にならなくていい。チーズのことは置いておけ。これっきり、もう会うこともないかもしれないしな」

レッスンの時間は終わったのだろうとアンドレアは受け止めた。バイブルは来た道を戻りはじめた。

「おれの車は図書館に駐めてある」アンドレアが遅れがちなことに、バイブルは気づいていた。「なにか腹に入れてから、判事の家に行こう」

食べ物と聞いて、アンドレアの腹が鳴った。足を引きずるようにして、とぼとぼと彼のうしろを歩く。地面に視線を落とした。数メートルおきに、靴箱くらいの大きさの小さな黒い箱が置かれている。彼女も海岸沿いの町の出身だったから、それがネズミ捕りだとわかっていた。観光客がネズミを連れてくるのだ。判事に死んだネズミを送った人間は、ダウンタウンで見つけたのだろうかと考えた。けれどいまは疲れ切っていて、足を交互に前に出すだけでせいいっぱいだったから、すぐにその疑問を頭から追い出した。

「軽食堂はあそこだ」バイブルは足を速めた。「カウンターに席をふたり分取っておくように、電話をしてある。それでいいか？」

「ええ、もちろん」アンドレアは、食べ物が活力を取り戻してくれることを切に願った。フライトポテトのにおいが漂ってきて、また腹が鳴った。前方では〈RJイーツ〉のネオンサインが歩道にピンク色の光を投げかけている。ミルクシェイク、ハンバーガー、真夜中まで営業。

「おやまあ、驚いたね」両手いっぱいにテイクアウトの袋を抱えた女性のためにドアを開けたバイブルは、にやりと笑った。

「キャット？」彼女はバイブルを見て驚いたようだ。「ここでなにをしているの？」

「コーチにベンチからはずされたのさ」彼は彼女を紹介した。「ジュディス、彼女はアンドレア・オリヴァー。犯罪を阻止するおれの新しいパートナーだ」

「ハイ」ジュディスはアンドレアを見つめ、返事を待った。

「あの――」アンドレアは声が出なかった。「ハ、ハイ」

「彼女はお喋りじゃないんだ。ほら、手伝うよ」バイブルはジュディスが持っていたビニール袋を受け取り、すぐそこに駐まっている車まで送っていった。運転席には男性が座っていた。彼のベルトにシルバー・スターがついているのが見えた。

バイブルはジュディスに言った。「これから食事なんだ。五時半までに行くと判事に伝えてくれ。そうすれば新しいパートナーにやり方を教えられるから」

「ディナーを終わらせたいから、六時にしてくれる？　あのおばあちゃん、わたしたちみんなに早起きさせるのよ」ジュディスは車のドアを開けると、助手席にキルト地の袋を置いた。バイブルから食べ物の袋を受け取る。街灯の下で見る彼女は、四十歳前後、アンドレアより少し年上に見えた。カラフルなブラウスに、ゆったりしたサロン風スカートをはいていた。乗りこんだ車は流線形の銀のメルセデスだったが、彼女には芸術家っぽい素朴な雰囲気があった。

バイブルが手を振った。「じゃあ、またあとで」

車のドアが静かに閉まる。エンジンがかかる。

ジュディスは閉じた窓の向こうから、いぶかしげな顔でアンドレアを見た。アンドレアはどうすればいいのかわからなかった。バックパックのファスナーを開き、なにかとてつもなく大事なものを探しているかのように、その中をごそごそと探った。ようやく車が動き出したが、彼女の顔はアンドレアの脳裏にくっきりと刻まれた。淡青色の目。鋭い頬骨。ほんのわずかに割れた顎。ジュディスは、彼女たちの父親によく似ていた。

一九八一年十月十七日
プロムの半年前

エミリーは海から吹きつける刺すような風に体を震わせた。潮がしみて、目を閉じる。涙が出そうだったし、体が痛んだし、疲れてもいたが、妙に頭が冴《さ》えていた。不眠症の家系だと祖母から聞かされてはいたが、眠れなくて悩んだことはいままでない。スイッチを切って脳を休めることができなくなるのが、十八歳――ほぼ大人で、ほぼ女性――が近づいているということなのかもしれない。

大学。インターンシップ。新しい町、新しい学校、新しい友だち。

エミリーは、友だちのうしろにクエスチョンマークをつけた。

彼女はここロングビル・ビーチでずっと同じ人々に囲まれて育った。どうやって新しい友だちを作ればいいのか、いまとなってはよくわからないし、そもそも作りたいのかどうかもはっきりしない。学校だけでの付き合いの知人はいるが、小学一年生の頃から、彼女の生活の根底は四人を中心に回っていた――クレイ、ナード、ブレイク、そしてリッキー。小学校のドーソン校長から、彼女もその一員だとリッキーが注意されて以来、彼女たちは嬉々《きき》として自分たちを〝結社〟と呼んだ。

エミリーの記憶にあるかぎり、彼女たちはすべての週末とかなりの夜を一緒に過ごした。同じ授業をたくさん取った。全員が優等生特別クラスに登録された。ブレイク以外の全員が、ミスター・ウェクスラーのランニングクラブに入っていた。面白い本を読み、政治や世界の出来事やフランス映画について語り合った。互いがより知的に純粋であるように、常に刺激し合った。

そして来年の今頃は全員が違う場所に散らばって、エミリーはひとりになる。

エミリーは左に曲がって、ビーチ・ドライブに入った。空き店舗がずらりと並んで、海からの強い風を遮っている。いらだたしい観光客の集団はいなくなっていて、ほっとする一方で、町の事情を考えれば残念なことだとわかっていた。最終学年になったエミリーには考えることがたくさんありすぎた。待ち受ける未知の世界を考えるよりも、過去を振り返るほうがずっと楽だ。目に入るものすべてが、懐かしく思えた。母親が交通事故で死んだことをクレイが打ち明けてくれた公園のベンチ。図書館の二段の階段からばかみたいに転んで落ちて擦り傷を作ったとき、リッキーが絆創膏を貼ってくれるあいだ、もたれていた木。二年前、郡規模の討論会で優勝して有頂天になっていたブレイクが彼女にキスをしようとした、タフィーの店とホットドックスタンドのあいだの路地。

陽気な笑い声が聞こえ、通りのずっと向こうに少年たちの姿が見えると、エミリーの心臓は子猫のように弾んだ。遅い午後の陽射《ひざ》しの中を、クレイとナードが顔に風を受けながら、なにか話しつつ並んで歩いてくる。ランニングをしているナードは締まった体をしているが、頬はケルビムのようにぽっちゃりしている。クレイのほうが背が高く、より真面目で落ち着いていた。しっかりした顎で空を切るようにしながら、うしろを振り返った。いつものごとく、ブレイクがコーデュロイのズボンのポケットに深々と両手を突っ込んで、ふたりのうしろをついてきている。ブレイクは足元を見ていたので、ナードがいきなり立ち止まったことに気づかなかった。

「なんだよ！」五十メートル先の叫び声がエミリーのところまで聞こえた。ブレイクがナードを押し、クレイがつまずき、それから三人がピンボールのように歩道の上で押し合いへし合いする様を、エミリーは笑顔で見つめていた。彼らに対する愛情が不意にあふれてきた——彼らの若さ、気楽さ、変わらぬ友情。なんの前触れもなく、涙が浮かんだ。いまこの瞬間が永遠に続いてほしかった。

「エミリー？」

エミリーは驚いて振り返ったが、警察署の外の階段にジャック・スティルトンが座っていたのは意外ではなかった。手にペンを持ち、なにも書かれていないノートを膝の上に広げている。

「チーズ」エミリーは涙を拭いながら、笑顔で言った。「ここでなにをしてるの？」

「レポートを書くはずなんだけどね」ペンでこつこつとノートを叩いた彼は、明らかに動揺していた。「父さんとぼくはここに泊まっているんだ」

エミリーの心は沈んだ。彼女の母親は冷淡で横柄かもしれないが、少なくとも玄関の鍵をちょくちょく変えてしまう、頭のいかれたアルコール依存症ではない。「気の毒に。それって最悪だよね」

「ああ」彼はノートを叩き続けながら、用心深いまなざしを通りの少年たちに向けた。集団になった彼らは、ひどく意地悪になることがある。「だれにも言わないでくれるかな？」

「もちろん、言わない」エミリーは彼と並んで座ろうかと思ったが、クレイがすでに彼女に気づいている。壊れた玩具《おもちゃ》ばかり集めるといって、また彼女をからかうに決まっていた。

「本当に気の毒に思ってる、チーズ。いつでもうちの納屋で寝てくれていいんだよ。うちの親はあそこには行かないから。あたしが声をかけるのを待たなくてもいいよ。いつでも枕と毛布を置いておく」

「ああ」彼はうなずいた。「そうするかも」

「エム！」通りの向こうからクレイが叫んだ。軽食堂のドアを開けて押さえているが、彼女が来ることはわかっていたから、待とうとはしなかった。

エミリーは言った。「あたし――」

「わかってる」チーズは顔を伏せ、ノートに殴り書きをした。

エミリーは気まずくなったが、なにかをしようと思うほどではなかった。コートのポケットに両手を突っ込み、軽食堂へと駆けていった。

ドアを押し開けると、ベルがカランと鳴った。暖かすぎる空気が彼女を包む。ちゃんとした客は三人だけで、長いカウンターの前の回転椅子に距離を置いて座っていた。仲間たちはすでに店の奥にある半円のいつものブースに陣取っていた。ソーダとミルクシェイクがいっぱいにのったトレイを手にしたリッキーが、エミリーの前を通り過ぎながら彼女にウィンクをした。ビッグ・アルが厨房で座ったまま、こちらをにらみつけている。たとえオフシーズンであっても、彼は結社の面々が自分の店にいるのを好まなかったが、ふたりの孫に目を光らせておくにはそれくらいの犠牲は仕方がないと考えていた。ナードがいつもちゃんと勘定を払っていたせいもある。

「話を聞けよ」クレイはリッキーのトレイからミルクシェイクを手に取ったが、話している相手は少年たちだった。「おまえたちはわざと鈍感ぶっているのか?」

ナードはひとつかみのフライドポテトを口に放りこんだところだったが、こう答えた。

「おれは鈍角のほうがいいな」

リッキーは笑ったものの、ほかの面々はうめき声をあげた。

「そういうところだよ、おれが言いたいのは」クレイはディスペンサーからストローを一本取り出した。「世界は壊れかけていて、人々は飢えていて、おれは革命を訴えているのに、おまえたち間抜けどもはスポーツカーとビデオゲームのことしか考えていないんだからな」

「それはないな」ナードが言った。「おれはセックスのことも、いっぱい考えているぞ」

ブレイクが言った。「おれたちはいつだって、手に入らないものを欲しがるんだ」

リッキーはくすくす笑い、ブレイクの肩をはたいた。彼はわざとらしくため息をつくと、リッキーが彼とナードのあいだに座れるように立ちあがった。

エミリーはいつものように、黙ってクレイの隣に座ろうとしたが、彼がずれてくれなかったので、お尻の半分をブースにのせただけで我慢しなくてはならなかった。

「そういえば」ブレイクが言った。「車で思い出した。ミスター・コンスタンツがデロリアンを買ったのを知っているか？」

「そうそう、DMC－12っていうやつだ」ナードが応じた。

「いい加減にしてくれ」クレイは顔を仰向けて、天井を見つめた。「いったいおれはなんだって、おまえたちみたいな分別がなくて退屈な庶民を相手に時間を無駄にしているんだろうな？」

エミリーとリッキーは顔を見合わせ、目をぐるりと回した。革命の話をおとなしく聞いていたことは、あまりない。彼らがこれまで経験した最悪の出来事は、二年ほど前、厨房が火事でひどい被害を受けたあと店が立ち直るまでのあいだ、ビッグ・アルが夜と週末にブレイクとリッキーに軽食堂の手伝いをさせたことだったから、それも当然だろう。

クレイはうめきながら、顔を元に戻した。唇をすぼめてストローをくわえる。ミルクシェイクを飲むと、喉仏が動いた。厚板ガラスの窓から差しこむ傾きかけた太陽の光が、彼の美しい顔を天使のように照らしている。エミリーはその顔を見て、欲望に心がざわめくのを感じた。彼は豊かな茶色い髪とミック・ジャガーのようなぷっくりしてセクシーな口の持ち主で、疑う余地のないほどハンサムだ。彼はシェイクを飲みながら、淡青色の目でブースの中を見まわした。まずブレイク、それからリッキー、そしてナード。すぐ左隣に座っているエミリーを見ようとはしなかった。

「わかったよ」沈黙を破るのはいつもナードだ。「最後まで話せよ」

クレイは音を立ててミルクシェイクの残りをゆっくりと吸いこむと、グラスを脇によけたので、エミリーのすぐ目の前に置かれる形になった。エミリーの鼻孔が広がった。腐っているような牛乳のにおいが不快だった。脚がぶるぶると震えだす。気分が悪くなった。

「おれが言いたいのは」クレイが言葉を継いだ。「ウエザー・アンダーグラウンド（米国の左翼過激派組織）が、ことを進めてるって話だよ。彼らは兵士みたいな訓練をする。演習をやり、ゲリラ戦の訓練をする。世界を変えるために、普通の学生だった自分たちをちゃんとした軍隊に変えたんだ」

「ものすごく高価なブラウンストーンと一緒に、自分たちのことも吹き飛ばしたじゃないか」ナードはそれを教えるのが自分であることがいかにもうれしそうだった。「成功した戦略とは言えないだろう」

「彼らは国会議事堂を攻撃したんだぞ」クレイはターゲットとなった場所を指折り数えていった。「国務省。ブリンクス（米国の民間警備会社）のトラックをひっくり返した。お巡りに火炎瓶を投げつけて、州最高裁判所の判事を狙った」

エミリーは上下の唇をこすり合わせた。彼女の母親は州の判事だ。

「ほらな！　彼らは、あのとんでもないペンタゴンに爆弾を仕掛けたんだぞ」クレイは言った。

「どんな効果があった？」細い金色の髪を目から払うナードはいつもより横柄に見えた。片耳にピアスをしているのは彼だけだ。大きなダイヤモンドだった。「そのどれも、なにも成し遂げてないじゃないか。空っぽの建物をいくつか爆破して、人を殺して――」

「罪のない人よ」エミリーが口をはさんだ。「家族がいて――」

「そのとおり」ナードが手を振って彼女を黙らせた。「彼らは罪のない人間を殺したのに、なにひとつ変えられなかったんだ」

エミリーは軽くあしらわれたことが気に入らなかった。「その人たちは刑務所に入ったの？　それとも逃げているの？」

　エミリーが店に入ってきてから初めて、クレイは彼女を見た。いつもなら彼の視線で幸せな気持ちになるのに、今日は泣きたくなった。彼は西部にある大学から合格をもらっている。エミリーは自宅から一時間のところにある大学に進む。ふたりのあいだには数千キロもの距離ができて、エミリーが彼を恋しく思う一方で、おそらく彼はエミリーを思い出しもしないのだろう。

　クレイはナードに視線を戻した。「プレイリー・ファイア声明（ウエザー・アンダーグラウンドが出した政治的声明）を読むんだな。ウエザー・アンダーグラウンドの主張は、この国の帝国主義を崩壊させ、人種差別を断ち、階級のない社会を作ることだ」

「おいおい」ナードが軽く受け流した。「おれはいまの階級構造が大いに気に入ってるぞ」

「びっくりだね」ブレイクがつぶやいた。「スタンダード・オイル（米国の石油会社）に金を出していた男の孫が、現状維持を望むとはね」

「うるさい」ナードは彼に向かってフライドポテトを投げつけたが、落ちたのはエミリーの近くだった。「クレイトン、おれにわからないのは、どうしてこれが教訓にならないのかってことさ。ウエザー・アンダーグラウンド。シンバイオニーズ解放軍（米国の左翼過激派組織）。ジム・ジョーンズ（米国のキリスト教系新宗教の教祖）やチャールズ・マンソン（米国のカルトの指導者で殺人犯）だってそうだ——彼らやその信奉者たちはどうなった？」

エミリーは顔を背けて、がらんとした店内を見まわすふりをした。クレイのミルクシェイクだけでも吐き気がしていた。そこにケチャップのついたフライドポテトが加わったせいで、胃が大波のようにうねっている。地面の上で船酔いしているみたいに、体がふわふわしていた。

「バーナード、おまえが理解していないのは、ミスター・ウェクスラーは正しいってことだ」クレイが説明した。「ホワイトハウスには、ゴールドウォーター（米国の政治家）が大好きな老いぼれB級俳優がいて、お仲間たちに補助金だのなんだのを配る一方で、生活保護や給付金をだまし取っている女たちを非難したり、軍産共同体にてこ入れしたりしているんだぞ」

「ひとつの文にずいぶんと詰めこんだね」リッキーは当然のように、ナードの言葉には触れなかった。

「それが世の中を理解するってことさ、スウィートハート」

リッキーとエミリーは、また顔を見合わせた。革命が女性の権利を擁護することは滅多《めった》にない。

「わかったよ、でも――」ブレイクは予想どおりのもったいぶった口調で割って入った。「おれたちはまだ彼らのことを話題にしているっていう議論が成り立つわけだ。そうだろう？　これだけの年月がたったあとでも、おれたちがウエザー・アンダーグラウンドやチャールズ・マンソンやジム・ジョーンズを知っているってことは、彼らはいまだに関わりがあるってことになる」

「ひとつがまた次のものを作るんだ」クレイは四本の指を広げて敬礼をしてみせた。「これは、シャロン・テート（米国の女優。妊娠中にマンソンの狂信的な信者らに刺殺される）にフォークを突き刺したマンソンの信奉者の女たちに結束を示すため、バーナディン・ドーン（ウエザー・アンダーグラウンドの元リーダー）が使っていた敬礼だ」

「もううんざり」リッキーは本当にむかついているようだ。「いい加減にして。全然面白くない」

少年たちはそれぞれ、謝罪だか忍耐強さだかを示す声で応じた。

ブレイクがテーブルの下で妹の手を握ろうとしていることにエミリーは気づいた。ふたりは双子だが、とても血がつながっているとは思えない。リッキーは小柄でふっくらしていて丸い鼻をしているのに対し、ブレイクは彼女より三十センチ近くも長身で、引き締まった体をしていた。髪の毛すら違う。リッキーの髪は癖があってもこもこと広がっているが、肩まであるブレイクの髪はまっすぐで、色もいくらか淡かった。

「さてと」ナードは再び髪をうしろに撫でつけると、それでなくても上に向いている小さな鼻をつんと突き出した。「今度の週末の話をしようぜ。母さんと父さんがようやく、ふた晩ほど町に行くんだ。どういう意味か、わかるだろう?」

「月一パーティー！」リッキーがうれしそうにグラスを掲げた。

エミリーはテーブルに視線を落とした。両手が震えはじめた。

「正確に言えば」ブレイクが言った。「今度の週末は、最後にパーティーをしてから一カ月以上になるぞ」

「そうだな、正確に言えば、月一プラス一週間パーティーだ」ナードが言った。「大事なのはだ、友よ、パーティーをするってことだ」

「やったね！」リッキーが再び乾杯をした。

エミリーは肺に息を吸いこもうとした。

「いいニュースだ」クレイはテーブルに手を伸ばし、ナードの煙草を一本取り出した。

「今回はだれが来るんだ？」

「それだ」ブレイクは皮肉っぽく応じた。「だれを呼ぶ？」

リッキーは鼻を鳴らした。彼女たちはだれも呼んだことがない。いつも五人だけで、それが気に入っていた。

「言わせてもらえば――」クレイは火のついた煙草を唇にだらりとはさんだ。「また、親愛なるミスター・ティモシー・リアリーとセッションしたら、楽しいんじゃないか？」

全員が笑ったが、エミリーの手の震えは全身に広がった。首のうしろに汗が浮かぶ。もう一度、リッキーをちらりと見た。彼女たちの月一パーティーはもう何年も続いている。

当たり前のパーティーというよりは、世界の危機を彼女たちで解決したり互いを笑わせたりする、アルコールとマリファナを燃料にした行き当たりばったりのジャムセッションのようなものだ。

先月までは。

彼女たちはその夜初めてLSDを試し、いまだにだれひとり思い出すことのできない空白の時間があった。

「なんだよ、エミー・エム」クレイは彼女がためらっていることに気づいて言った。「始まってもいないのに、パーティーを台無しにするなよ」

「楽しかったじゃないか」ナードが言った。「ものすごーーく」

彼が思わせぶりに眉をぴくぴくさせるのを見て、エミリーは吐き気がした。

「そのとおりだって」案の定、リッキーはナードの肩を持った。「みんなと一緒に楽しもうよ、エム」

「いいだろう、エム」ブレイクも加わった。「決まりは知っているじゃないか。三銃士さ」

それは、みんなはひとりのために、ひとりはみんなのためにという、クレイのこじつけだった。全員が飲んで酔っぱらうか、あるいはだれも飲まないかのどちらか。いつもエミリーがうまく言いくるめられているという事実は、彼らの記憶からすっぽり抜け落ちているようだ。

「一度バッドトリップをしたくらいで、おれたちみんなの楽しみを邪魔するなよ」クレイはエミリーの肩をいささか度を越した強さで押した。椅子に半分のせていたエミリーの尻が落ちかける。すると、当然のようにクレイは再び彼女を押した。

「クレイ！」エミリーは椅子から落ちないように、彼にしがみついた。

「支えているさ」クレイは彼女の腰に腕を回した。顔がすぐそばにある。エミリーは彼の胸に押しつけられた自分の手を見おろした。その下の硬い筋肉が感じられる。一定のリズムを刻む心臓の鼓動。エミリーの体の奥で、また原始的な欲望がうずいた。

「ちぇっ、もう彼女をたらしこんでるのか」ナードの口調には、軽蔑と熱望が半分ずつ混じっていた。

クレイは彼の言葉を鼻であしらうと、なんなくエミリーを元の位置に戻した。半分になったナードのソーダに煙草の灰を落とす。

「リッキー」ナードが呼びかけた。「ミルクシェイクのお代わりだ」

リッキーは天を仰いだ。「ミスター・ウェクスラーに、あたしたちはみんなちょっと痩せるべきだって言われたけど」

「それは、おまえに言ったことじゃないかな」ナードは、リッキーが当惑するのを見て喜んでいる。「ほら、ちび牛、ミルクシェイクを取ってこいよ」

「あたしのお尻で我慢すれば？」

ナードはリッキーの顔に煙草の煙を吹きつけた。「かまわないぜ」

エミリーは再び顔を背けた。煙草のにおいに胃が締めつけられた。両手で顔を押さえる。頰はまるで火がついたみたいだった。クレイのすぐそばにいることでまだ少し息が苦しかったし、そんな反応をする自分と愚かな自分の体が嫌でたまらなかった。勢いよく、ブースから立ちあがると、頭がくらくらした。「トイレに行ってくる」

「あたしも」リッキーはブレイクに肩をぶつけて、ブースから滑り出た。少年たちに告げる。「あたしたちがいないあいだに、自爆しないようにね」

最後の台詞はナードに向けたものだったが、彼は返事代わりに眉をぴくぴくさせただけだった。

「まったく」声の届かないところまでやってくると、エミリーは言った。「どうしてナードにあんたの気持ちを伝えないの？」

「わかってるでしょ」リッキーが答えた。

みんな、わかっていた。バーナード・フォンテーンは嫌なやつだ。これまでもそうだったし、これからもそうだろう。リッキーの致命的な欠陥は、それを知っているというのに、これまでほぼ毎日それを目の当たりにしてきたというのに、それでもいずれ彼は変わるのではないかというわずかな希望にすがりついていることだ。

「おじいちゃん」リッキーはグリルの前にいる祖父に呼びかけた。「ナードがもう一杯、ミルクシェイクが欲しいって」

ビッグ・アルは警戒するような顔になったが、なにも言わずミルクシェイクの機械に近づいた。

皮肉なことに、実際に彼らをそそのかしているのはクレイにもかかわらず、ビッグ・アルはナードが諸悪の根源だと思っていた。酒を盗んだり、麻薬をやったり、州外の車から現金や貴重品をくすねたりといったばかな行為は、実はすべてクレイのアイディアだった。

それなのに、彼がその報いを受けたことは一度もない。

リッキーは言った。「外の空気を吸いに行こう」

エミリーは彼女について、長い通路を歩いた。流れてくる冷たい空気が彼女を呼んでいるようだ。開いたドアから潮の香りが漂ってくる。風が髪をなぶる。海岸に沿って、遊歩道が絨毯《じゅうたん》のように延びている。

リッキーが上着のポケットから煙草の箱を取り出したが、エミリーは首を振った。まだ胃がむかむかしているが、それはいまに始まったことではない。ここ最近は、食卓に飾られた花であれ、父親の臭い葉巻であれ、どんなにおいでも吐き気が始まる。ウィルス性の胃炎かもしれない。

リッキーがマッチをすって火をつけた。煙草にマッチの先端を近づける。頬がへこんだ。苦しそうな咳と一緒に、煙を吐き出した。エミリーは、リッキーが初めて煙草を吸ったときにブレイクが言ったことを思い出した。煙草が吸いたいからじゃなくて、そうすることがかっこいいと思っているから煙草を吸っているみたいに見えるな。

エミリーは常に風上にいられるように、遊歩道の端を歩いた。手すりに両腕をのせた。その下では、杭《くい》のまわりで海水が渦巻いている。肌に波しぶきが軽く当たるのが感じられた。さっきクレイにぐっと抱き寄せられたせいで、頬がまだ熱かった。

リッキーはいつもエミリーの心を見抜く。「あたしとナードのことを訊いたけど、あんたとクレイはどうなの?」

エミリーはぎゅっと唇を結んだ。四年前、セックスはグループの関係をややこしくするだけだと、クレイは宣言した。彼はいつだって自分の欲しいものを手に入れるすべを知っているから、その言葉は興味がないという意味だとエミリーは受け止めた。

エミリーは言った。「来年の今頃、彼はニューメキシコだよ」

「そんなに遠くないんじゃない?」

「ほぼ三千キロある」父の『農事暦』で見つけた公式を使って計算済みだった。

リッキーは煙にむせて咳をした。「車でどれくらいかかる?」

エミリーは肩をすくめたものの、答えはわかっていた。「二日から三日っていうところかな。どれくらい休憩するかによる」

「ブレイクとあたしはすぐそこのニューアークで、古き良きデラウェア大学に通う」リッキーの笑みには悲しみがにじんでいた。両親の悲劇的な死がもたらした唯一の明るい点が、賠償金でリッキーとブレイクの大学進学が可能になったということだった。「そこって、あんたのところから何時間かかるの？」

フォギー・ボトムからデラウェア大学までの距離は計算していなかったから、エミリーは申し訳なく思った。あてずっぽうで言ってみる。「せいぜい二、三時間」

「それに、お父さんがちゃんとした相手に賄賂を送れば、ナードはペンシルベニアに行く。そこってデラウェア大学からほんの数時間だよ」リッキーはちゃんと計算していた。「そんなに遠くないじゃない？　電車に乗れば、いつだってあたしたちに会える」

エミリーはうなずいたが、返事をするほどには自分が信用できなかった。信じられないくらい涙もろくなっていたし、人生を変えたいという心からの願いと、永遠に結社の内側の安全なところにいたいという同じくらい強い思いのあいだで、引き裂かれそうだった。

同じ気持ちだったとしても、リッキーはなにも言わなかった。黙って煙草を吸っているだけだ。海をにらみつけながら、手すりのいちばん下の横木に足をのせている。リッキーが水を嫌っていることをエミリーは知っていた。リッキーとブレイクの両親は、ふたりが四歳のときに船の事故で命を落としていた。ビッグ・アルは稼ぎはあったが、進んで子供の面倒を見るタイプではなかった。ナードの親にも同じことが言える。彼らはいつもニューヨークに出張しているか、マヨルカ島で休暇を過ごしているか、サンフランシスコで資金集めのパーティーに出ているか、タホでゴルフの大会に出ているかで、とにかくナードと一緒に過ごす以外のことに時間を費やしていた。エミリーの両親に関しては――エミリーが成功することを期待しているという以外、特筆すべきことはない。

愛情あふれる落ち着いた親がいるのはクレイだけだというのは、妙な話だった。母親が死んだあと、彼はモロウ夫妻の養子になった。世界のどこかに四人の姉妹と兄弟がひとりいるらしいが、連絡を取ろうとするどころか、彼がその話をすることすらなかった。モロウ夫妻が、彼のことを神さまから与えられた贈り物のように扱っていたからかもしれない。クレイはなにかを人と分かち合おうとするタイプではない。

「エム？」リッキーが訊いた。「最近、なにかあった？」

「なにも」エミリーは肩をすくめ、同時に首を振った。「あたしは大丈夫」

リッキーは海に煙草の灰を落とした。彼女はエミリーの感情に敏感すぎる。「なんだか変じゃない？　あたしたちみんな、自分の人生を始める境目に来てるっていうのに、まだここにいるんだもの」

〝ここ〟が祖父の軽食堂の外であることを示すようにリッキーが足を踏み鳴らすと、手すりが揺れた。親友もまた、なにかが砕けるような気持ちを抱いていることを知ってエミリーはうれしくなった。少年たちがどのエンジェルがいちばんセクシーかを議論したり、『モンティ・パイソン』の台詞を引用したり、セックスの経験があるのは新入生のどの女の子かを当てようとしたりしているあいだ、ふたりして幾度となく軽食堂の裏口から抜け出したことがあった。

それぞれの大学に散らばってしまえば、ふたりの仲間意識が薄れることはわかっていた。

「おえ」リッキーは半分しか吸っていない煙草を見て、顔をしかめた。「こんなの、大嫌い」

彼女は吸い殻を海に弾《はじ》き飛ばした。エミリーは、魚にどんな影響があるのかを考えないようにした。

リッキーが言った。「先月のパーティー以来、あんた変わったよね」

エミリーは顔を背けた。また泣きたくなった。吐き気。震え。行の最後まで来たときにタイプライターが鳴らす、チンという音が頭の中で響いた。キャリッジ（タイプライターの紙を固定して移動する装置）が戻る音。エミリーは、一字ずつタイプバーが持ちあがり、すべて大文字の単語を打ち出していくさまを想像した――

あのパーティー《THE PARTY》

その記憶はまったくなかった。それは、鍵をどこに置いたのかを忘れたとか、宿題があることを覚えていなかったというのとは違う。その手のささいなことであれば、状況を想像することができた。バッグにしまう代わりにテーブルに鍵を置いたのだろうとか、授業中にぼうっとしていたのだろうとか、課題を書き留めるのを忘れたのだろうとか。けれど、あのパーティーの夜のことは、あるところまでしか蘇《よみがえ》ってこない。ナードの家ののしかかるような玄関のドアに続く、コンクリートの階段をのぼった。玄関ホールの暗褐色のタイル。金のシャンデリアとコンソール型の巨大なテレビがある、一段低くなった居間。プールが見える大きな窓。壁一面を埋めるハイファイ・システム。エミリーと同じくらいの高さがあるスピーカー。

けれどそういった記憶は、あの夜、あのパーティーの夜のものではない。ナードの家で酔っぱらってボードゲームをしたり、映画を観たり、マリファナを吸ったり、これから引き継ごうとしているめちゃくちゃになった世界をどうやって立て直すかを話し合ったりするために、リッキーの家に泊まるとか、あるいはもう何年も話したことのない友だちと一緒に勉強すると両親に告げた、これまでの数えきれないほどの夜のものだ。

実際のパーティーの夜の記憶は、ただのブラックホールだった。

エミリーは、ナードが玄関を開けたことは覚えていた。クレイが彼女の舌に小さな四角い紙を置いたことも思い出せた。スエードのカウチのひとつに座ったことも。

そして気がついたときには、祖母の寝室の床に横たわっていた。

「まあ、いっか」リッキーはため息をつきながら、海に背を向けた。手すりに両肘をのせ、ボンネットの飾りのように胸を突き出す。「あたしはLSDのことはなにも知らないけど、クレイの言うとおりだと思うよ。一回のバッドトリップでやめちゃうことはないよ。幻覚を起こす薬は、治療に使われたりもするんだし。ケーリー・グラントは子供の頃のトラウマを治すために使っていたんだよ」

エミリーの下唇が震え始めた。唐突に自分が分離したように感じられた。体はリッキーと一緒に遊歩道にいるのに、心はどこかを——どこか安全なところを——漂っているみたいに。

「エム」リッキーはなにかおかしいと気づいていた。「あたしには話していいんだよ」

「わかってる」エミリーは答えたが、それは本当だろうか？　リッキーとブレイクには双子の妙なつながりみたいなものがあって、どちらかに話せばそれは、もう一方に話すことを意味する。それに、リッキーからなんでも聞き出せるナードがいる。そして、全員がすべてを報告するクレイがいる。

エミリーは言った。「あたしたちはどうしたんだろうって、みんなが心配しているかも」

「戻ったほうがいいね」リッキーは手すりから離れると、軽食堂のほうへと戻りはじめた。

「三角法の課題シートはもらった？」

「あたし——」エミリーは胃が締めつけられるのを感じた。潮風か、あるいは厨房のにおいか、それとも煙草のにおいか、もしくはその全部が一斉に襲ってきて、エミリーは不意に激しい吐き気を覚えた。

「エム？」リッキーは廊下を歩きながら振り返った。「課題シートだけど？」

「あたし――」

嘔吐物《おうと》が喉までこみあげてきた。エミリーは両手で口を押さえて、よろめきながら洗面所を目指した。開いたドアが戻ってきて、強く肩を打った。エミリーは一目散にトイレに向かった。シンクのほうが近かった。熱い液体が指のあいだから噴き出した。手を放すと、勢いよくあふれた嘔吐物がシンクの中ではねた。

「あれま」リッキーがつぶやいた。ディスペンサーから紙タオルをひとつかみ取り出し、隣のシンクの蛇口をひねる。「わお、ひどいにおい」

エミリーはぎゅっと目をつぶって、家を出る前に祖母と一緒に食べた消化されていないクッキーとソーダを見ないようにしながら、空吐きをした。もう一度えづくと、全身がよじれるようだった。胃は空っぽなのに、吐き気が止まらない。

「大丈夫だよ」リッキーはエミリーの首に濡らした紙タオルを当てた。安心させるように声をかけながら、背中を撫でる。吐いている人を介抱するという楽しくない役目を彼女が担ったのはこれが初めてではない。グループの中で、いちばん面倒見がよくて、いちばん胃が強いのは彼女だからだ。

「くそったれ！」エミリーがこれまで使ったことのない言葉を使ったのは、これまでこんなひどい吐き気に襲われたことがなかったからだ。「自分がどうなっているのかわからない」

「なにか伝染《うつ》ったんだよ」リッキーは濡れた紙タオルをゴミ箱に放り、自分の化粧ポーチを取り出した。「いつから？」

「そんなに前じゃない」エミリーはそう答えたものの、しばらく前から続いていることに気づいた。少なくとも三日、ひょっとしたら一週間になるかもしれない。

「美術のクラスのポーラを覚えている？」リッキーはライターでアイライナーの先端を温めながら訊いた。「三学期のあいだ中、吐き続けていて、それがどういうことだったのか知っているよね？」

エミリーは鏡の中の、血の気が引いた自分の顔を見つめた。

「もちろん、そうなるには処女じゃなくなってなきゃいけないけど」リッキーは目の下に黒いラインを引き直した。「あたしに黙ってやっちゃったの？　それって――」

リッキーはまじまじとエミリーを見つめ、ショックを受けたその表情に最悪の事態を読み取った。

リッキーの喉がごくりと動いた。「エム、あんたまさか……？」

「違う」エミリーは別のシンクに身をかがめ、冷たい水を顔にかけた。手が震えている。体が震えている。「ばか言わないでよ。あたしがそんなことしないって、わかっているじゃない。っていうか、するだろうけど、なにがあったのかはあんたに話すよ」

「でももししてたら……」リッキーの声は、また尻すぼまりに途切れた。「ねえ、エム、本当？」

「あたしが本当にまだ処女かってこと？」エミリーはさっき吐いたシンクに戻り、蛇口をひねって嘔吐物を洗い流そうとした。「セックスしたら、覚えていると思うよ、リック。だって、一大事なんだから」

リッキーはなにも言おうとしなかった。

エミリーは鏡に映る、いちばん古い友人の顔を見つめた。タイル敷きの狭い空間に、沈黙が大砲のように反響した。

あのパーティー。

エミリーは言った。「先週の金曜日に生理が来たから」

「なんだ」リッキーはほっとしたように笑いを漏らした。「どうしてそう言わなかったの？」

「だって、来たとき話したじゃない。体育の授業の最中に始まって、下着を替えるためにロッカールームに戻るって、あんたに言ったよ」

「ああ、そうだった、そうだった」リッキーはそれが事実だと納得するまで、うなずき続けていた。「ごめん。だから具合が悪いのかもね。生理痛って、ホント最悪」

エミリーはうなずいた。「そうかもね」

「危機は去った」リッキーはぐるりと目を回した。「あたしは、ナードに大切なミルクシエイクを持っていかなくちゃ」

「リック、あたしが吐いたこと、みんなには言わないでね？　みっともないし、ナードはくだらないジョークやむかつくようなことを言うに決まっているもの」

「わかってるって」リッキーは指で口のファスナーを締める仕草をしたあと、鍵を捨てるふりをしたが、エミリーには連鎖反応の予想がついた――ブレイクからナードに、そしてクレイに。

「あたしはここを片付ける」エミリーは汚れたシンクを示したが、リッキーはすでにトイレを出ていくところだった。

　ドアが閉まる音がした。

　エミリーはゆっくりと鏡に向き直り、そこに映る自分の顔を見つめた。

　彼女の生理はいつも不規則で、予測できないスケジュールに従っているかのようだった。遅れたり、早かったりするのが普通だったし、あるいはエミリーが自分のサイクルにあまりに無頓着だったのかもしれない。セックスの経験がなく、リッキーがいつもタンポンを持っているのに、警告というよりはただの厄介なものをどうして気にかける必要がある？

　エミリーのまぶたが震えながら閉じた。ナードの家の玄関に続くコンクリートの階段をあがる自分の姿が見えた。突き出した舌に、クレイがＬＳＤをのせる。祖母のベッドの脇の床で目を覚ました。酔いが残っていて、体がべたべたしていて、どういうわけかさっぱりわけのわからないまま、ワンピースが裏返しになっていて、下着をつけていなかったからうろたえていた。

目を開けた。鏡の中に、頬を伝う涙が見えた。胃はまだひきつれるようだったが、ひどく空腹だった。疲れていたけれど、なぜか活気づいていた。顔色が戻っていた。肌が輝いていた。

エミリーは嘘をついた。

先週、生理は来ていなかった。

この四週間、生理は来ていなかった。

あのパーティー以降は。

3

アンドレアは〈RJイーツ〉の洗面所のシンクの前に立ち、冷たい水を顔にかけた。鏡に映る自分の顔を眺め、実際ほど動揺しているようには見えないと考えた。ついに、エミリーの娘に会った。異母姉かもしれない女性に。アンドレアの優れた捜査スキルの結果ではなく、順然たる偶然の賜物《たまもの》だが、彼女はそれを失敗の予兆ではなく神の贈り物だと受け止めることにした。

ジュディス。

ポケットの携帯電話を探った。ジュディス・ヴォーンを検索してみたが、出てきたのは老齢女性の二本の死亡記事と、アクセスする気もないリンクトインのアカウントだけだった。インスタグラムもツイッターもティックトックも行き止まりだった。フェイスブックを調べてみたが、別の老齢女性たちと彼女たちの孫とおぼしき写真に行き着いただけだった。どれも前世紀の名前だったから、納得できた。メリーランド州とデラウェア州に絞ってみても、さっき出会ったジュディス・ヴォーンと一致するものは見つからなかった。

携帯電話を胸に抱えた。インターネットでの検索が行き詰まったからといって、ニック・ハープについての調査が失敗したというわけではない。ジュディスは結婚するようなタイプには見えなかったが、娘がいるのだから、彼女も相手の男の苗字《みょうじ》を名乗っているのかもしれない。あるいは、そういうこともありうるから、女性の苗字を。

アンドレアは目を閉じて深呼吸をし、この新しい情報にどんな意味があるのかを考えようとした。バーナード・フォンテーンとエリック・ブレイクリーとエリカ・ジョー・ブレイクリーはソーシャル・メディアを使っていないが、世代のせいというだけでは片付けられないだろう。アンドレアの母親はエミリーの友人グループたちとほぼ同年齢だが、フェイスブックのアカウントを持っている。確かにローラは多くの時間をネクストドア（近隣住民対象のSNS）に費やしているが、それは海沿いの町に一年中暮らしている人たちは、詮索好きか、変人か、もしくは連続殺人犯かもしれないからだ。

トイレのドアが開いた。

白髪交じりのふわふわした癖毛の女性が、アンドレアを見て眉を吊りあげた。赤いエプロンに白いTシャツ。両方の手首にはマドンナのバングルをつけている――黒と銀のブレスレットが手首から三センチほどのところで引っかかっていた。彼女はチューインガムを噛むのを途中でやめて、訊いた。「大丈夫、ハニー？」

「あー」アンドレアの口はまた思いどおりに動かなくなった。その女性は五十代半ば、身長百六十五センチ、体重は六十二、三キロというところだろう。黒く染めた髪の根本に白いものが見えていた。ウェイトレスが同じストライプのエプロンをつけていたのは覚えていたが、ＲＪという彼女の名札を見て、アンドレアの頭のなかで小さなベルが鳴りはじめた。

「スウィートハート？」その女性には、必要となったときに備えていつも救急用品とクッキーがいっぱいに入った袋を持っている温かい母親のような雰囲気があった。

「あー」アンドレアは繰り返した。「ええ、ごめんなさい。わたしは大丈夫。ありがとう」

「どういたしまして」彼女は再びガムを噛みながら、個室のひとつに入っていった。

アンドレアはドアの隙間からのぞきたくなるのをこらえた。彼女も小さな町で育っていたから、こういうところで暮らす人が時間をかけがちなことは知っている。

用を足す音が聞こえてくるのを待ってグーグルに戻り、軽食堂のウェブサイトを開いた。

〝従業員募集〟の大きなバナーを避け、店の歴史について書かれたページをクリックした。曾祖父《そうそふ》のビッグ・アル・ブレイクリーがソーダの屋台を一九三〇年代に始め、やがてこの場所を買い、息子のビッグ・アル・ジュニアに譲り、その後、店がつぶれかけるほどの火事を経て、二十年前にいま女性用トイレの個室に入っている女性が『ロングビル・ビーコン』紙の編集者をやめてここを引き継ぎ、名前を〈ＲＪイーツ〉に変えていた。

Ｒ・Ｊ〝リッキー〟・フォンテーン。

わたしこと、エリカ・ジョー・ブレイクリーは、ゆうべのプロムには行きませんでした。六時頃、退屈だったといってプロムから早めに兄が帰ってくるまで、家にひとりでいました。わたしたちは、『ブレージングサドル』と『フライングハイ』（どちらも米国のコメディ映画）と『エイリアン』の一部をビデオで見て、それから寝ました。エミリー・ヴォーンの赤ちゃんのことはなにも知りません。確かにわたしは幼稚園の頃から彼女の親友でしたけれど、最後に彼女と話をしたのは五カ月前で、彼女がわたしと話をしなくなったんです。口論も喧嘩もしていません。エミリーはドラッグをやっているから距離を置けって祖父に言われました。それが本当なのは知っていました。彼女になにがあったのかは知りませんが、わたしたちはそういうのはやりません。彼女はすごく怒りっぽくて、嫌な人間になってしまいました。彼女は多分死ぬでしょうから、彼女と彼女の家族のことはみんな気の毒に思っていますけれど、だからといって真実は変わりません。偽証すれば罪になることを承知のうえで、この供述書の内容が事実であることを誓います。

アンドレアはもう一度鏡の中の自分を見つめ、どうしてパズルのこんな簡単なピースをつなぎ合わせることができなかったのだろうと考えた。もちろんリッキー・ブレイクリーはナード・フォンテーンと結婚したのだ。リッキー・ブレイクリーについて検索してもなにも出てこなかったのは、それが理由だ。リッキーは夫の苗字を名乗っている。高校時代の恋人同士なのだろう。小さな町ではよくあることだ。

鏡の中の自分が微笑み返した。もっと早く気づかなかったことについては反省すべきだが、一気に気分が高まった。なにかをつかんだ！　エミリーと親しい関係にあった人間を見つけ出した。リッキーの供述書は皮肉っぽい内容だったが、エミリーの人生のほとんどのあいだ、ふたりは親友だった。大人になったリッキーにとっては、当時のちょっとした諍《いさか》いは過去のことだろう。すべてがわかるかもしれない。

気持ちの高まりは、やってきたときと同じくらいあっという間に消え去った。

リッキーの口をどうやって開かせればいい？　個室のドアをノックして、三十八年前に親友の身に起きた残酷な殺人事件について、知っていることをすべて話してほしいとか、ましてや、ほかの旧友のだれかが犯人かどうかを教えてほしいなどと頼むわけにはいかない。

リッキーがクレイトン・モロウのことを悪く言いたければ、ニック・ハープの恐ろしい行為が国じゅうのメディアの注目を集めていた数十年前にそうしていたはずだ。彼について書かれたすべての記事を、アンドレアはロングビル・ビーチのクレイトン・モロウのこととして読んでいた。リッキーはかつてジャーナリストだったと経歴には書かれていたが、クレイと一緒に育った人間の手による記事をアンドレアは一度も見かけたことはなかった。彼女が知るかぎり、ロングビル・ビーチの人間は、一度もマスコミと話をしていない。クレイ／ニックの長らく消息不明の兄弟姉妹が名乗り出ることはなかったし、その行方もわからないままだ。彼の養父母はマスコミと話すことを拒んだ。ふたりは三十年以上前にこの世を去っていて――母親は乳癌《にゅうがん》、父親は心臓発作だった――彼らが持っていた息子についての情報も一緒に消えた。

つまり、アンドレアは出発地点にまた戻ってきたということだ。

アンドレアは、失敗の予感に身構えているかつての自分がまた顔を出すのを感じた。グリンコの訓練センターでなにかひとつ学んだことがあるとすれば、タスクは自分で管理できるくらいに細かく分けるべきということだった。いまはまだ、情報収集の段階にいる。次の段階には、いずれ時期が来たときに進めばいい。いまは、ジュディスの父親をニック・ハープとして考えないほうがいい。エミリー・ヴォーンの事件の容疑者はクレイトン・モロウだ。クレイを告発する証拠をつかむことができたら、ニックについてはそれから対処すればいいことだ。

トイレットペーパーを巻き取る特徴的な音が聞こえてきて、アンドレアは我に返った。リッキーが用を足している間、ずっとここに立っているのは変だし、彼女が個室から出てきたとき、まだそこにいるのはもっと変だ。アンドレアは、彼女がトイレを流す前に洗面所を出た。

右側にある食事スペースに戻るのではなく、あえて左に進んだ。忙しい時間にもかかわらず、厨房は空だ。アンドレアは長い廊下を奥へと進んだ。ドアが開け放たれている。その向こうに遊歩道が見えた。波の音が聞こえる。料理人の格好をした男が現れた。アンドレアにいぶかしげな視線を向ける。彼女と同年代で黒人だったから、エリック・ブレイクリーではない。甥《おい》か息子だろうか？

アンドレアは再び携帯電話を取り出した。ＲＪブレイクリーで検索をかけると、ツイッターのアカウントが見つかった。@RJEMSMF
RJ Eats《イーツ》 Milkshakes《ミルクシエイク》 Motherfucker《すげえやつ》

特異度は高そうだ。

ツイートをスクロールしていくと、観光客の高評価に混じって、ツイッターには必ず現れるろくでなしも何人か見つかった。店のカウンターに置かれたミルクシェイクの大量の写真。ほとんどがアルコール入りだった。アンドレアは軽食堂のメニューに酒が載っていることに慣れていない。彼女が育ったのは、たいていの街角で覚醒剤や拳銃を手に入れることはできるが、アルコールの販売が厳しく規制されている南部だった。

アンドレアの背後で洗面所のドアが開いた。あわてて廊下を戻ったが、支配人を出せと言っているかのような怒りのこもった口調でリッキーが携帯電話に話しかけているのが聞こえた。

「絶対だめ。それは呑めない」

店内が低い話し声でざわざわするなか、年配のよそ者たちが揚げ物を口に運んでいる。カウンターのいちばん奥にいるキャットフィッシュ・バイブルを見つけると、アンドレアの胃がきゅっと縮こまった。夕食には早すぎる時間だが、今朝、オレンジ・ピーナツバターのクラッカーを食べたきり、なにも口にしていない。バイブルの隣の空のスツールの前で、ハンバーガーとフライドポテトが彼女を待っていることに気づいたときには、口の端からあふれた唾を拭わなくてはならないほどだった。

「先に食ってたぞ」バイブルは子供みたいにハンバーガーのまわりをちびちびかじりながら言った。「いい店だ。前にも来たことがある。あんたはスペシャルがいいだろうと思ったんだ」

アンドレアは返事をしようとはしなかった。腰をおろすと、思いっきりハンバーガーを口に押しこんだ。喉を通るように、コーラを口に含む。予想外の味に顔をしかめた。

「だよな？　ここはペプシなんだ」バイブルが言った。

アンドレアは首を振った。味が違う。

「で、あんたはどうして警察に入ろうと思った？」バイブルが訊いた。

肉とパンの塊を呑みこむと、アンドレアはニシキヘビの腹部のように喉が広がるのを感じた。グリンコの研修生にはみんな物語がある――殉職した伯父、前世紀の変わり目から警察官が代々いる家庭、市民を守り、役立ちたいという激しい欲求。

　アンドレアはこうとしか答えられなかった。「地元の警察署で働いていたから」

　バイブルが疑わしそうにうなずくのを見て、自分の身元調査はどれくらい念入りに行われたのだろうとアンドレアは考えた。例えば、町にいる制服警官と、太陽が出ているあいだはヴァンパイアのように眠りこんでいる夜勤の九一一オペレーターを区別しているのだろうか？

　バイブルは言った。「おれは海兵隊にいたんだ。湾岸戦争のしょっぱなで、爪先をやられちまった。治療のために家に帰された。とっとと家を出ていかないとぶちのめすぞって、女房に言われてね。で、保安官になったってわけだ」

　バイブルは肩をすくめたが、省略した話がたくさんあるのはわかっていた。

　彼はポテトにケチャップをつけた。「大学には行ったのか？」

「サヴァンナで」アンドレアはさらにハンバーガーを口に押しこんだが、あいにくバイブルはあきらめることなく、続きを待っている。「卒業の半年前に辞めた」

　バイブルも彼女と同じように口をもぐもぐさせている。「おれの最初の配属は南の地域だった。ブル・ストリートにすごく洒落た地区本部があるんだ。あんたが行った大学って、サバンナ芸術工科大学《SCAD》じゃないよな？」

アンドレアはハンバーガーを食べ終えた。〝物語を啓蒙《けいもう》する〟の単位を落としたために SCADの舞台工芸の学位を取れなかったことをどれほどわかりやすく説明したとしても、保安官たちはユニコーンの肛門から飛び出してきた蝶《ちょう》を眺めているみたいにあんぐりと口を開けるだけだということを、アンドレアはグリンコで学んでいた。

彼女はお決まりの話をした。「ニューヨークで働いていたんです。母が乳癌と診断されるまで、そこで暮らしていた。母の世話をするために実家に戻って、地元の警察署で働きました。求人掲示板でUSMSの募集を見て、申しこみが受理されるまで一年半のあいだ、ウェブサイトのリロードをクリックし続けました」

バイブルはその手には乗らなかった。「どんなアートをやっていたんだ?」

「たいしたことないものですよ」アンドレアは話題を変えたかったが、彼女の経歴以外でバイブルが興味を示すような話はひとつしかなかった。「どうしてこのあたりで起きた自殺について、スティルトン署長に尋ねたんですか?」

バイブルはうなずき、ペプシを飲み干した。「他殺があれば、自殺があるってことだ」

グリンコの人たちは、なんでも頭文字で呼ぶのと同じくらい、韻を踏むのが好きだが、アンドレアはその言い回しをこれまで聞いたことがなかった。「どういう意味ですか?」

「アダム・ランザ、イスラエル・キーズ、スティーブン・パドック、エリック・ハリスとディラン・クリボールド、エリオット・ロジャー、アンドリュー・クナナン」

　ニュース番組の『デイトライン』の再放送を欠かさず見ていたおかげで、アンドレアはそれらの名前が連続殺人犯や大量殺人犯のものであることを知っていたが、恐ろしいという以外に考えるべき論点があるとは思えなかった。「全員、身柄を確保される前に自殺していますよね」

「彼らは内罰型と呼ばれるタイプだった。怒りや非難、敵意、フラストレーションを自分自身に向けることを、洒落た言い方でそう呼ぶんだ。彼らの過去には、他殺念慮と自殺念慮を抱いていたという記録がある。思いつきで、人を殺したわけじゃないんだ。そのための計画を立てている。そのことについて書いて、夢想して、話をして、ときには病院に運ばれる」バイブルは口を拭ったナプキンを皿の上に放った。「五年前は、判事に対する脅迫は年間千件くらいだった。それが去年は四千を超えた」

　アンドレアはその理由を尋ねなかった。いまはだれもがいらいらしている。とりわけ、政府に対して。「実行されたものはあるんですか？」

「一九七九年以降、実際に殺害された連邦判事は四人だけだ。そのうちのひとりは、女性下院議員が狙われた〈セイフウェイ〉にたまたまいただけだから、基準には当てはまらない」

　アンドレアはお決まりの『デイトライン』に加えて、犯罪ドキュメンタリーのポッドキャストもよく見ていた。「ガブリエル・ギフォーズ」

「よく勉強しているじゃないか」バイブルが言った。「殺された判事は、全員男性だった。犯人もみんな男だ。我々が捕まえたから、わかっている。ひとりを除いて、判事は皆、共和党だった」バイブルは一度言葉を切って、アンドレアが話についてきていることを確かめた。「判事の家族が殺されたり重症を負ったりしたケースは、わかっているかぎり二件だけだ。どちらも判事は女性で、彼女たちが本来のターゲットだった。ふたりとも民主党だ。襲撃者はどちらの事件も中年の白人男性。ふたりとも消耗性うつ病を患っていた――仕事も家族も金もなくしていたんだ。結局、どちらも自殺した」

「他殺と自殺」アンドレアはようやく、話が見えてきた。アカデミーで彼女が学んだもうひとつのことが、法執行機関は統計が大好きだということだ。「一般的に、過去の行動が未来の行動を予見するっていうことですね。だからFBIは連続殺人犯の研究をする。パターンを見つけようとする。たいていの場合、そのパターンはほかのタイプの連続殺人犯のものと重なる」

「そのとおり」

「だからあなたはこの近辺で自殺行為が起きたら教えてくれって、チーズ署長に頼んだんですね。自殺願望のある中年の白人男性は、女性判事を殺そうとするかもしれない人間のプロファイルに一致するから」アンドレアはバイブルがうなずくのを待ってから言葉を継いだ。「でもそれって、ずいぶんと大きな網ですよね。そのカテゴリーに一致しているけれど判事を殺すつもりのない男性が、一日に何人くらい自殺を図ると思います?」

「国内では、一日に約百三十人が自殺している。その七十パーセントほどが中年の白人男性で、ほとんどが銃を使っている」バイブルは指を一本立てた。「あんたの次の質問に対する答えはノーだ——おれたちが捜している男は自殺していない。おそらく、試みたが失敗したんだと思う。それも、この手の男たちのパターンのひとつだ。失敗したんでなけりゃ、あれほど激昂していないだろうからな。それに、未遂に終わったあと、やつが病院に駆けこまなかったこともわかっている。行っていれば、警察の報告書があるはずだからな。この五日間に周辺の五州で報告された八十四件の自殺未遂報告のなかに、判事とつながりのあるものはなかった」

アンドレアは脳みそが回転を始めるのを感じていた。ただの好奇心ではない。バイブルは自分の仮説を真剣に考えている。

アンドレアは尋ねた。「どうして警察の報告書があるんですか?　自殺しようとするのは、違法じゃないでしょう?」

「厳密に言うと、メリーランド州とヴァージニア州では違法だ。十三世紀の英国の慣習法の名残だ」バイブルは肩をすくめた。「デラウェア州では完全に合法だが、一般的に言って、自殺しようとする人間の多くは違法な方法で手に入れたドラッグか不正に出回っている銃と関わりがある。もちろん、なにかおかしいと前の配偶者や隣人や同僚から通報があることもある」

筋は通っていたが、アンドレアはバイブルが言ったことを忘れていなかった。「わたしたちは捜査官じゃない。わたしたちの仕事は判事の安全を守ることですよね」

「うん、まあ、ここではくだらない話をしているだけさ。胸やけの謎を解こうっていうんでなければ、脂っぽいチーズバーガーを食べながらの捜査は無理だ」

リッキーがピッチャーを持って、飲み物のお代わりを注いでまわっていた。ガムを嚙んでいる奥歯が、まるで機械のように動いている。アンドレアのグラスに注ぎながら、再びウィンクをした。「問題ない、ハニー？」

「ええ」アンドレアはグラスを見つめながら、気持ちを落ち着けようとした。リッキーが何者であるかを悟ったせいで、また気分が高揚している。バイブルに気づかれていないことを祈るばかりだ。

彼は気づいていた。「彼女と知り合いになったみたいだな」

アンドレアは遠回しの質問には答えなかった。「個人的なこと」

「なんのことだ？」バイブルはペプシをごくりと飲んだ。

アンドレアは彼がグラスをカウンターに戻すまで待った。「彼女に送られてきた手紙の中に、彼女の〝個人的なこと〟が書かれていたって言いましたよね。だから、殺しの脅迫は信ぴょう性があると判断されたって。つまり、判事を脅迫している人間は彼女を知っていることになる――少なくとも、〝個人的なこと〟を知っているくらいには」

「やるじゃないか。マイクは正しかったよ、オリヴァー。あんたはかなり鋭い。おれにもあんたみたいな記憶力があるとよかったんだかな。それは美術学校で身につけたことなのか？　細かいところに気づく目は？」

消耗戦になりそうだとアンドレアは思った。「ジュディスのことはよく知っているみたいですね」

バイブルは再びグラスを手に取り、ペプシを飲み干してからカウンターに戻した。それからゆっくりとスツールを回して、アンドレアを正面から見つめた。「真面目な話か？」

「もちろん」

「一緒に仕事をしていくなら、オリヴァー、あんたについて、ひとつだけ知っておかなきゃならないことがある」

くだらない話だということが感じられたので、アンドレアはそれなりの答えを用意した。

「わたしにはなんの秘密もない。バイブル、なんでも訊いてください」

「あんたはパイ派かコブラー派か、どっちだ？」

「パイ派」

バイブルは止めていた息を吐き出した。「それを聞いてほっとした」

アンドレアは、スツールを元の位置に戻し、手をあげてウェイトレスを呼ぶ彼を見つめていた。

アンドレアは車の窓越しに、ビーチ・ロードの西側に延々と立ち並ぶ大きな別荘を眺めた。町の不動産記録を調べなくても、何代にもわたって行楽客たちが使ってきた小さなコテージが大邸宅に取って代わられたことはわかっていた。同じような乱開発がベルアイルでも行われていた。ローラの小さな海岸の家は、彼女がお屋敷群と呼ぶもののせいでひどくこじんまりとして見える。高額で買い取りますという手紙が郵便受けに入っていると、ローラはしょっちゅう文句を言っていた。

「ばかじゃないの」ローラは手紙を破りながらつぶやく。「わたしにどこに行けって言うの？」

アンドレアは、軽食堂を出たあと、いつになく黙りこんでいるバイブルを横目で見た。ダッシュボードの明かりが顔の傷を不気味に照らしている。ラジオから流れるヨットロック（大人向けのソフトロック）に合わせて、ハンドルを指でこつこつと叩いていた。母親の世代の人間は、老人ホームでデュラン・デュランのカバーバンドを聞き、時折〝冗談は顔だけにしろよ？《Whatchu talking' bout, Willis》〟（ドラマ『アーノルド坊やは人気者（原題：Diff'rent Strokes)』のアーノルド坊やの有名な台詞）と職員を怒鳴りつけながら晩年を過ごすのだろうと、アンドレアは想像することがしばしばあった。

バイブルの音楽の趣味にはなじみがあるものの、アンドレアは新しいパートナーを心から信用していいものかどうか、決めかねていた。彼が、自分で認めている以上にヴォーン家について知っていることは間違いない。少なくとも、古くからの友人のようにジュディスが挨拶をするくらいには、彼女たちと近しい。捜査をするのは自分たちの仕事ではないと言っておきながら、判事を脅迫している人間を見つけ出そうとしているのは明らかだった。その理由も方法もアンドレアに話してくれてはいないが、彼女もまた自分で調べたことを打ち明けていなかったから、おあいこだった。

話をさせようと思って口を開きかけたが、彼が言った温度計の話を思い出した。彼が冷静でいるのなら、彼女も落ち着いていなければいけない。

アンドレアは別荘群に視線を戻した。エミリー・ヴォーンの未解決の事件の捜査は、まだ情報を集めている段階だ。クレイトン・モロウがエミリー・ヴォーンを殺した犯人なのかどうかは、わかっていない。アンドレアがそうであることを願っているのは、彼を刑務所に入れておけるからだけではなく、彼女の家族に安心をもたらしてくれるからだ。だが、解決のためには警察のいい加減な捜査を見直す必要があることもわかっていた。

グリンコでの数カ月に及ぶ訓練を受けずとも、動機と手段と機会を探すことが、あらゆる殺人事件の捜査における出発点であることはだれでも知っている。アンドレアは、エミリーの死の原因となった残忍な行為にその公式を当てはめてみた。

手段は簡単だ——野球のバットのように使われた木片。父親のほうのスティルトン署長は、エミリーが襲われた路地にあった壊れた木枠の一部が凶器であることを突き止めた。犬の散歩をしていた人が、町と〈スキーターズ・グリル〉をつなぐ幹線道路のすぐ脇で血のついた厚板を見つけていたので、車の窓から捨てたのだろうと思われた。

機会も同じくらい簡単だ——あの夜は、ロングビル・ビーチ高校の最上級生のほぼすべての生徒が、プロムのためにダウンタウンにいた。お目付け役の教師と家にいなかった親たちもだ。プロムに行った者たちの年齢を考えれば、全員になんらかの交通手段があっただろうとアンドレアは考えた。エミリーの体が、町はずれのゴミ容器に自分で移動したはずがない。

残るのは動機だが、口を封じること以上に大きな動機はない。犯人がエミリーを襲った理由としてもっとも考えられるのは、彼女の子供の父親が自分であることを知られたくなかったということだ。これまでわかっているかぎり、エミリーはその願いを守った。証人の供述書には同じ質問が何度も繰り返されているが、だれも答えを知らなかった。

一九八二年には未婚の父はいなかった。女性を妊娠させた場合は、彼女と結婚するか、入隊するかのどちらかだった。クレイが父親でないとすれば、次に可能性が高いのはナードかエリック・ブレイクリーだ。プロムに参加した人たちの供述書の中には、グループに対する明らかな嫉妬が見られるものがあった。彼らはしばしば傲慢で排他的だと言われ、近親相姦《そうかん》的だと評した者もいた。リッキーはナードと結婚している。少年たちのひとりがエミリーに興味を持っていたと考えるのは筋が通る。エミリーが彼をかばうというのは、あまり筋が通らない。

殺されるのが怖くて、彼の名前を口にできなかったのでないかぎり。

連邦の法執行官としての四カ月以上の訓練を受けていない者は、考えうる簡単な方法としてＤＮＡを連想するだろう。残念ながら、ジュディスとアンドレアのＤＮＡを比較するという安易な方法では、〝なるほど〟という結果にはならない。異母きょうだいの場合、それぞれの母親のＤＮＡがなければ確実に判定することは難しく、当然ながらエミリーのＤＮＡは残っていない。Ancestry.com のようなサイトは、家族のＤＮＡを追跡するには役立つものの、やはりここでも、一致する可能性があるものを探すためには情報が残っている必要があるうえ、たとえ一致したとしても、それは不確かな遺伝的関係を示すにすぎない。

ＦＢＩには、統合ＤＮＡインデックス・システム《CODIS》と呼ばれる、有罪判決を受けた人間のＤＮＡ情報のデータベースがある。アンドレアが知るかぎり、ナードとエリック・ブレイクリーは有罪判決はもちろんのこと、起訴されたこともない。暴力犯であるクレイトン・モロウのＤＮＡ情報はシステム内に存在するが、たとえアンドレアがジュディスの頬の内側を綿棒でこすることができたとしても、比較のためにその情報をアップロードするのは、法律の枠内では不可能だ。同意と令状が必要で、クレイトン・モロウに知られることなくそれをやってのけるのは、たとえジャスパーでも無理だった。

そしてもしもクレイが知れば、どうにかしてやめさせようとするだろう。

携帯電話の呼び出し音がアンドレアを現実に引き戻した。

バイブルは、〝ボス〟と表示されたダッシュボードの巨大なタッチスクリーンに目を向けた。

「了解」応答ボタンをタップする。「バイブルとオリヴァー、スピーカーモードです、ボス」

驚いたことに、そのハスキーボイスは女性のものだった。「オリヴァー保安官補、局へようこそ。じきじきにあなたを迎えられなくて申し訳なかったけれど、あなたも知っているとおり、わたしの部門への配属は通常の過程よりも速められたの」

アンドレアは、ボスが言っている部門がどこなのかも知らないことに気づいた。「はい、ボス。わかっています」

「わたしのメールは読んでいるわね。なにか質問があったら、言ってちょうだい」

「はい――」アンドレアは喉がべたつくのを感じた。オレゴンの木について母と話をして感傷的になったあとは、仕事用の電話を見ていない。「はい、ボス。ありがとうございます。そうします」

アンドレアは、仕事用の携帯電話を開こうとした。iPhoneの顔認証に慣れていたから、アンドロイドのスライド式のナンバーロックにてこずった。ようやくそのいまいましいロックを解除すると、受信箱に六十二通の未読メールが入っていた。件名を素早くスクロールしていくと、彼女は司法警備部門《JSD》に配属になっていたことがわかった。実際、これから判事の警備にあたるわけだから、たいして驚くことではなかった。

バイブルが言った。「連絡ありがとうございます、ボス。おれたちは六時ちょうどから夜のシフトにつきます。オリヴァーに状況を理解させるため、少し早めに行く予定です」

「なるほどね」彼女が言った。「オリヴァー、婚約おめでとう。マイクはいい男だって前から思っていたのよ。わたしは、噂なんて一度も信じなかった」

アンドレアはメールをスクロールしながら、奥歯を噛みしめた。マイクを殺してやる。

「もう行かないと」彼女が言った。「オリヴァー、いつでも歓迎だから」

アンドレアはようやく彼女の歓迎のメッセージを見つけ出した。セシリア・コンプトン副部長をどう呼べばいいのかがこれでわかったから、まさに天の恵みだった。「ありがとうございます、副部長」

バイブルは満足げににやりと笑った。「あとで連絡します、ボス。任務に就く前に、女房から電話があるはずなんですよ」

「わかった」カチリという音と共に電話が切れた。

バイブルも自分の電話の通話停止ボタンを押した。「保安官規則第三十二条：無視する前に、必ずメールはチェックしろ」

「いい規則ですね」アンドレアは同僚の保安官補たちからの何通もの歓迎のショートメー

ルにざっと目を通した。マイクもいつもどおり心にもないことを言ってきていた。人事部の部長が考えたみたいな無味乾燥な業務メールだ。

再び電話が鳴った。

「女房のカシーだ」バイブルは個人用の電話を耳に当て、プライバシーを守ろうとするかのように少しだけ顔を背けた。「今日はどうだった、美人さん？」

アンドレアは、彼の戸惑うほどに優しい声から意識を逸らし、メールのスクロールを続けた。この付近の独身の保安官補全員が連絡をしてきているようだ。このつまらない歓迎メール全部に返事をしなくてはいけないの？　彼らはわたしの返事を見比べるだろうか？それともコピペで大丈夫？

バイブルは思わせぶりにくすくす笑った。「ダーリン、おれはいつだっておまえに賛成だって知っているじゃないか」

アンドレアはそうすることで彼のささやかなプライバシーをさらに守れるとでもいうように、再び窓に顔を向けた。バイブルは止まれの標識の手前で速度を落とした。ヴォーンの家が近いようだ。アンドレアは通りの名前を見つめ、別の証人の供述書に記されていたものだと気づいた。

一九八二年四月十七日午後四時五十分頃、わたしことメロディ・ルイーズ・ブリッ

ケルは、プロムに着ていくドレスについて自分の寝室で母と話をしていました。ほとんど喧嘩みたいでしたが、あとで仲直りしました。そんなわけで、わたしはリヒター・ストリートとジンジャー・トレイルの交差点に面している窓に近づきました。ミスター・ウェクスラーの茶色とベージュの車が、黄色い線をまたいで止まっていました。彼は黒いスーツ姿でしたが、上着は着ていませんでした。車のドアは開いていて、彼は道路に立っていました。エミリー・ヴォーンもそこにいました。彼女は鮮やかなティールブルーのサテンのドレスを着ていて、それはわたしがその後、ダウンタウンで彼女を見たときと同じものでした。靴を履いていたかどうかはわかりませんが、バッグはドレスと同じ色でした。彼女はミスター・ウェクスラーと言い争いをしているように見えました。彼はとても怒っていました。わたしの部屋は屋根裏にあってとても暑いので、窓は開いていました。ミスター・ウェクスラーがエミリーをつかんで、車に押しつけるのが見えました。彼女がなにか叫んだのが、開いている窓から聞こえました。そうしたら、彼が〝なにを言おうっていうんだ？　なにも言うことなんてない〟みたいなことを――このとおりではありませんが――大声で叫びました。それを見てわたしは母を窓に呼びましたが、母が来たときには、ミスター・ウェクスラーは車に乗って走り去っていました。すると母は、エミリー・ヴォーンや彼女がいつも一緒にいた友だちと話をすることは禁止していたはずだと念を押してきました。エミリーが妊娠しているからではなくて、いい状況ではないので、わたしが彼女たちと関わるのはよくないって母が思ったからです。わたしが嫌な思いをすることが母にはわかっていたので、わたしを傷つけたくなかったんです。

供述書にさっき書いたとおり、その後、体育館の外でエミリーを見ましたが、それ以降は生きている彼女を見ることはありませんでした。重要だとは思わなかったので、いままでこの話はしませんでした。エミリーの赤ちゃんの父親がだれなのかは本当に知りません。幼稚園の頃から彼女のことは知っていますが、あまり親しくはありませんでした。というか、エミリーはあまり具合のよくない彼女のお祖母《ばあ》さん以外は、だれとも親しくなかったです。妊娠する前の彼女のグループにしても、彼女はあの人たちのことをわかっていたけれど、あの人たちは彼女のことをわかっていなかった。本当には。偽証すれば罰せられることをわかったうえで、この修正した供述書の内容が本当であることを誓います。

バイブルは止まれの標識を通り過ぎた。緑色の道路標識が遠ざかっていく。ミスター・ウェクスラーは父親レースのダークホースなのだろうかとアンドレアは考えた。教師が生徒に手を出すのは珍しいことではない。一九三二年の学校の創立以来、在籍した教員全員が含まれていることになっている、ロングビル・ビーチ高校のウェブサイト上の〝いまあの人は〞のコーナーにウェクスラーが載っていない理由は、それで説明がつくかもしれない。

グーグルもたいして役には立たなかった。ウェクスラーというのは〝両替商〞という意味のドイツの苗字で、一七〇〇年代には膨大な数のウェクスラーがチェサピーク湾にやってきたらしい。ホワイト・ページズ近辺では、石を投げればラインランダーに当たると言われている。

「ここだ」バイブルはウィンカーを出したが、町を出てからすれ違った車は一台もなかった。

アンドレアは身を乗り出し、フットボール場の半分以上の長さがあるだろう並木のある進入路を眺めた。殺すという脅迫があったにもかかわらず、鉄製のゲートは開いている。壊れているのか、それとも判事が警備部門を困らせようとしているのかどちらだろうとアンドレアは考えた。

バイブルが訊いた。「ヤンキーのけちって知っているか？」

アンドレアは首を横に振った。

「南部のけちってのは、自分は硬くなったクッキーを食べ、人には焼き立てでバターたっぷりの温かいビスケットを振る舞う。ヤンキーのけちは、銀行に一千万ドル入っているのに、猛吹雪の最中にサーモスタットを切り、自分で体温をあげるだけの不屈の精神がない相手には、一八一二年の戦争で使われていた曾々祖父の防虫剤まみれのコートを差し出すんだ」

アンドレアは笑った。「それって、保安官規則のひとつにするべきですね」

「もうひとつ教えておいてやろう」バイブルは車寄せでUターンをすると、二台の車のあいだにバックで駐めた。「保安官規則第十九条：おじけづいていることを、絶対人に知られるな」

アンドレアの脳裏に、高価そうなスカーフを身に着けた傲慢な目つきのヴォーン判事の写真が浮かんだ。「いい規則ですね」

車を降りると、午後の焼けるような陽射しがあたり一面に照りつけていた。バイブルとまったく同じ黒のフォード・エクスプローラーが、進入路のほうを向いて止まっていた。

バイブルが言った。「クランプとハリーが日中のシフトだ。六時から六時」

「そうですか」これから十二時間、ぶっ続けで起きていなければならないことを考えて、アンドレアはぼそりとつぶやいた。

「その〝やる気のある〟態度がいいね、相棒」バイブルは敬礼をした。「敷地をぐるっと回って、様子を見てきたらどうだ？ そのあと中で会おう。ガレージのドアから入って、左に進んだ先だ」

「わかりました」

　アンドレアは彼がガレージに姿を消すのを待った。判事と会う前に、新鮮な空気を吸えるのはありがたい。エスター・ヴォーンの人生における最悪の時期についてこれほど多くを知っている自分を、どこかで申し訳ないと感じていた。必要以上に知っているという事実をどうやって隠せばいいだろう。二枚舌の両親がいるとはいえ、嘘をつくのは簡単ではない。

〝敷地をぐるっと回る〟にはたっぷり十五分かかることをバイブルはわかっているのだろうかと思いながら、アンドレアは家に沿って歩き始めた。ガレージだけでも車が六台は入る。開いたゲートの先の道路はほとんど見えなかった。遠くから聞こえる波音が、裏庭は『サン・タドレスのテラス』（印象派の画家クロード・モネの絵のタイトル）のようなのだろうと思わせた。建物はこの環境にふさわしかった。外から見るかぎり、ヴォーンの屋敷はエッシャー風ではないにしろ、妻が処刑されがちだったチューダー朝をどこか連想させた。中央部は大きな二階建てで、その後、だれかが両側に広々とした翼棟を増築したらしい。バイブルが言っていた〝ヤンキーのけち〟の意味はすぐにわかった。覚醒剤やギャンブルにはまっていなければ、一家はかなり裕福なはずなのに、家が手入れされていないことは明らかだった。傷みはじめている。

　角を曲がると、風向きが変わって、かすかに潮のにおいがした。曲がりくねった石畳の道が英国式庭園に続いている。あふれんばかりの緑が特徴的だった。色鮮やかな花が咲き誇る花壇。くねくねした砂利道にはさまざまな低木や茂みが張り出している。でこぼこした石壁が小さな噴水を囲んでいた。雑草はどこにもない。だれかが熱心に手入れしていることは間違いなかった。耕されたばかりの土のにおいがした。

煙草の煙のにおいもした。

アンドレアは、建物の陰から出ないようにしながら裏手に回った。庭はほったらかしの芝生と伸びすぎた茂みに変わった。木が天蓋を作って陽射しを遮っている。地面に横向きに置かれている敷石に爪先が当たった。ここも曲がりくねった道だと気づいて、アンドレアは伸びすぎた植物のあいだを進み、やがて開けた場所に出た。左側にプールがある。右側の母屋の最上階にあるバルコニーのすぐ下には、植物を育てるための小屋を改築した納屋があって、暖かそうな光が漏れていた。

「うざい！」

振り返ると、ホルタートップとカットオフ・ジーンズという格好の十代の少女が、煙草を吸っているところを見つかって、怒りと恐怖のどちらに身を任せようかと葛藤しているところだった。彼女の年齢を考えれば、怒りが勝利を収めたのは驚くことではない。彼女は庭に吸い殻を投げ捨てると、足音も荒く家へと戻っていった。あとには、くすぶるニコチンと怒りの臭気が残されていた。

「シドに餌をやるのを忘れないで！」ジュディスが開いた納屋のドア口から叫んだ。さっきと同じゆったりした服のままだったが、長い髪は緩いお団子にまとめている。

アンドレアは、軽食堂の外で彼女と会ったときに感じた気まずさと抗いながら尋ねた。

「シド？」

「不平ばっかり言う、年寄りのインコなの。あの子はギネヴィア。かわいくて、気性の荒いわたしの娘。自分の名前と同じくらい、わたしのことを嫌っているのよ。あまり深く考えないようにしている。あれくらいの年のときって、みんな母親を嫌うものじゃない？」

母親を嫌いになる時代がアンドレアに訪れたのは、三十一歳という成熟する年齢になってからだった。「さっきはごめんなさい。長い一日だったんです」

「気にしないで」ジュディスは軽く手を振った。「あなたたちがわたしの家族にしてくれていることには、本当に感謝しているの。祖母はなにも言わないけれど、最近のあの手紙には祖母もとても動揺していたのよ」

アンドレアはその言葉を距離を縮めてもいいという誘いだと受け止めた。「なんて書いてあったのか、知っていますか？　その手紙ですけれど」

「いいえ。祖母は見せてくれないの。でもすごく個人的なことだと思う。祖母はたいていのことでは泣いたりしないから」

エスター・ヴォーン判事について書かれたものを読むかぎり、泣いているところを想像するのは難しかったが、それは使われていた形容詞のせいだ。文字になると、それが実際の人間について書かれたものだということを忘れてしまう。

アンドレアはジュディスに尋ねた。「あなたはここに住んでいるんですか？」

「母屋で暮らしている。シドと一緒に、去年ここに戻ってきたの」

アンドレアは、フランクリン・ヴォーンが去年、退職したことを知っていた。彼は本当に家族と過ごすために、仕事を辞めたのかもしれない。

「もちろん、ギネヴィアは引っ越してくるのを嫌がった」ジュディスはくすくす笑いながら言った。「あの子はここをスリザリン（『ハリー・ポッター』に登場する寮の名前）って呼んでいるの。それってあんまりじゃない？　あれはわたしたちの世代だもの。でしょう？」

アンドレアは喉になにかがつかえたような気がした。ジュディスと彼女は異母姉妹かもしれない。事情が違っていれば、両親が再婚したあとで出会って、互いを憎み合っていたかもしれない。

「こっちよ」ジュディスは納屋を示した。「ここはわたしの作業場。ここで寝ることも時々あるけれど、こんなに暑いと無理ね。ざっと案内するわね」

そこはいたって見慣れた空間だったので、アンドレアの口があんぐりと開いた。木の棚が並んだ壁。ステンレスの容器にざるにじょうご。計量カップ。ニトリル手袋。フェイスマスク。トング。木のスプーン。ｐｈ試験紙。スクイズボトルとスポイト。五ガロンの硫酸。白い粉が入った大きくて透明なビニール袋。

ジュディスが言った。「心配しないで、あれはコカインじゃなくて――」

「媒染剤ですね」アンドレアがあとを引き取って言った。「なにを染めるんですか？」

「シルクが多いわね。それにしても、驚いた。ここをひと目見たたいていの警察官は、わたしが麻薬を作っているって考えるのに」

「判事のスカーフ」アンドレアは、乾燥用の棚をすっかり見過ごしていたことに気づいた。フックにかけられたさまざまな色のスカーフがずらりと並んでいる。そのうちの一枚は、プリズムで屈折したみたいな深い青色だった。「インディゴの色がとてもよく出ていますね。ガラ・ギーチーの手法を使ったんですか？」

「驚いたなんてもんじゃないわ。いったいどうしてアメリカの保安官が、アフリカの奴隷が伝えた古代の染色工程を知っているわけ？」

「わたしはローカントリー（サウスカロライナ州とジョージア州の海岸沿いを指す）の近くで育ったんです」喋りすぎだろうかとアンドレアは不安になった。「こういう学校に通ったんですか？　それとも自分で？」

「両方を少しずつ」ジュディスは肩をすくめた。「ＲＩＳＤを中退したの」

ロードアイランド・スクール・オブ・デザイン《Rhode Island School of Design》は国内でも一、二を争う美術学校だ。

ジュディスは言った。「昔の先生たちを自分の展示会に招待するのが楽しみなんだけれど、それはコラージュなのよ。スカーフは、数年前に祖母のために始めたの。祖母は、声帯にできた腫瘍を切除したの。早いうちに癌が見つかったのはよかったんだけれど、傷をとても気にしていたものだから」

アンドレアは不意打ちを食らった気がしたが、それは癌の話を聞いたからではなかった。不意にこみあげてきた涙をこらえるため、スカーフを眺めるふりをしてジュディスに背を向けた。昔からアートが好きだったけれど、それがローラではなくクレイトン・モロウから受け継いだものかもしれないとは、考えたこともなかった。

彼はほかになにを伝えたのだろう？

ジュディスが言った。「コラージュはアトリエにもあるの。あなたは興味があるかもしれない」

アンドレアは鼻をすすりながら、こちらに向き直った。仕方なく涙を拭った。

「ごめんなさいね。わたしは長いあいだ、酸を扱っているから、もう目にもしみなくなっているのよ」ジュディスはついてくるようにと手招きをすると、隣の部屋へと向かった。「アトリエは風が通るから」

ふたりはドアをくぐり、広々として快適な部屋に入った。いたるところ、天井にすら窓がある。イーゼルには、異なる作成段階の絵がかけられていた。ジュディスはただの工芸愛好家でも趣味に熱中している人間でもなかった。彼女はクルト・シュヴィッタース（ドイツの芸術家。メルツ絵画と呼ばれるコラージュが有名）やマン・レイ（米国の芸術家）を連想させる芸術家だった。絵の具の飛び散った床。接着剤の容器やハサミやカッティングボードや糸の束や刃物やニスや固定剤のスプレーが、雑誌や写真や並び変えて新しい文章を作るための材料と並んでテーブルの上に散乱していた。

　アンドレアはこれほど完璧なアトリエに入ったことはなかった。

「夏の盛りの頃は陽射しが猛烈なんだけれど、それだけの価値はあるの」ジュディスはいちばん新しいとひと目でわかる作品が置かれているイーゼルの前で足を止めた。「あなたはこれが見たいだろうと思った」

　アンドレアは細かい部分に目を向けようとはしなかった。まず、作品を感じてみた。近づいてくる嵐に翻弄される小さな船の甲板に立っているような感覚だった。ジュディスは不確実性を表現するため、ソラリゼーション（写真の現像時に露光を過多にして、モノクロ写真の白と黒を反転させること）を使っていた。破いた手紙や写真の一部を万華鏡のように貼りつけて、暗く不気味なコラージュに仕上げていた。

「これはわたしの作品の中でも重たいものなの」ジュディスは申し訳なさそうに言った。

「わたしの作品は男性っぽいってよく言われるんだけれど——」

「女性の怒りを理解していないんですよね」アンドレアがそのあとを引き取って言った。彼女も、男性の教授から同じような否定的なことを言われたことがあった。「ハンナ・ヘッヒ（ドイツのダダイストの女性芸術家）もダダイストのグループの一員として作品を発表したとき、同じようなたわごとを言われたんですよね。でも死後二十年もたたないうちに、ニューヨーク《Mo》

近代美術館《MA》で彼女の個展が開かれたんです」

ジュディスは首を振りながら言った。「あなたみたいな興味深い保安官には会ったことがない」

アンドレアは、保安官になってまだ一日半しかたっていないことは黙っていた。念入りにその作品を眺め、手紙から切り取られた文字を読んでいく。ノートに書かれた手書きのものもあれば、タイプやコンピューターで書かれたものもあった。

くそったれの淫売は殺す　ふしだらなユダヤ女は死ね　ユダヤの売女　人殺しの悪魔氷の女王　下劣な女　おべっか使い　小児性愛者　血も涙もない恐ろしい女　ソロスをバックにつけた娼婦《しょうふ》……

アンドレアは尋ねた。「これは、お祖母さまが受け取った脅迫ですか？」

「例の脅迫ではないけれど、一部は何年かのあいだに受け取ったものよ。それほどひどくはなかったわね、比較の問題だけれど」ジュディスは笑ったが、それは本当の笑いではなかった。「わたしの考え方は祖父母と同じというわけではないけれど、いまの陰謀説にはぞっとするって言う点では意見が一致しているの。ところで、わたしたちはユダヤ人じゃないから。きっと、それが最悪の悪口だって思っているんでしょうね」

アンドレアは口汚い雑言のまわりに貼られた写真を眺めた。ジュディスは糸や色鉛筆を使って、統一したテーマを表現している。顔にダビデの星が描かれたフランクリン・ヴォーン。乳房を切り抜かれた制服姿の若きジュディス。目をXで消された法服姿のエスター。仰向けになって、口から泡を吹いている死んだネズミ。

「プールで浮いているのが見つかったのよ」ジュディスはネズミを指さした。「祖母が先月、鳥用の給餌器を取りつけたの。そうしたら、そこからよく手を突き出しているわ」

アンドレアは身震いした。ネズミに手があるとは考えたくなかった。

「ニュージーランドの人に、口のまわりに泡を吹いているみたいにフォトショップで加工してもらったの。オンラインで、びっくりするくらいいろいろなことができるのね」

「そうですね」インターネットには目に見えないことがたくさん存在するのだとアンドレアは知っていた。芸術に携わる者としての嫉妬を押し殺し、ここにいる理由を思い出そうとした。ジュディスには、新しく知り合った人になんでも打ち明けてしまう小さな町の住人独特の習性があるようだ。あるいは、アトリエでしていることをだれかに理解してもらいたくてたまらないのかもしれない。どちらにしても、本当に訊きたいことを尋ねても大丈夫そうだ。

アンドレアは尋ねた。「作品にはヴォーンの名前を使っているんですか？」

「まさか。詮索されるのはごめんだもの。母のミドルネームのローズを使っているの。ジュディス・ローズ」

エミリーの話が出たことでアンドレアは心臓が飛び出しそうになったが、気づかないふりをしてうなずいた。「あなたの作品は素晴らしいから、お母さまはとても誇らしいでしょうね」

ジュディスは困惑した表情を浮かべた。「キャットに聞いていないの？」

「なにをですか？」

ジュディスは無言で、部屋の奥へとアンドレアをいざなった。大きなキャンバスをしまってある床から天井までの収納棚の前で足を止める。確かめながら何枚かを動かしていき、やがて手を止めてアンドレアを振り返った。「優しくしてね。これはわたしが初めて作ったコラージュなの。いまのギネヴィアの年だった。不安とホルモンに支配されていた」

アンドレアが心の準備もできないうちに、ジュディスはキャンバスの向きを変えて、稚拙なコラージュを披露した。この作品も暗い感情を呼び起こしはするものの、あまり焦点が絞られていない。選んだ題材が亡くなった母親であることはアンドレアにはすぐにわかったが、彼女が自分の方向性を見定めようとしていることも同じくらい明らかだった。解剖のあとで縫合に使われるような太い黒糸でつながれたエミリーの写真が、枠を縁取っていた。

アンドレアは言うべき言葉を探した。「これは――」

「未熟？」ジュディスは卑下するように笑った。「そうなの。だからこれは、だれにも見せない。わたしのエージェントでさえ、見たことがないのよ」

アンドレアは、なにも知らない人間がするであろう質問を口にした。「これは、お母さま？」

ジュディスはうなずいたが、アンドレアは隅に貼られているエミリー・ヴォーンの最終学年の写真をいやというほど見ていたので、目を閉じていても思い浮かべることができるほどだった。ふんわりとパーマがかけられた髪。淡い青色のアイシャドウ。蝶ネクタイの形に彩られた唇。蜘蛛の巣のようにからまっているマスカラ。

ジュディスが言った。「ギネヴィアは母に似ているって、みんなが言うのよ」

「そうですね」アンドレアはもっとよく見えるように顔を近づけた。最近の作品同様、文字が書かれた細長い紙片が写真を分断するように貼られている。罫線《けいせん》のある学校のノートが、適当に配置されていた。どれも、感情的な少女のものであることが明らかな丸っこい奇妙な字で書かれていた——

みんなすごく意地悪……あんたはみんなが言っているような人じゃない……調べ続けるの！……きっと真実が見つかる！！！

アンドレアが訊いた。「あなたが書いたんですか？」

「ううん、母の持ち物の中にあった手紙よ。母が書いたものだと思う。八〇年代には断言するのがはやっていたのね。破かなければよかったってすごく後悔している。ほかになにが書いてあったのか、どうしても思い出せないのよ」

アンドレアは自分に言い聞かせるようにしてジュディスに向き直った。すごく興味があるとか、興奮しているとか、あるいは不安だったり、怖がったりしているとは思われたくなかったし、足の裏がむずむずするような思いをしていることにも気づかれたくなかった。

山ほどのエミリーの写真。友人たちと一緒のものもあれば、強烈な孤独感を写したものもあった。

十六歳のジュディスのアートは、十七歳のエミリーが殺されたことについてなにを教えてくれるだろう？

「これって、そんなにひどい？」ジュディスは見るからに不安そうだ。人の意見を尊重しようとしているときにそっぽを向かれるのがどういうものか、アンドレアにはわかっていた。

「いいえ。稚拙ではあるけれど、なにか大切なことを表現しようとしているのがわかります」アンドレアは心臓の上に手を当てた。「ここで感じます」

ジュディスも同じ気持ちだったらしく、自分の胸に手を当てた。

姉妹かもしれないふたりは、心臓の上に手を置いたままその場に立ち尽くしていたが、やがてアンドレアは再びコラージュに視線を向けた。

「これを作っていたときのことを覚えていますか?」

「あまり。これは、わたしがコカインを知った年だったから」あたかも保安官に罪を告白しているかのように、ジュディスは軽く笑った。「覚えているのは悲しかったこと。ティーンエイジャーっていうだけで大変なのに、母がいなくて……」

「よく表現できていると思います」エミリーの人生のささやかな断片を目のあたりにしたアンドレアは、気落ちを落ち着けようとして大きく息を吸った。枠を縁取る写真は、少女の人柄をよく表していて――海岸を走り、本を読み、バンドの衣装でフルートを吹いている――彼女の愛らしさがカメラのレンズに突き刺さっているみたいだった。傷つきやすそうではあるけれど、脆《もろ》いという感じではなく、とてもとても若かった。

グループで写した写真が左上の隅にあった。エミリーは三人の少年とひとりの少女にはさまれている。ふわふわした癖毛はそのままだったし、少女はもうひとりしかいなかったから、リッキーを見分けるのは簡単だった。クレイを見て、アンドレアはローラが言っていたことを思い出した――息を呑むほどハンサムな人。青く鋭い瞳は、四十年の時を経てすら、アンドレアをぞくりとさせた。髪の色も質も違ってはいたが、クレイの隣に立っているのはリッキーの双子の兄のエリック・ブレイクリーだろうと見当をつけた。とすると、デラウェアのビリー・アイドル（ロックミュージシャン）のように手巻き煙草を唇にはさんだ、少しふつくらして厭味《いやみ》ったらしい顔つきの金髪の少年がナードということになる。

「母の友人たち」ジュディスはもっと喋りたくてたまらないらしい。「というか、母が友人だって思っていた人たち。あの頃は、妊娠したティーンエイジャーはリアリティー番組のようにはいかなかった」

気がつけばアンドレアは、またクレイの目をじっと見つめていた。無理やり、色あせたポラロイド写真に視線を移した。「これは？」

「父方の曾祖母《そうそぼ》と母。わたしが生まれてまもなく、亡くなった」ジュディスは、ヴィクトリア朝風のかっちりした服を着て、膝にぽっちゃりしたかわいい赤ん坊をのせた女性を指さした。「あの頃、祖母は仕事が忙しかったの。曾祖母が母を育てたようなものだった。ジュディスっていう名前はそこから取ったの。わたしはふたりの合作よ」

母親のいないジュディスの人生を表している写真があった。ひとりで写っている初登校の日。初めての学芸会。初めての美術展。大学初日。どれも手紙や記念の品物――成績表の一部、卒業証書、ファーストブラの広告――とつながれていた。写真を撮った人間がいるはずだが、ジュディスはいつもひとりで写っていた。

妙なことに、ローラがこれまでしつこいくらいに自分の傍らにいたことを、アンドレアはその写真を見て再認識した。写真を撮るのはいつもゴードンだった。学校のバザーのためにカップケーキのアイシングを手伝ってくれたのも、『高慢と偏見』をテーマにした誕生パーティーに着ていくドレスを作るため、型紙を固定する方法を教えてくれたのも、美術展や卒業式やコンサートでいつも隣に立っていたのも、『ハリー・ポッター』の新刊を買うため、魔法使いの帽子をかぶって書店の外で一緒に並んだのもローラだった。

そのことに気づいたアンドレアは、あたかもライバルから一点奪ったかのように、なぜか自分をつまらない人間のように感じた。

「もちろん、これはわたし」ジュディスは、彼女の人生の始まりである、中央に扇形に貼られた一連の超音波写真を示した。「母さんは、バスルームの鏡にこれを貼っていたの。毎日、朝も夜も見たかったんだと思う」

「きっとそうでしょうね」アンドレアはそう答えたものの、右下の隅にあるカセットテープのライナーノーツに気を取られていた。カラー写真を小さく破いた切れ端が、手書きの歌とアーティストのまわりに星座のように貼られている。

だれかがエミリーのためにミックステープを作ったのだ。

ジュディスは言った。「八十年代の音楽はいまいちのものが多いけれど、これはけっこういいのよ」

インクはにじんでいた。癖のある字の一部しか読むことができなかった。

青春の傷あと《Hurts So Good》：J・クーガー／キャット・ピープル《Cat People》：ボウイ／I Know///Boys Like：ザ・ウェイトレスィズ／You Should Hear///Talks：M.マンチェスター／Island///Lost Souls：ブロンディ／Nice Girls：アイ・トゥ・アイ／プリティ・ウーマン《Pretty Woman》：ヴァ

ン・ヘイレン／愛のサンシャイン《Love's//Hard on Me》：ジュース・ニュートン／Only//Lonely：ザ・モーテルズ

アンドレアは文字を取り囲むぼろぼろの星座になにか意味があるのだろうかと考えたが、やがてそれが一枚の写真を破り取ったものであることに気づいた。対角線の隅にふたつの冷ややかな目。耳がふたつ。鼻。高い頬骨。ふっくらした唇。わずかに割れた顎。

アンドレアは喉がつまったような気がしたが、かろうじて声を絞り出した。「テープを作ったのはだれなんですか?」

「わたしの父よ」ジュディスは答えた。「母を殺した男」

一九八一年十月十九日

エミリーはドクター・シュレーダーの診察室で診察台に座った。紙のガウンを着て、歯がかたかた鳴るくらい激しく震えている。ミセス・ブリッケルに、下着を含めて着ているものはすべて脱ぐように言われた。こんなことは初めてだった。台のビニールの冷たさが、白くて薄い紙を通してむき出しの尻に伝わってくる。足は冷え切っていた。吐き気がしていたが、これが昨夜の聖書の勉強会をあわてて抜け出さなくてはならなかった吐き気や、今朝、言い訳する間もなく朝食のテーブルを離れなければならなかった吐き気と同じものなのかは、わからなかった。ゆうべはきっとストレスのせいだろう。今朝は、いつもそれで気分が悪くなるから、メイプルシロップの甘ったるいにおいのせいに決まっている。

そうでしょう？

だって、あたしが妊娠なんてしているはずがないから。あたしはばかじゃない。セックスしていればわかるはず。だってセックスはすごく重大なことだから。経験したあとは、違った感じがするはず。なにかが決定的に変わったことがわかるはず。だって、そうなんだから。セックスで人はまったく新しい人間になる。本当の女になる。あたしはまだティーンエイジャーだ。去年の今頃となにひとつ変わったとは感じられない。

それに、若い女の子の生理が来ないのはよくあることだ。リッキーは自分の周期がまったくわかっていない。ジェリー・ジマーマンは、卵ダイエットとやらをしていたせいで、何カ月も生理が来なかった。それにバービー・クレインがテニスのしすぎとトラックの走りすぎのせいで、子宮が働かなくなったことはみんな知っている。

エミリーは、かかりつけの小児科医の診察室が開くのを待っていたこの二日間、自分に言い聞かせていたことを心の中で繰り返した。お腹の風邪。インフルエンザ。つわりなんかじゃなくて、ただ吐き気がするだけ。だって、クレイとブレイクとナードのことは自分自身と同じくらいよく知っていて、彼らがあたしにひどいことなんてするはずがないから。

そうでしょう？

口の中に血の味がした。うっかり唇の内側を噛んでしまったらしい。

エミリーはお腹に手を当てていた。丸みが感じられる。いつもこんなふうだった？　ゆうべベッドに横になって、ジーニーの魔法のランプみたいにお腹をこすったけれど、いつもどおり平たいままだった。座ったときは、いつもこんなふうに少し膨らんでいた？　エミリーは背筋を伸ばした。お腹を押さえる。丸みが手のひらに収まった。

ドアが開いて、エミリーはなにか悪いことをしているところを見つかったかのように、ぎくりとした。

「ミス・ヴォーン」ドクター・シュレーダーは煙草とオールド・スパイスのにおいがした。いつもぶっきらぼうな人だが、いまはいらだっているようだ。「ここに来た理由を看護婦に話さなかったそうだね」

エミリーは、メロディの母親であるミセス・ブリッケルをちらりと見た。ばかなエミリー・ヴォーンは、お腹の風邪なのに、そのうえセックスしたこともないのに妊娠したと思いこんだと、彼女はメロディに話すだろうか？　メロディは学校じゅうに話すだろうか？

「ミス・ヴォーン？」ドクター・シュレーダーは腕時計を見た。「きみは、午前中にきちんと予約を取っている患者を待たせているんだ」

エミリーの口の中がからからになった。唇をなめた。「あたし――」

ドクター・シュレーダーが眉根を寄せた。「なんだね？」

「あたし――」エミリーはそのばかげた言葉を口にすることができなかった。「ずっと吐いているんです。たくさんじゃないですけど。その――昨日吐きました。土曜の夜も。でもあたしは――」

ミセス・ブリッケルはエミリーの背中を撫でながら、なだめるように言った。「落ち着いて」

エミリーは浅く息を吸った。「あたしは一度も……その、だれともなにもしていません。結婚しているみたいなことは。だからどうしてこんな——」

「こんな、とはどういうことかね?」ドクター・シュレーダーのぶっきらぼうな態度が、あからさまな敵意に変わった。「言い訳はやめなさい。最後に生理があったのはいつだね?」

エミリーは唐突に熱さを感じた。恥ずかしさで火照るという言い回しを聞いたことはあったが、実際に経験したのは初めてだ。手の指から足の指、胸の内側の心臓、肺、腸、さらには髪の毛——全身のあらゆる部分が燃えあがったみたいだった。

「あたしは一度も——」息がつまった。ドクター・シュレーダーを見ることができない。「あたしはそんなこと一度も——していません。してません。しません」

ドクター・シュレーダーは引き出しとキャビネットを乱暴に開け、音を立てて閉めた。

「診察台に横になって」

エミリーは、彼がカウンターに器具を並べるのを見た。手術用手袋。なにかのチューブ。小さな鏡がついたヘッドバンド。アヒルの長いくちばしのような金属の器具。

ミセス・ブリッケルの手に肩を押されるのを感じた。診察台に体を倒したときにも、エミリーは彼女を見ることができずにいた。下から妙な形の棒が二本、せりあがってきた。先端が大きなスプーンのように曲がっている。それを見て、エミリーの心臓が飛び出しそうになった。こんなこと、現実じゃない。ホラー映画の中にいるような気がしていた。

「診察台の端に体をずらして」ドクター・シュレーダーがパチンと手袋をつけた。ビニール越しに見える毛の生えた彼の大きな手は、動物の毛皮のようだ。その手がエミリーの片方の足首をつかんだ。

エミリーは悲鳴をあげた。

「泣き言はやめなさい」ドクター・シュレーダーが命じた。エミリーのもう一方の足首をつかんで、診察台の端まで引っ張る。「おとなしくして」

ミセス・ブリッケルの手が再びエミリーの肩に置かれたが、今度は彼女を押さえようとしていた。彼女は知っている。ここに来た理由をエミリーは話さなかったのに、ミセス・ブリッケルは着ているものをすべて脱ぐようにと言った。エミリーが違っていることに気づいたからだ。エミリーがもう子供ではないことを知っていたのだ。

ほかに気づく人はいるだろうか？

「泣くんじゃない」足首を握るドクター・シュレーダーの手に力がこもった。「ほかの患者に聞こえる」

診察台の両側にあるあぶみのようなものに、踵が突っこまれるのを感じながら、エミリーは顔を背けて壁を見つめた。膝が大きく広げられている。ドクター・シュレーダーが脚のあいだにいることはわかっていた。彼の怒りに満ちたごつごつした顔がにらみつけていると思うと、エミリーは耐えられなくなった。口からすすり泣きが漏れた。

「力を抜いて」ドクター・シュレーダーは回転椅子に腰をおろした。「よけいつらくなるだけだ」

エミリーは強く唇を噛んだので、また血の味がした。彼がなにをするつもりなのか、わかったときには遅かった。

ドクター・シュレーダーは冷たい金属の器具をエミリーの局部に差しこんだ。痛みに再び声が出た。体の中を削り取られているような感じがした。カチリという大きな音がして、金属のくちばしが開いた。エミリーは逃げ出そうとして、思わず足を突っ張ったが、踵をさらにあぶみの奥へと突っこんだだけだった。照明がこちらに向けられる。耐えがたいほどの熱さだったが、ドクター・シュレーダーにあそこを見られている屈辱のほうが大きかった。

エミリーは泣き声を押し殺した。目に涙が浮かぶ。ドクター・シュレーダーの太い指が、彼女の内側を探る。エミリーは両手で診察台を握り締めた。歯を食いしばった。鋭い痛みに息がつまった。肺から空気が出てこない。息が吐けなくて、体がしびれてきた。視界が揺らぐ。気を失いそうだ。嘔吐物が口までせりあがってきた。

そして、ようやく終わった。

器具が抜かれた。ドクター・シュレーダーが立ちあがった。照明を押しのけ、手袋をはずした。エミリーではなく、ミセス・ブリッケルに向かって言った。「処女じゃない」

ミセス・ブリッケルが言葉にならない声をあげた。エミリーの肩に置いた手に力がこもった。

「起きなさい」ドクター・シュレーダーが命じた。「さっさとするんだ。それでなくてもきみは、わたしの時間を無駄にしているんだ」

エミリーはあぶみから足を抜こうとした。金属がぶつかった。ドクター・シュレーダーが両方の足首をつかんで、踵を宙に持ちあげた。そのまま放そうとはせず、両足をぴったりとくっつけた。

「わかるね？」彼が言った。「こうやって脚を閉じていれば、こんな目に遭うことはなかったんだ」

エミリーはあわてて体を起こした。紙のガウンが破れた。体を隠そうとした。

「いまさら手遅れだ」ドクター・シュレーダーはエミリーのカルテを持っていた。記入を始める。「最後の生理はいつだった？」

「えーと――」エミリーは、ミセス・ブリッケルが差し出したティッシュペーパーを受け取った。「一カ月半前です。でも――でもあたしは一度も――そんなこと――」

「きみは間違いなく性行為をしている。それもわたしの見たところ、複数回だ」

ショックが大きすぎて、エミリーは反応できなかった。

複数回？

「お芝居はやめなさい。きみは男に身を任せて、その報いを受けているんだ」ドクター・主レーターは淡々と告げた。「どうなると考えていたんだね？　ばかな娘だ」

エミリーは両手で紙のガウンを握り締めた。「あたしは絶対に――なにもしては――」

ドクター・シュレーダーはカルテから顔をあげた。ようやくエミリーの言葉を聞く気になったようだ。「続けて」

「あたしは絶対に――」エミリーはその先の言葉を口にすることができなかった。「パーティーに行ったんです。それで……」

小さな部屋に自分の声が尻すぼみに消えていく。あたしになにが言える？　あれは友だちとのパーティーだった。結社との。あそこでなにか悪いことが起きた、だれかにドラッグを盛られて意識を失ったと言えば、あの場には三人の少年しかいなかったのだから、そのうちのだれかの仕業だということになる。

「なるほど」ドクター・シュレーダーは、すべてを理解したと思っているようだ。「きみは飲みすぎたか、あるいはだれかにこっそりドラッグを飲まされたというのだね？」

エミリーは、クレイが舌の上にＬＳＤを置いたことを覚えていた。こっそり飲まされたわけではない。自分から進んで飲んだのだ。彼を信用していたから。彼らみんなを。

「つまりきみは、どこかの男にだまされたのだから、自分には責任がないと言っているのだね」

「あたし――」エミリーは言葉につまった。彼らはそんなことはしない。みんないい子なんだから。「なにが起きたのか、覚えていないんです」

「だが自分が性行為をしたことは認めるんだね？」

それは質問ではなかったし、彼は自分の目でその答えを確かめている。この娘は処女じゃない。

エミリーにはうなずくことしかできなかった。

彼女が認めたことで、ドクター・シュレーダーの怒りが増したらしかった。「これだけは言っておこう。お父さんに話すときは、もう少しましな嘘をつくことだ。診察の結果、かなり長い期間、きみが性的に活発だったことはわかっている。指が二本入ったからね。既婚女性にしか見られないような、緩さだった」

エミリーは手で胸を押さえた。一度じゃなかったの？　だれかが、夜眠っているあいだに、あたしの部屋に押し入ってきたんだろうか？

「あたしはそんなこと――」

「きみは間違いなくしたんだよ」ドクター・シュレーダーはカウンターにクリップボードを置いた。「これからどうするのか、よく考えたほうがいい。自分の行動の責任を取る覚悟があるのか、それとも脚を閉じておくことができなかったせいで、どこかの若者の未来を台無しにするつもりかね？」

エミリーは泣きじゃくっていて、答えられなかった。

「そうだろうと思った」ドクター・シュレーダーは腕時計を見た。「ブリッケル看護婦、すでに答えはわかっているが、確認のための血液検査をするように。この娘は妊娠六週目だ。ミス・ヴォーン、きっかり一時間きみにあげよう。お父さんに自分のしたことを話すんだ。でないと、わたしが直接電話をする」

エミリーは自分の口が動くのを感じたが、声を出すことはできなかった。

パパに？

きっと殺される。

「聞こえたはずだ」ドクター・シュレーダーは不快そうに首を振りながら、最後にもう一度彼女を見た。「一時間だ」

ドクター・シュレーダーが部屋を出ていくと、ミセス・ブリッケルは静かにドアを閉めた。きつく唇を結んでいる。子供の頃、エミリーの母親が残業だったときには、彼女とメロディのためにクッキーを作ってくれた人だ。

そのミセス・ブリッケルが言った。「エミリー」

エミリーの口から出たのは泣き声だった。これ以上、非難されるのは耐えられない。すでに胸にナイフを突き立てられたような気分だった。どんな顔をしてパパに会えばいい？

なにをされるだろう？　去年、地理でCを取ったときには、太腿の裏に傷が残るくらい強く、ベルトで叩かれたのだ。

「エミリー、わたしを見て」ミセス・ブリッケルはぎゅっとエミリーの手を握った。「検査では、あなたが何回くらい性行為をしたかなんてわからないのよ。わかるのはただ、あなたの処女膜が傷ついているというだけ。それだけなの」

　エミリーはショックを受けた。「でも先生は――」

「嘘をついたのよ。あなたに恥ずかしい思いをさせようとしたの。でも、なにがあったとしても、あなたは悪い子じゃない。あなたはだれかとセックスをした。それだけのこと。いまは、この世の終わりのように感じているだろうけれど、そんなことはないの。あなたは切り抜けられる。女はいつもそうしてきたの」

　エミリーはこみあげてきた涙をこらえた。女になどなりたくなかった。なにより、父親と顔を合わせたくなかった。そうなれば、この世の終わりだ。大学には行かせてもらえないだろう。学校を卒業させてもらえないだろう。家に閉じこめられて、祖母だけが話し相手で、いつか祖母がいなくなったらなにも残らなくなる。

　あたしはどうすればいい？

「エミリー、わたしを見て」ミセス・ブリッケルはエミリーの腕をつかんだ。「嘘をつくつもりはない。確かに簡単なことじゃないわよね。でもあなたはこれを切り抜けられるくらい強い。あなたはそれができる子なの」

「あたしは……」エミリーの頭は混乱していた。罠にかかったような気がする。自分の人生が消えていこうとしていて、それをどうすることもできない。「パパはどうすると思いますか?」

ミセス・ブリッケルは再び唇をきつく結んだ。「フランクリン・ヴォーンの信条の高潔さが、カントリークラブの会員としての高潔さに抵抗できるかどうかね」

エミリーは首を振った。意味がわからない。

「ごめんなさい。こんなこと、言うべきじゃなかったわね」ミセス・ブリッケルは強くエミリーの腕を握った。「神父さまに話すのはどう?」

神父さま?

「エミリー、これが最良じゃないことはわかっているけれど、もしもあなたが相手の子に特別な感情を持っているのなら、結婚するのに若すぎるということはないのよ」

結婚?

「でもその気がないのなら、ほかに方法はある」

「ほかの方法?」エミリーの口から質問がほとばしった。パニック状態だ。「あたしはどうすればいいの? どうやって切り抜ければいいの? だれが――父親なのかはわからない。だれなのか知らない! 先生に言ったけど――あなたにも言った――なにがあったのかわからないの。本当なんだってば。だってあたし、なにか飲んで――そう、飲んだの。でもどうなるかなんて知らなかったし、それにパパには話せない。殺されるもの。ヒステリーを起こしているみたいに聞こえるのはわかっているけど、でもパパは――パパは――」

　エミリーは部屋に反響する自分の半狂乱の声にすくみあがった。心臓がドラムのように打っている。全身から汗が噴き出している。吐き気が戻っていた。まるで皮膚が骨からはがれかけているみたいな感じがした。なにひとつ、自分のものではなくなってしまったようだ。ドクター・シュレーダーのあきれたような顔がすべてを語っていた。エミリーはエミリーではなくなった。罪人になった。別の人間になった。腹に手を当てた――だれかが彼女の中に残していったものに。

　だれが？

「エミリー」ミセス・ブリッケルの声は穏やかで安心できた。「お母さんに連絡するのよ。いますぐに」

「ママは――」エミリーはその先の言葉を呑みこんだ。母親は仕事中だ。重要なことでないかぎり、邪魔をすることは許されない。「む、無理」

「まず、お母さんに話すの。信じないかもしれないけれど、エスターはわかってくれる。あなたは彼女の娘なの。あなたを守ってくれる」

エミリーは顔を伏せた。両手が震えている。紙のガウンに汗がにじんでいる。涙のせいで、襟が首に貼りついていた。まだ血液検査をしていない。もしかしたら、なにもかもが恐ろしい間違いなのかもしれない。「ドクター・シュレーダーは六週って言ったけれど、でも――あれは一カ月前だった。それって四週でしょう？　六週じゃない」

「最後の生理が始まった日から数えるのよ。性交の日じゃなくて」

性交？

その言葉の重みにエミリーの肩ががくりと落ちた。間違いじゃない。恐ろしい悪夢は、まだ始まったばかりだ。彼女はだれかと性交して、そして妊娠したのだ。

「エミリー。服を着て。家に帰るの。お母さんに電話するのよ」ミセス・ブリッケルはエミリーの背中を撫でながら促した。「あなたは切り抜けられる。とても大変だろうけれど、あなたなら切り抜けられる」

エミリーは、ミセス・ブリッケルの目に涙が浮かんでいることに気づいた。彼女は嘘をついている。けれど、「わかった」以外に、エミリーになにが言えるだろう？

「いい子ね。それじゃあ、血を採らせてね？」

ミセス・ブリッケルが準備をしているあいだ、エミリーはシンクの向こうにあるキャビネットを見つめていた。ミセス・ブリッケルは手早くて有能だった。それともエミリーが感覚を失っていたのかもしれない。針を突き刺されても、肘のすぐ下にバンドエイドを貼られたときも、ほとんどなにも感じなかった。

「さあ、これでいいわ」ミセス・ブリッケルは別の引き出しを開けたが、いい子にしていた患者にあげるための棒つきキャンディを取り出すためではなかった。彼女はカウンターに厚手のナプキンを置いた。「出血があるかもしれないから、これをつけて」

エミリーはドアが閉まるまで待った。ナプキンを見つめた。頭蓋骨の中で心臓がばくばくしていたが、体の感覚はないままだった。ズボンを引きあげ、ブラウスのボタンを留めた手は彼女のものではなかった。コインローファーに足を入れたときも、自分の動きをコントロールしている自覚はなかった。筋肉が勝手に動いている――ドアを開け、廊下を進み、待合室を抜けて、外に出る。朝の太陽の光を受けて涙がにじんだ目は、彼女のものではなかった。こみあげてきた苦いものを飲みくだした喉は、だれかほかの人間のものだった。両脚のあいだがずきずきしているのは、他人の痛みだった。

エミリーは歩道に足をのせた。頭の中は真っ白で、ただぐるぐると回っている。カーニバルを連想した。脳みその中身が回転木馬になったみたいだ。上下する木製の馬が見えた――アイスクリーム店や、ビーチチェアのレンタル店や、夏になれば戻ってくる観光客を待つショーウィンドウの奥のタフィーの機械は視界に入っていなかった。目を細めると、涙がこぼれた。回転木馬がどんどん速くなる。世界が回っていた。視界がぼやける。エミリーの脳はついに――ありがたいことに――機能を停止した。

エミリーは目をしばたたいた。

あたりを見まわし、風景が変わっていることに驚いた。

彼女は、軽食堂の奥のブースに座っていた。ほかにはだれもいないのに、結社の仲間たちとそこにいるときにいつもそうしているように、隅のぎりぎりのところに座っていた。

あたしはどうやってここに来たの？　どうして脚のあいだが痛いの？　どうして汗だくなの？

エミリーは上着を脱いだ。目の前のテーブルに置かれているミルクシェイクを眺める。グラスは空だ。スプーンもきれいになめてある。飲むどころか、注文した記憶すらなかった。いったいどれくらいここにいるのだろう？

壁の時計は四時十六分を示していた。

ドクター・シュレーダーの診療所は朝の八時に診察を始める。エミリーはドアが開くのを外で待った。

八時間——消えていた。

学校をさぼってしまった。エミリーが描いた祖母の絵を美術の先生が批評してくれることになっていた。化学のテストがあった。バンド練習があった。体育の前にロッカールームでリッキーと会って話をすることになっていた——なんの話を？

思い出せなかった。

どうでもよかった。なにもかも、もうどうでもいい。テーブルを見まわした。見えないものを見ていた。リッキー、ブレイク、ナード、そしてクレイ。彼女の友人たち。彼女の結社。彼らのだれかが、彼女になにかをしたのだ。彼女は傷ものだ。彼女はもう処女ではない。これからは、ドクター・シュレーダーが彼女を見たような目で、だれもが彼女を見るようになるのだ。

「エミリー？」ビッグ・アルがすぐそばに立った。しばらく前から声をかけていたのか、いらだった様子だった。「家に帰るんだ」

エミリーは声を出すことができなかった。

彼はエミリーの腕をつかんだが、その仕草は乱暴ではなかった。腕を引っ張って、エミリーを立ちあがらせる。彼女の上着を手に取り、着るのを手伝った。通学鞄《かばん》のストラップを肩にかけ、バッグを手に持たせた。

「いますぐに」

彼は同じ言葉を繰り返した。「家に帰るんだ」

エミリーは向きを変えた。軽食堂を横切り、ガラスのドアを開けた。

天気は変わっていた。吹きつけてきた強い風に目を閉じた。汗が乾いて、肌がちくちくした。エミリーは戸外に逃げるのが好きだった。両親が喧嘩をしたとき。学校でひどくつらいことがあったとき。結社の仲間たちがその場ではとても重要だと思えたのに、あとになれば笑ってすませたり、忘れてしまったりするようなことで言い争いをしたとき。エミリーはいつも戸外へと逃げ出した。雨が降っていても。嵐の最中でも。木陰には安らぎがあった。足の下のゆるぎない大地は彼女を慰めてくれた。風はすべてを赦してくれた。

いまエミリーは……

なにも感じなかった。

足は動いていた。両手はポケットの中だ。顔をあげると、進入路の突き当たりにあるゲートが見えてきて、ようやく自分が自宅に向かっていたことに気づいた。錆《さ》びたゲートは開いたままだ。母は修理したがったのだが、金がかかりすぎると父親が言ったのでそのままになっていた。

エミリーは風を避けるために顔を伏せ、曲がりくねった私道を進んだ。家が視界に入ってきて、初めて恐怖を感じた。脚は止まりたがっていたが、無理にでも彼女は歩き続けた。自分の行動の結果と向き合うときが来たのだ。ドクター・シュレーダーは自分が言ったとおりに行動する人だ。もう何時間も前に、エミリーの父親に電話をしただろう。今頃は、母もすべてを知っている。ふたりは書斎でエミリーを待っているに違いなかった。父はすでにベルトをはずし、そうすると言っていたとおりに、手のひらにその革を打ちつけているだろう。

ガレージに入ると、少し気温がさがった。ドアノブを手で包むと、金属の冷たさを感じることに不意に気づいた。指を広げると、感覚が戻ってきたのが感じられた。最初は指、次に腕から肩、そこから胸へとおりていき、腰に、脚に、そして足の感覚が戻ってきた。妙なことに、最後に目を覚ましたのが腹部だった。エミリーは唐突に激しい空腹を覚えた。

わずかにふっくらした腹部に手のひらを当てる。妊娠の優しい膨らみ。なにかが彼女の内部で育っているという、間違いようのないサインだ。重力が丸みを作っているのではない。男の仕業だ。

どの男？

ドアがさっと開いた。

母親の張り詰めた顔が見えた。エスター・ヴォーンは滅多に感情を露《あら》わにしないが、いま彼女のマスカラは流れていた。アイラインがひどくにじんでいて、タミー・フェイ・ベイカーそっくりだ。あまりに似ているのでエミリーは笑いだしそうになったが、そのとき、ドアの向こうに父親が現れた。その存在は、雑然とした玄関ホールを圧倒していた。怒りが熱を発することができるものなら、その瞬間、全員が生きたまま燃えあがっていただろう。

まるで魔法のように、恐怖が消えた。エミリーはすっぽりと穏やかさに包まれた。これから起きることに身を任せる覚悟ができただけでなく、早く終わってほしいとすら思っていた。頭を抱えて床の上で丸くなり、襲ってくるこぶしをおとなしく受けるのが、ときにいちばんの良策であることを、彼女は母親から学んでいた。

そしてそれは、当然の報いだった。

「エミリー!」エスターは彼女をキッチンへと引っ張っていった。家政婦がまだいる場合のことを考えて、廊下のドアを閉める。静かだけれど厳しい口調で訊いた。「いったいどこにいたの?」

エミリーはコンロの上の時計を見た。五時近い。ドクター・シュレーダーの診療所を出てからいままでの記憶はないままだ。

「答えなさい」エスターは鐘の舌を引っ張るみたいに、エミリーの腕を引っ張った。「どうして電話をしなかったの?」

自分でもわからなかったから、エミリーは首を振った。ミセス・ブリッケルは、エスターに電話をするようにと言った。どうしてあたしはそうしなかったの? 頭がおかしくなったんだろうか? 八時間のあいだに、なにがあったの?

「座って」エスターが言った。「お願いよ、エミリー、お願いだからなにがあったのか話してちょうだい。だれにこんなことをされたの?」

エミリーは、心がまた体から抜け出そうとするのを感じた。意識をはっきりさせておくために、椅子を握り締めた。「わからない」

フランクリンは無言のまま、ふたりについてキッチンに入ってきていた。腕を組み、カウンターにもたれている。なにも言わない。なにもしない。どうしたんだろう？　どうして怒鳴ったり、殴ったり、叫んだりしないの？

「ベイビー」エスターはエミリーの前で床に膝をついた。手を握る。「お願いだから、なにがあったのか話して。知らなきゃいけないの。どうしてこんなことに？」

「あたし……」エミリーは目を閉じた。彼女の舌にLSDをのせるクレイの姿が浮かんだ。その話はできない。両親はクレイを責めるだろう。

「エミリー、お願いよ」

エミリーは目を開けた。「お酒を飲んだの。どうなるか、知らなかった……酔いつぶれた。酔いつぶれたんだと思う。目が覚めたときには、なにかあったなんて知らなかった。全然、わからなかった」

エスターは唇を固く結んで、床に正座した。母親の脳みそが回転しているのがわかった。感情に封をして解決策を探している。怒鳴ったり、叩いたりされないのはそれが理由だ。八時間、ふたりは互いに怒鳴り合っていたのだろう。

いまふたりは、これまで〝エスター・ヴォーン判事でいるためのビジネス〟に対する脅威に対処してきたように、この件を取り扱おうとしていた。フレッドおじさんがいわゆるメンズバーで捕まったときや、チーズの父親であるスティルトン署長が、ガウン姿で食料品店を歩いていた祖母を連れて帰ってきてくれたときと同じように。家紋に彫りこまれているみたいに、エミリーにはこのあとなにが行われるかがわかっていた。問題を把握する。関わった人間に金をつかませる。家名が見出しにならないための方法を見つける。なにごともなかったかのように、生活を続ける。

「エミリー」エスターが言った。「本当のことを話してちょうだい。非難するつもりはない。解決したいのよ」

「非難しないとは言っていない」フランクリンが反論した。

エスターは猫のような声で彼を黙らせた。「エミリー。なにか言って」

「あたし――お酒なんて飲んだことはなかった」嘘をつくほどに、それが本当のように思えてきた。「ほんのちょっと飲んだだけなの、ママ。本当だよ。あたしはこんなことはしないって知っているよね。あたしは――あたしは悪い子じゃない。本当だって」

両親はエミリーには判読できないまなざしを見交わした。

フランクリンが咳払いをした。「ブレイクリーかフォンテーンかモロウだということだ。おまえが一緒にいるのは、彼らだけだからな」

「違う」エミリーは否定した。父はエミリーほど彼らのことを知らない。「あの子たちはそんなことをしない」

「ばか言うな！」フランクリンはこぶしをカウンターに叩きつけた。「おまえは聖母マリアじゃないんだぞ。さっさと話せ。どこかの坊主がおまえに突っ込んだ結果、おまえははらんだんだ」

「フランクリン！　いい加減にして！」

父親が感情を抑えこむのを見て、エミリーは驚いた。こんなことは初めてだ。エスターが家で偉そうな態度を取ったことはこれまで一度もない。けれどいまはどういうわけか、彼女がこの場を仕切っているようだった。

「ママ」エミリーはごくりと唾を飲んだ。「本当にごめんなさい」

「わかっている。ベイビー、よく聞いて。どうしてこんなことになったのかは、もういいの──あなたが望んだことであろうとそうでなかろうと、どうでもいい。ただ、相手がだれなのかだけ教えて。そうすれば、正しいことができるから」

なにが正しいのか、エミリーはわからなかった。ミセス・ブリッケルが言っていたほかの選択肢のことを考えた。それから、自分の顔に煙草の煙をかけたナードや、ジーンズがぴちぴちだと嫌味《いやみ》を言ったブレイクや、十五年近く、隣で半分椅子から落ちそうになって座っている彼女を無視し続けてきたクレイのことを考えた。

エミリーは不意にある事実に気づいて、愕然《がくぜん》とした。あたしは彼らを愛してはいない──いままで思っていたようには。だれのことも欲しくはなかった。クレイですらも。

「エミリー」エスターはマントラのように彼女の名前を呼び続けている。「エミリー、お願い」

エミリーは喉につまったガラスを無理やり飲みくだした。「あたしは結婚なんてしたくない」

「おれだってじいさんになんてなりたくない！」フランクリンが吠《ほ》えた。こぶしを作ってはいるが、その手は体の横に押しつけられている。「もうたくさんだ、エスター。話はしたはずだ。この子をどこかに連れていって、処置するんだ」

「話はしたわ」エスターは立ちあがって彼と向き合った。エミリーは蚊帳の外だ。「だれかが気づくのよ、フランクリン。いつだって気づく人間がいる」

彼は作戦の次の段階に進もうとでもするように、手を振ってエスターの言葉をあしらった。「人を雇えばいい。金で片がつく」

「だれを雇うの？　わたしの補佐官のひとり？　家政婦？」エスターはストッキングだけを履いた足で立ち、フランクリンの顔に指を突きつけた。「あなたは数学が得意よね。充分なお金を手にしておきながら秘密を漏らす人間が現れるまでどれくらいの時間があるか、計算してくれるかしら？　たったひとつのばかな過ちのせいで、わたしたちが計画したすべてが台無しになるまで、どれくらいかかると思うの？」

「おれの過ちじゃない」

「あなたの評判でしょう？」エスターが言い返した。「会議に出るのも、教会で話をするのも、あなた――」

「おまえのためだろうが！　おまえのキャリアのためだ！」

「独力で新連邦主義をデラウェア州に持ちこんだ妻がいなくても、『ワシントン・ポスト』紙が経済学の二流教授に興味を示したとでも、あなたは思うの？」

エミリーが、反省した様子の父親を見たのは初めてだった。胸につくほど顎を引いている。

やがて、彼が言った。「養子とか？」

「ばか言わないで。児童福祉制度がどれほどひどいか、知っているでしょう？　かわいそうな子供を海に放りこむようなものよ。それに不安定な時期には、福祉を必要とする人の数は急激に増加する」エスターの言葉はそれで終わりではなかった。「もちろん、この手のスキャンダルのかすかなにおいがしただけで、レーガンは永遠にわたしを排除するでしょうね」

「自分の娘はスキャンダルには無縁だと言わんばかりにな」フランクリンは腹立たしげに言った。「こういう考えもあるぞ、エスター。だれかが秘密を漏らすのは数年先だ。おまえはそれまでに任命される。終身だ。そうなればおまえはそいつらを追い払える」

エミリーはまた喉にガラスが刺さったような気がした。あたしはまるでここにいないみたいだ。

「野党がどれほどずる賢くなれるか、わかっていないの？　アン・ゴーサッチに彼らがなにをしたか、考えてみて。彼女は環境保護庁《EPA》の長官になってまだほんの一年しかたっていないのに、すでにターゲットにされているのよ」エスターは顔の前で両手を握り締めた。「フランクリン、わたしはケネディ家の人間じゃない。保守系の女性が関わっているときには、スキャンダルを隠蔽してはくれないの」

エミリーは、床を見つめる父親を眺めた。やがて彼はうなずいた。「わかった。母さんにこの子をどこか安全なところにあるクリニックに連れていってもらおう。カリフォルニアかどこかの――」

「頭がおかしくなったの？」エスターはあきれたように両手をあげた。「あなたのお母さんは、自分の名前さえろくに覚えていないじゃないの！」

「自分の子供がなにをしているかは、わかっているさ！」

エスターが彼の顔を引っぱたいた。枝が幹から折れるような音がした。

驚きのあまり、エミリーの口があんぐりと開いた。父親の頬に赤い手の跡が残った。父親が暴力に訴えるだろうとエミリーは身構えたが、彼はただ首を振っただけで、キッチンを出ていった。

エスターは腰のあたりで腕を組んだ。キッチンを行ったり来たりしはじめた。脳をフル回転させている。必死で解決策を探していた。

「ママ――」

「黙って」エスターは片手をあげてエミリーを黙らせた。「こんなことはさせない。あなたにも、もちろんわたしにも」

エミリーはもう一度ガラスのかけらを呑みこもうとしたが、なにをしても無駄だった。

「あなたの人生をこんなことで台無しにはさせない」エスターはエミリーに向き直った。「どうして避妊についてわたしに訊かなかったの？」

あまりに大胆な質問をされて、エミリーは声も出なかった。どうしてあたしが避妊をするの？　そもそも、そんなこと許されるの？　そんな話は聞いたこともなかった。

「ああもう」エスターは再び歩きはじめた。「彼とはやっぱり結婚しないのね？」

彼？

「いずれは結婚しなくてはならないのよ、エミリー。あなたの父親とわたしのような関係である必要はないの。あなたは成長できる。お互いを愛することを学べる」

「ママ、相手がだれなのかあたしにはわからない。なにがあったのかすら覚えていないの」

エスターは再び唇を結んだ。嘘はないかとエミリーの顔を見つめる。

エミリーは言った。「さっき話したことは本当なの。あたし――なにかを飲んだ。そのあと、なにがあったのかはわからない。だれにこんなことをされたのか、わからないの」

「見当くらいはつくでしょう？」

エミリーは首を振った。「そうは思わない。あの子たちは――そんなことしない。男の子たち。一年生の頃からの友だちだし、それに――」

「少なくともその点についてはあなたのお父さんは正しい。彼らは男の子なのよ、エミリー。あなたの身に起きたことは、まさに酔いつぶれた女の子に男の子がすることなの」

「ママ……」

「いまはもう、どういう状況だったのかは重要じゃない。あなたがだれの名前をあげようと――どうでもいい。だれでもいいから名前を言いなさい。そうすれば、あとはわたしたちがうまくやるから。そうしないと、あなたはこれから一生、恥をさらして生きることになる」

エミリーは母の言葉が信じられなかった。母はいつも真実と正義について語っているのに、いまは実の娘に、だれか――だれでもいい――の人生を台無しにしろと言っているのだ。

「どうなの？」

「あたし――」エミリーは一度言葉を切って、息を吸わなくてはならなかった。「できないよ、ママ。本当に覚えていないの。それに、そんなの間違っている――本当じゃないってわかっていることを言ったりはできない。あたしにはそんなこと」

「バーナード・フォンテーンは、彼の図々《ずうずう》しい父親よりも口のうまいペテン師だわ。エリック・ブレイクリーは、死ぬまでハッシュブラウンを作り続ける惨めな人生を送るでしょうね」

エミリーは舌を嚙んで、ふたりをかばいたくなるのをこらえた。

「あなたは昔からクレイが好きだった。そんなに悪い話かしら?」エスターの口調は明らかに和らいでいた。「あの子はとてもハンサムよね。西部の大学に行くことになっている。悪くないと思うけれど」

エミリーはクレイと過ごす人生を想像してみた。いつだって脇に押しやられ、彼が改革についてだらだらと喋り続けているあいだ、半分宙に浮いた状態でぶらさがっているのだ。

答えが口から出るより早く、エミリーは首を振っていた。「いや。嘘はつけない」

「それがあなたの答えね、エミリー・ローズ。覚えておきなさい。選んだのはあなたよ」

エスターは一度うなずいて話がひとつ終わったことを示すと、次の話に進んだ。「このことは家族として対処しなくてはいけない。いつもそうしているようにね。あなたはシュレーダーのところに行くべきじゃなかった。そのせいで、わたしたちはどうすることもできなくなった。彼は口が軽い。あなたが休暇に出かけて、戻ってきたときにこの問題が解決していたりすれば、みんなに話すでしょうね。彼の看護婦にしたってそう。あなたのことを知って、ナタリー・ブリッケルは魔女みたいにケラケラ笑ったに違いないわ」

エミリーは顔を背けた。ミセス・ブリッケルはあんなに親切だったのに。「ごめんなさい」

「あなたが反省しているのは、わかっている」エスターが声を途切れさせた。エミリーに泣いているところを見られないように、背を向けた。「わたしたちだって残念でたまらない。でも、だからといってどうにもならない」

エミリーの下唇が震えはじめた。母親に泣かれるのはつらい。けれどいまのエミリーにできるのは、死ぬまでこの言葉を繰り返すことだけだ。「ごめんなさい」

エスターはなにも答えなかった。両手で顔を覆った。弱い自分を人に見られることを、彼女はなにより嫌っていた。

エミリーはいまの自分にできることを考えた――母親を慰める、抱きしめる、ミセス・ブリッケルがしてくれたように背中を撫でる――が、感情的な支えは長年の習慣を上回った。エミリーはなにをしても優等生だった。エスターは満足してそれを眺めていた。どちらも、失敗したときにどうすればいいのかを知らなかった。

エスターが気を取り直そうとしているあいだ、エミリーにできるのはテーブルの上で握り締めた自分の手を見つめることだけだった。ドクター・シュレーダーと彼女の父親――ふたりはあるひとつの点について正しかった。すべてはエミリーの責任だ。自分の人生のグラフ上で、これまで冒したあらゆる過ちがぴかぴかと光っているのが見えた。いまの自分の洞察力を持ったまま、時間を遡りたかった。そうすれば、あんなばかげたパーティーには行かないのに。犬みたいに舌を突き出して、口の中に入れられたものをなにも疑うことなく飲みこんだりしないのに。

フランクリン・ヴォーンにいろいろと欠点はあるにせよ、エミリーの結社の仲間たちのことは見抜いていた。

ナードは、曲がって見える水の中の棒のように歪《ゆが》んでいる。ブレイクは、両親の不幸な死の訴訟で得た金で大学に行くと得意げに話しているが、遅かれ早かれ、彼がドロップアウトすることはみんなわかっている。そしてクレイ——クレイトン・モロウに自分の時間を割く価値があると、どうしてあたしは思いこんでいたんだろう？　彼は傲慢で、感情がなくて、ものすごく自分勝手だ。

エスターは鼻をすすった。カウンターの上の箱からティッシュペーパーを取り出して、鼻を嚙んだ。目は充血して、アライグマのようになっている。体の芯に絶望が刻みこまれていた。

エミリーは同じ言葉を繰り返すしかなかった。「本当にごめんなさい」

「どうしてあなたがこんなことをしたのか、わたしにはわからない」エスターの声はかすれていた。頰を涙が伝った。「あなたにはいろんなことをしてあげたかった。知っていた？　わたしのような苦労はしてほしくなかったの。あなたの人生を楽なものにしてあげたかった。すべてを犠牲にしなくても、なにかになれるチャンスをあげたかった」

エミリーはまた泣きはじめた。母の失望が彼女を打ちのめしていた。「わかってる。ごめんなさい、ママ」

「もうだれもあなたを尊敬してはくれないのよ。わかっている？」エスターは祈りを捧《ささ》げるかのように、両手を合わせた。「あなたは、自分の知性や努力や意欲や決意——これまであなたがしてきたことすべてを消してしまった。たった五分の——なんのために？　楽しんですらいないでしょう？　あの子たちは思春期を脱してもいない。ほんの子供だわ」

エミリーはうなずいた。母の言うとおりだ。彼らは愚かな少年の集団だ。

「あなたには——」エスターの声がまた途切れた。「あなたを大切にしてくれる人を愛してほしかった。あなたを尊敬してくれる人を。自分がなにをしたのか、わかっている？

それはもうかなわない。かなわないのよ」

エミリーの口はからからで、唾を飲みこむのがやっとだった。「あたし……あたし、わからなかった」

「いまは、わかったわね」エスターはうなずいたが、それは解決策の話をするという合図ではなく、最終決定がくだされたという意味だった。「これからは、あなたを見る人の目には薄汚れた娼婦しか映らないのよ」

エスターはキッチンを出ていった。玄関ホールに続くドアを乱暴に閉めることはなかった。硬材の床を荒々しく踏みしめることはなかった。叫ぶことも、壁を叩くこともなかった。ただエミリーの頭のなかで繰り返される言葉だけを残していった。

　薄汚れた娼婦。

　それが、ドクター・シュレーダーがあの金属の器具を容赦なくエミリーの脚のあいだに突っこんだときに考えていたことだ。ミセス・ブリッケルが密かに考えていたことだ。エミリーの父はその言葉を口にしたのも同然だ。学校では、教師やかつての友人たちにそのレッテルを貼られるだろう。クレイとナードとブレイクとリッキーも同じことを言うだろう。それはこれから一生、エミリーが背負っていくことになる十字架だ。

「スウィーティー？」

　食料品庫に積んであるワインケースに祖母が座っていたことに気づいて、エミリーは驚いて立ちあがった。ずっとそこにいたのだ。すべてを聞いていたに違いない。

「おばあちゃん」これほど恥ずかしく思えたことはなかった。「いつからここにいたの？」

「時計がないんだよ」ワンピースのラペルに留めてあるにもかかわらず、祖母は言った。

「クッキーを食べる？」

「あたしが取ってくる」エミリーはキャビネットに近づいて、扉を開けた。祖母の顔を見ることはできなかったが、訊いてみた。「おばあちゃん、さっきの話を聞いていた？」

　祖母はテーブルの前に座った。「聞いていたよ」

　エミリーは振り返った。祖母の目をのぞきこみ、非難の色ではなく、意識を探す。ここにいるのはあたしを育ててくれて、あたしをかばってくれて、あたしの親友であるおばあちゃん？　それとも、まわりにいるのがだれかもわからないおばあちゃん？

「エミリー？　大丈夫？」祖母が訊いた。

「おばあちゃん」エミリーは祖母の隣に膝をつき、涙混じりに訴えた。

「かわいそうに」祖母はエミリーの髪を撫でた。「運が悪かったんだね」

「おばあちゃん」エミリーはこの機会を逃すまいとして勇気を振り絞った。「先月の最初の頃、あたしがおばあちゃんの部屋の床で目を覚ました日のことを覚えている？」

「もちろん、覚えているよ」祖母は答えたが、本当かどうかはわからない。彼女の記憶は日に日に衰えていた。遠い昔に死んだ姉とエミリーを間違えることもしばしばあった。

「緑のワンピースを着ていたね。とてもかわいかった」

エミリーの心臓が跳ねた。リッキーから借りたつやつやした緑色のワンピースを着て、クレイに近づいて、ＬＳＤを舌にのせられている自分の姿が見えた。

「そうなの、おばあちゃん。あたしは緑色のワンピースを着ていた。あの夜のことを覚えている？」

「サドル・オックスフォードが外にいたね」祖母はにっこり笑った。「おかしなバブル。ブー、ブー」

エミリーの心は沈んだ。祖母がいまそこにいたと思ったら、もういなくなっている。エミリーがついいましがた、両親と交わした会話のことも覚えていないだろう。エミリーのお腹が大きくなっていけば、孫が妊娠していることに気づいてそのたびに驚くだろう。

「スウィートハート？」

「クッキーを出すね」エミリーは背伸びをして箱を取り出した。手の甲で涙を拭った。

「牛乳もいる？」

「ああ、いいね。冷たい牛乳は大好きだよ」

エミリーは冷蔵庫を開けた。あのパーティーの翌朝のことを思い出そうとした。祖母の寝室の床で目を覚ましたことははっきりと覚えている。ワンピースが裏表だった。太腿に痛みがあった。体の奥がずきずきしたのは、生理痛だと思いこもうとした。

どうして思い出せなかったんだろう？

「サドル・オックスフォード、サドル・オックスフォード、ブー、ブー、ブー」祖母が歌うように言った。「あれはなんて言うの？　あの小さなバブルカーは？」

「カー？　車？」エミリーは牛乳を入れたグラスをテーブルに置いた。「どんな車？」

「わかっているでしょう？」祖母はクッキーをかじった。「うしろが斜めになっているの。ピエロが飛び出してくるみたいな」

「えーと——」エミリーは祖母の向かいの椅子に座った。

新たに蘇ってきた記憶があった。暗い車の中。ダッシュボードの明かり。ラジオから流れてくる歌は、歌詞が聞き取れないくらいボリュームを抑えてあった。エミリーの手は、リッキーの緑色のワンピースの裾の裂け目をしきりにいじっていた。

「うしろが斜めになっているんだよ」祖母が言った。「トランクのうしろの窓から外が見えるの」

ドクター・シュレーダーの診療所にいたときのように、エミリーの呼吸が浅くなった。車のラジオから流れる歌がまた聞こえてきたけれど、やはり歌詞は聞き取れない。「ハッチバック？」

「そういう名前なの？」祖母は首を振った。「大人の男があんなのに乗ってるなんて、変だよねえ」

「どんな男？」

「そんなのわかるもんかね。あの夜、彼は家の外であんたを降ろしたんだよ。わたしは窓から見ていたの」

エミリーは自分が歯を食いしばっていることに気づいた。舌にＬＳＤをのせるクレイの姿をありありと思い浮かべられるように、ある映像が現実のように蘇ってきた。パーティーの数時間後だ。外は暗くて、目の前にある自分の手すら見えないくらいだった。突然、車のドアが閉まった。エンジンがかかり、ふたつのヘッドライトが家の前面を照らした。エミリーはよろめいた。太腿はひりひりして、皮膚はべたついていた。視線を落とし、リッキーの緑色のワンピースの裾が破けているのを見た。それから顔をあげると、寝室の窓の向こうに祖母が立っているのが見えた。

目が合った。なにかがふたりのあいだに伝わった。エミリーは自分が変わったことを感じた。汚れた。

エンジンがうなった。車が素早く向きを変えた。車がどんな形状なのかを知るのに、振り向く必要はなかった。さっきまで、数カ月前に、少なくとも一年前に、その車に乗ったことがあった。雨の中、家まで送ってもらった。トラック練習に連れていってもらった。その中は汗と大麻のにおいがした。外は泡《バブル》のような形をしている。上半分が淡い茶色、下半分は濃い茶色に塗られていて、サドル・オックスフォード・シューズのような色合いだ。そんなシボレー・シェヴェットに乗っている人間は、この町にひとりしかいない。パーティーの夜、彼女を家まで連れ帰った男。

ディーン・ウェクスラー。

4

ジュディスのアトリエを出たアンドレアは、説明のつかない、おそらくは理由もない拒絶感を覚えていた。異母姉妹かもしれない女性は、ふたりの父親かもしれない男性に興味がない。ジュディスは、クレイトン・モロウののちの犯罪について、『ピープル』誌に書かれていたことしか知らない。詳しいことを知ろうともしなかったし、彼に接触しようともしなかった。それ以上のことを知りたがらなかった。それどころか、記憶を消してしまいたがっているようだった。

「どうして彼のことを考える必要があるの？」ジュディスは訊いた。「そんなことをする人がいる？」

いい質問だった。アンドレアがすべてを打ち明けなければ、答えられない質問。

アンドレアはｉＰｈｏｎｅを強く握り締めながら、家の裏手へとまわった。画面を見る気にはなれなかった。ジュディスがアトリエを閉めているあいだに、エミリーのコラージュの写真を何枚か、こっそりと写してあった。超音波検査の写真、グループで撮った写真、エミリーのありふれた十代の暮らしを切り取ったスナップ写真、ライナーノーツ。ジュディスとふたりで過ごしたその後の短い時間で、彼女が語る明らかに手に負えない娘ギネヴィアについての話や、ガーデニングに対する興味、法律や経済やなにかほかの稼げるものではなく、美術の道を進もうとする孫娘への熱い応援の気持ちが判事を花こう岩から粘土にまで軟化させた話を、アンドレアはうなずきながら聞いていた。

「祖母は追いこまれていたのね」ジュディスは打ち明けた。「最初から、わたしに対しては母にしたのと同じ間違いはしないって決めていたらしいわ。やり直しをするにしてはひどい方法だけれど、でも祖母はそれを意味のあるものにした」

それがどんな間違いなのかをアンドレアが聞くことはなかったが、ジュディスは話したくて仕方がないようだった。小さな町で暮らす人は、そうなりがちだ。孤立感や新しい人と知り合う機会がないせいで、人は変わる。喋りすぎるか、まったく喋らないかのどちらかになる。

本来の目的があるにもかかわらず、アンドレアはジュディスが後者であればよかったのにと考えていた。だれかの人生についてこれでもかというくらい詳しく知っているのに、なにも知らないふりをするのは変な気分だし、不誠実でもある。例えば、ささいなことのように思えるが実は重要なあるひとつの点について、ジュディスが間違っていることをアンドレアは知っていた。

エミリーのミックステープのライナーノーツの字は、クレイトン・モロウのものではない。

アンドレアが知るかぎり、エミリーのグループのだれのものでもなかった。当時の証人による供述書はすべて、本人が手書きしたものだった。ジャック・スティルトンのほとんど読めない筆記体や、子供のようにiの点の代わりに丸を描いたリッキー・ブレイクリーの文字は当時のまま残されている。ブロック体で綴《つづ》りながら、ところどころを大文字にするクレイ・モロウの癖も。紙にペンを強く押しつけるせいで、コピーにはえぐれた箇所が影となって写っていた。

一九八二年四月十七日午後五時四十五分頃、エミリー・ヴォーンがわたしことクレイトン・ジェイムズ・モロウとわたしの恋人であるロンダ・ステインに近づいてきたとき、わたしは体育館の中のステージのそばに立っていました。彼女は無言のまま、ぽかんと口を開け、体を前後に揺らしながらわたしたちを見ていました。彼女がドラッグかなにかをやっているのは明らかでした。靴を履いていなくて、精神的にとても不安定なことは、多くの人が気づいていました。頭が混乱していると、はっきりわかりました。彼女は最後までなにも言わずに、出ていきました。ほかの人たちは彼女を笑い者にしていて、わたしは気まずくなりました。彼女が道を踏み外すまでわたしした

ちは友人だったので、彼女が大丈夫かどうかを確かめる責任があるとわたしは感じました。体育館の外で、家に帰るようにと彼女に言いました。わたしが彼女の体をつかんでいたと証言した人たちは、誤解しています。証人と呼ばれている人たちが近くにいたなら、彼女が白目を剝《む》いたことに気づいたはずです。わたしは、彼女が倒れないように支えました。それだけです。気をつけろと怒鳴ったことは事実ですし、死んでしまうかもしれないと言ったかもしれませんが、それは彼女を心配したから言ったことです。さっきも言ったとおり、彼女はドラッグ漬けになっていて、まわりの人たちをひどく怒らせていました。とりわけ、彼女を見たことのある男はみんな、彼女をレイプしたと言いがかりをつけられていました。わたしが彼女から距離を置いたのは、それが理由です。彼女の赤ん坊の父親がだれなのかは知りませんし、はっきり言ってどうでもいいことです。わかっているのは、わたしではないということです。彼女にそういう興味を持ったことは一度もありませんから。どちらかというと、彼女は妹に近い存在でした。彼女が昏睡《こんすい》状態からさめることがあれば、きっとそう言うでしょう。わたしはロンダと真剣に付き合っています。彼女はチアリーディング・チームのキャプテンで、わたしたちにはたくさんの共通点があります。わたしはだれに対しても悪感情を持ったことはありませんし、彼女がよくなることを祈っていますが、わたしには関係のないことだと思っていますし、大学に行くためにじきにこの町を離れられる

のを喜んでいます。卒業のための単位は取りましたから、近いうちに出発します。卒業証書は両親が送ってくれるかもしれませんし、家の壁に飾るかもしれません。わたしは気にしません。あの夜は、ほかの大勢の人たちと同じように黒のタキシードを着ていましたから、どうしてそれが重要なのかはわかりませんが、そのことを書いておくようにと言われました。違反すれば罪になることを承知のうえで、この供述書の内容が事実であることを誓います。

クレイの供述書でもっとも印象深かったのは、指示された文章であることが明らかなすべての証人の供述書で共通の最初の一行を除いて、エミリーの名前を使っていないことだった。

アンドレアはヴォーンの屋敷の正面に戻ってきた。二台のフォード・エクスプローラーは相変わらず並んで駐まっている。交替にあたって、ハリーとクランプがバイブルに引き継ぎを行っているのだろう。アンドレアは家の中へは入らずに、壁にもたれた。iPhoneを開く。画面の上で素早く指を動かし、いくつか検索をかけた。

ジョン・クーガーの『青春の傷あと』は、アルバム『American Fool』に収録されている。

『Nice Girls』は、アイ・トゥ・アイのユニット名と同じタイトルのデビューアルバムからシングルカットされたもの。ジュース・ニュートンの『愛のサンシャイン』は同じタイトルのアルバムからシングルカットされたもの。

アンドレアは、ブロンディやメリッサ・マンチェスターやヴァン・ヘイレンと続くリストから顔をあげた。ウィキペディアによれば、どれも一九八二年四月にリリースされたアルバムからの曲らしい。つまり、このミックステープを作った人間は、エミリーが襲われる数日前とは言わないまでも数週間前まで、彼女と接触していたということだ。

アンドレアは唇をこすり合わせた。ティーンエイジャーのジュディスが作った最初のコラージュの写真を、素早くスワイプしていく。カセットテープのライナーノーツを見つけると、それをズームした。

一九八二年、何者かはアーティストとタイトルを書くのに万年筆を使っていた。インクはにじんでいる。文字は教科書体とローマン体が混ざったものがパーマー方式の正確な筆記体で書かれていて、まるでカリグラフィーのようだった。テープを作ったのがだれにせよ、芸術家としての衝動に駆られていたか、もしくはあえて自分の筆跡を隠そうとしたのだろうとアンドレアは考えた。

エミリーがあんな目に遭ったことを考えれば、答えは明らかだ。

手の中で携帯電話が震えた。メールの送り主が母であることに気づくと、アンドレアは無意識のうちに天を仰いでいた。もちろん母は、これまでに何通も送ってきているのだろう。メールをタップすると、いまの天候には合わないにせよ、アンドレアのスタイルにはぴったりの〈アークテリクス〉の上着の写真が現れた。さらにもう一通メールが届いて、それにはオレゴン州ポートランドのアウトドア用品店のリンクが貼られていた。

あなたのサイズがあるそうよ。ローラはそう記していた。マネージャーのジルと話をしたの。十時まで店にいるんですって。

「まったく」アンドレアはつぶやいた。

返事を送る――ヘリコプターのローターの風が強くて、読めない。

ガレージの中のドアが開いた。なかをのぞきこむと、バイブルがこちらに歩いてくるのが見えた。

「ごめんなさい」アンドレアはｉＰｈｏｎｅを彼に見せた。「母は、今年いちばんのヘリコプター・ペアレントになりそう」

「問題ない」彼は応じたが、言葉どおりではなさそうだった。「ハリーとクランプが、寝床に入る前にあんたに挨拶したいそうだ」

バイブルのうしろからふたりの男性が現れた。どちらも身長は百八十センチを越えているだけでなく、ガレージの柱間と同じくらいの幅がある。その疲れた表情を見れば、さっさとここを出ていきたがっているのがわかった。

バイブルが言った。「ミット・ハリー、ブライアン・クランプ、彼女がアンドレア・オリヴァー、おれたちの新しい仲間だ」

「初めまして」ハリーは優しく彼女と握手を交わした。ジュディスのメルセデスを運転していたのが彼だとアンドレアは気づいた。パートナーよりも背が高かったから、ガレージのドアをくぐるときには頭をかがめる必要があるだろう。「保安局にようこそ」

「ようこそ」クランプは握手の代わりに、こぶしを突き合わせるフィスト・バンプをした。「フォグホーン・レグホーンに、ひと晩中、喋らせるんじゃないぞ」

アンドレアは思わず笑った。なかなかうまいたとえだ。「そうします」

「マイクは信頼できる男だ」クランプの言葉を聞いて、アンドレアは笑うのをやめた。

「決して噂を信じない」

「おれもだ」ハリーが口をはさんだ。

「そうですか」食いしばった歯のあいだから、アンドレアはかろうじてそう絞り出した。

「さてと、ここまでありがとう。ゆっくり寝てくれ」バイブルは急いだほうがいいと言うかわりに、アンドレアの肩を叩いた。「判事はそろそろ上にあがって休む時間だ。中に入って、その前に彼女と会わないと」

ハリーとクランプはアンドレアに敬礼すると、出ていった。アンドレアはｉＰｈｏｎｅをポケットに押しこみ、バイブルについてガレージを出た。奥のスペースにはもう一台メルセデスが駐まっている。金色の塗装が色あせた一九八〇年代の四角ばったSクラスで、革のシートはひび割れていた。

「ヤンキーけちだ」バイブルがぼそりと言った。

周辺を調べるように言われたにもかかわらず、染色方法とコラージュについてのジュディス・ローズの三十分の入門コースを受けていたことを考えれば、もっと冷たい態度を取られていてもおかしくなかったのに、バイブルは予期していたより優しかったので、アンドレアは安堵した。

アンドレアは言った。「またジュディスに会いました。ギネヴィアにも」

「ギネヴィアは母親を怒らせるために、風上で煙草を吸っていたんだろう」バイブルが言った。「ジュディスの作品は気に入ったか?」

「えーと、ええ」窮地に追いこまれたと感じると、自分の答えがそつなくなることにアンドレアは気づいた。そして、こういう演技のためには、そつのない態度は悪くないかもしれないと考えた。「芸術は主観的ですから」

「確かにそうだ」バイブルは仲間だと示すように彼女の背中を叩いた。「判事はドクター・ヴォーンとキッチンにいる。おれはざっと見回ってくるよ。書斎で会おう。本だらけの部屋だ」

アンドレアは再び、窮地に追いやられたような気持ちになった。スティルトン署長のときと同じように、きっとまた沈んでしまう。暗く長い廊下を見まわして、どちらへ行けばいいのかを見定めようとした。タンクの上に新聞紙が重ねられている、便器と洗面台だけのバスルーム。暗黒時代の靴入れ。ウィンスロー・ホーマー（米国写実主義の画家）っぽい起伏の激しい牧場の絵が斜めになってかかっている木の壁。インコのシドの鳴き声が奥の階段から響いていた。どこかでテレビがついている。スリザリンというよりは、ミス・ハヴィシャム（チャールズ・ディケンズの小説『大いなる遺産』の登場人物）が暮らすハッフルパフ（『ハリー・ポッター』に登場する寮の名前）という感じがした。磁器に銀製食器があたる音が聞こえて、アンドレアは自分をキッチンへと呼んでいるのだと解釈した。

温度計と、心の中でつぶやきながら廊下を進んだ。判事は平然としているだろうから、彼女も平然としている必要がある。できるはずだ。わたしはあの母の娘なのだから。

アンドレアはひとつ深呼吸をしてから、キッチンに入った。太いオーク材の梁《はり》が延びる低い天井。人工大理石のカウンタートップ。メラミン樹脂の白いキャビネット。煉瓦を模した色あせたリノリウム。素朴な木のテーブルの上には金のシャンデリア。すべては一九九〇年代をイメージして作り直されていた。唯一、現代的なものは、冷蔵庫の脇に飾られている見事な出来栄えのジュディスのコラージュだった。

「こんにちは」エスター・ヴォーンは紅茶を前にしてテーブルに座っていた。その横には、車椅子の夫がいる。彼の顔は完全に弛緩《しかん》していた。片目は白濁していて、もう片方の目は右上をぼんやりと見つめている。「彼はドクター・ヴォーン。黙っていても気を悪くしないでね。去年、脳出血を起こしたのよ。でも、まだ頭はしっかりしているから」

脳出血が彼が引退を決めた本当の理由なのだろうとアンドレアは考えた。同じ時期に、孫娘が家に戻ってきたこともあるだろう。

アンドレアは言った。「お会いできて光栄です、ドクター・ヴォーン」

彼はなんの反応も示さなかったが、驚くことではなかった。ローラの仕事は言語聴覚士だったから、アンドレアはさまざまな種類の脳卒中とその後遺症についてはよく知っていた。脳内の動脈が破裂する脳出血はその中でも最悪で、頭蓋内の圧力が高まって周辺の組織を破壊する——平たく言えば、脳が損傷するということだ——脳水腫を起こすことがある。

エスターはアンドレアが黙りこんだことを誤解した。「車椅子を見ると、落ち着かない気分になる？」

「いいえ。愛している人がまだそこにいるということですから、うれしいです」アンドレアが頼りにしたのは、南部の良き習慣だった。「わたしを家に入れてくださって、ありがとうございます。いまはみなさんにとって、大変なときだとわかっています。できるかぎり、お邪魔にならないようにします」

エスターはしばらくアンドレアを見つめてから、尋ねた。「なにか飲む？」

アンドレアは、自分の温度計が必死になって順応しようしているのを感じた。専制的で、図太く、不屈のヴォーン判事は、言われているほど堂々としてはいなかった。かっちりと結われたお団子はほどかれて、垂らした髪はまるで少女のように肩の上で揺れている。しわが刻まれた八十一歳のごつごつした顔は、キッチンの明かりの中では柔らかく見えた。淡いピンク色のテリー織のローブとソックスという格好で、身長は百五十五センチくらいと小柄だ。

エスターは立ちあがろうとした。「紅茶か牛乳かそれとも――」

「わたしはけっこうです。ありがとうございます」アンドレアは座ったままでいてくださいと、身振りで伝えた。判事は驚くほど華奢《きやしゃ》に見えた。手首は、磁器のティーカップと同じくらい繊細だった。「仕事に取りかからなくてはいけません。なにか用があれば、わたしかバイブル保安官補に言ってください」

「少し座ってちょうだい」エスターは夫の向かいの椅子を示した。「あなたのことが知りたいのよ。あなたが言ったとおり、これからしばらくあなたはこの家で過ごすんですもの」

アンドレアは渋々腰をおろした。手をどうすればいいのか思い出せなかったので、膝の上に置いた。変に見えるかもしれないと気づいて、テーブルにのせて、組んだ。

エスターは祖母のように彼女に微笑みかけた。「あなたはいくつ？」

「三十三です」

「保安局の制限ぎりぎりね」

アンドレアはうなずいた。上限は三十七歳だ。「はい、マーム」

「マームと呼ぶ必要はないのよ、アンドレア。ここは法廷ではないし、サヴァンナのずっと北にいるんだから」

アンドレアは無理やり笑顔を作った。バイブルが判事に彼女の履歴書を渡しているのは間違いない。当然だろう。アンドレアは彼女のプライベートな場所に出入りするのだ。自分たちを守る存在として、彼女を信頼しなくてはならない。だれであろうと、より多くを知りたがるのは当たり前だ。

エスターは言った。「孫娘から、あなたは驚くほど美術への造詣が深いと聞いたわ」

アンドレアはうなずいたが、体が警戒態勢に入ったのを感じていた。判事の口調に警告の響きがあった？　なにかを感じたとしても、フランクリン・ヴォーンはなにも言わなかった。悪くないほうの目は、ただぼんやりと前を見つめているだけだ。

「ジュディスは素晴らしいの」エスターが言った。「あの子の母親には芸術のセンスがあった。彼女の身になにがあったのか、もちろん知っているわね？」

アンドレアはもう一度うなずいた。

「悲劇は家族をばらばらにすることがある。わたしの家族がより親密になれたのは、幸運だったわ。ギネヴィアはケーキのアイシングよ。わたしがこんなことを言ったなんて、あの子には黙っていてね。わたしが褒めると、あの子は恥ずかしがるのよ。あなたも、あの年頃のときはそうだったと思うわ。あなたのお母さまは、きっと手いっぱいだったでしょね」

アンドレアは口いっぱいに溜《た》まった唾液を飲みくだしたくなるのをこらえた。判事は情報を探り出そうとしている。アンドレアについて彼女がなにかを知っているはずがない――重要なことはなにひとつ。エスター・ヴォーンは他人の心が読めるわけではない。証人保護のデータベースにあるアンドレアのファイルにアクセスすることはできない。アメリカ合衆国の大統領ですら、正当な理由がなければ彼女の本当の身分を知ることはできないのだ。エスター・ヴォーンがなにかがおかしいと感じるのは、アンドレアがなにかばかなことを言ったときだけだ。

アンドレアはばかなことを口走らないように、細心の注意を払った。「よかったですね、マーム。ご家族が親密になられて」

エスターはティーカップを手に取った。アンドレアにもう行っていいとは言わず、かといって話しかけることもなく、なにも言わずに紅茶を飲んだ。

アンドレアは落ち着いた呼吸をすることに意識を集中させた。判事のゲームはわかっていた。グリンコの仮想尋問で練習済みだ。長い沈黙を好む人間はいないが、やましいところがある者はとりわけ苦手とする。

「ドクター・ヴォーン?」看護師の格好をした女性が膠着《こうちゃく》状態を破った。「お風呂にお連れしますね。判事、なにかご用はありますか?」

「いいえ、マルタ。ありがとう」エスターは身を乗り出して夫の側頭部にキスをした。「おやすみなさい、あなた」

たとえ正気だったとしても、フランクリン・ヴォーンにはそれを態度で表す能力がなかった。看護師が毛布で彼をくるみ、車椅子のブレーキをはずしてキッチンから連れ出したときにも、その視線は固定されたままだった。

アンドレアは邪魔にならないように立ちあがった。元の椅子に戻ろうとしたところで、立っているほうが都合がいいことに気づいた。

エスターはしゃんと背筋を伸ばしていた。胸を張っている。アンドレアに紅茶を勧めた老婦人の倍はあるように見えた。専制的で、図太くて、不屈なエスター・ヴォーン判事がそこにいた。

「アンドレア、もう一度座っててちょうだい」エスターは唇をすぼめていた。アンドレアが命令どおりに座るのを待って、言った。「悪いけれど、いくつか尋ねさせてもらうわ。突然、わたしの生活に現れたあなたに興味があるの」

アンドレアは自分の温度を目の前の角氷に合わせてさげようとした。だがすぐに、自分の中にはそれほど低い数字が存在しないことに気づいた。古い友人である、ミス・目的意識《ディレクション》を呼び出した。「娘さんが亡くなったことは大変気の毒に思っています、マーム。犯人の身元が特定されていないというのは、さぞかしお辛いことでしょう」

エスターに真正面からまじまじと見つめられて、アンドレアは脳を解剖されているような気持ちになった。切り分けられた灰白質に罪悪感が満ちていく。打ち明けてしまいたいという衝動のせいで、アンドレアはそわそわしはじめた。落ち着きを取り戻そうとするものの、やがて沈黙に耐えられなくなった。

「マーム？」アンドレアは椅子の上で座り直した。「ほかになにかありますか？」

「ええ」エスターは言葉で彼女の動きを封じた。「わたしは連邦で働き始めてから、ずっと保安官たちを見てきた。卒業したその日に任務を与えられた人を見たのは初めてよ。とりわけ、こんなことを言いたくはないけれど、それが女性だなんて」

アンドレアは胃が締めつけられるのを感じた。エスター・ヴォーンのような人間には、これまでも会ったことがある。彼らはこちらがあきらめるか、押し返してくるまで押してくる。昔のアンディなら、すぐに降参していただろう。新しいアンドレアは、彼女が自分をそんな簡単な人間だと思っていることに激怒していた。

「申し訳なく思う必要はないです」アンドレアは言った。「いままでも、女と呼ばれたことはありますから」

エスターが顎をくいっとあげた。ようやく、簡単にはいかないことがわかったらしい。

「保安官と婚約していると、いろいろと有利なようね」

今度マイクと会うことがあれば、睾丸《こうがん》を叩きつぶしてやるとアンドレアは思った。

いまは、肩をすくめただけだった。

エスターが言った。「だれかがわたしの領域に入ろうとするのは好きじゃない。その動機が知りたくなるの」

アンドレアは彼女の顔の深いしわを見つめた。判事はボタンの押し方を知っているだけの人間にすぎない。カーテンの背後にいるオズほど不屈ではない。

エスターが促した。「あなたの動機を話してくれるつもりはある?」

アンドレアは研修生としての訓練を思い出した。「わたしはできるかぎり優れた保安官になりたいと思っています」

「それなのに、司法警備という魅惑的な世界に腰を落ち着けることを選んだの?」

「経験のひとつです、マーム。UMSMは──」

「ローテーションのことなら知っている」エスターが遮った。「わたしは連邦保安局の歴史と同じくらい長いあいだ、この仕事をしているのよ」

アンドレアは彼女のペースを乱そうとした。「あなたがワシントンに任命されたとは知りませんでした」

エスターは笑わなかった。「レーガンがわたしを判事に任命した。あなたはロナルド・レーガンがだれなのか、彼がこの国にとってどういう存在だったのかも知らないんでしょうね」

アンドレアは、ローラがよく言っていた台詞が口からこぼれ出るのを止めることができなかった。「レーガンが無視していた大勢のホームレスの人たちやエイズの人たちが肺炎で死んでいるのだから、彼が同じ病気で死んだのはその報いだと思います」

エスターの目が二門の大砲のようにアンドレアの瞳をとらえた。

アンドレアは、愚かな口を閉じておくことのありがたさを知った。判事には実際の権力がある。彼女はアンドレアに装備を解くように命じることができる。始まりもしていないアンドレアのキャリアをつぶすことができる。アンドレアはこの穴から抜け出す方法を必死で考えたが、ひとつの言葉がマシンガンのように頭のなかを飛び交うだけだった――**ファック－ファック－ファック－ファック－ファック－ファック－ファック－ファック**

「さてと」口のまわりのすべてのしわはその目的のためだけに作られているかのように、エスターの唇はきつく結ばれていた。「とても面白かったわ」

アンドレアの目に映っていたのは、なにかを面白いと感じた女性ではなかった。

「仕事に行ってくれていいわ」エスターが立ちあがったので、アンドレアも続いた。「キャットは書斎にいると思う。廊下の左の突き当たりにある部屋よ。生死に関わることでないかぎり、二階にはあがらないで。あなたにはあなたの仕事があるのはわかっているけれど、ドクター・ヴォーンとわたしはささやかなプライバシーを守りたいの。わかったかしら？」

「はい」

エスターの背骨が再び鋼鉄に変わった。「はい？」

アンドレアは今度こそ、警告の響きをはっきりと聞き取った。「はい、マ、マ、マーム」

ビーチにあるブリーズ・モーテルの硬いベッドで幾度となく寝返りを打ち続けたせいで、翌朝目覚めたときは二日酔いのような気分だった。十二時間にわたってヴォーンの暗い屋敷を歩き続けるのは、ダンテの地獄の最初の輪の中でウォーリーを探すようなものだった。いまは、天井を見つめて頭痛が過ぎ去るのを祈ることしかできない。判事の家のキッチンテーブルに座っている彼女に向かって、大きな蜘蛛が毛むくじゃらの長い脚を伸ばしてくるという恐ろしい夢を見た。何本も牙があるぬめぬめした怪物の口が近づいてくるのに、動くことができない。なんとか逃げようとしたアンドレアは、ぎくりとして目を覚ましたかと思うとマットレスの端から床に滑り落ちた。

保安官補としての第二日目は、素晴らしいスタートを迎えていた。

ｉＰｈｏｎｅがメールの受信を知らせた。オレゴンで着る別の上着を母が見つけたのだろうと考えたアンドレアはそれを無視した。聞いていた音楽のボリュームをあげた。エミリーのミックステープに入っていた曲をすべてダウンロードしてあった。なかには聞いたことのあるアーティストもいたが、気に入ったのがジュース・ニュートンという名で通っている大人の女性の曲なのが癪《しゃく》だった。

目を閉じたが、再び眠りに落ちることはできなかった。ジュディスのコラージュが頭の中を漂っている。判事への脅迫を題材にした新しいコラージュ、ティーンエイジャーだったジュディスが母親に対する矛盾した感情と向き合おうと創作した昔のコラージュ。ミックステープ。言葉の断片――調べ続けるの！　きっと真実を見つける！！　のちに彼女を殺した最重要容疑者となる三人の少年とエミリーの写真。

ボブ・スティルトン署長のメモには、犯行は午後六時から六時三十分のあいだに行われた可能性が高いと記されていた。そう判断した経緯の説明はなかったが、納得するほかはない。エミリーを殴打するために使われた凶器は路地にあった船積み用の木枠の断片だから、犯行は計画的ではなく、突発的なものか、行き当たりばったりだったと推測される。犯人が激怒していたことは明らかだから、辻褄《つじつま》は合う。

エミリーは犯行の直後に現場から運ばれたとスティルトンは考えているが、アンドレアは確信が持てずにいた。彼が描いた図によれば、路地は十三メートルほどの長さがあり、幅は九十センチあまりだ。両脇の建物はどちらも高さ約五メートルで、幅三十センチほどの突出部がある。昼間であっても、死体を隠しておける影は充分にあったはずだし、食堂が出した大きな黒いビニールの三つのゴミ袋はいいカムフラージュになっただろう。アンドレアはその土曜日の夜の気象データを調べた。晴れで降水確率はゼロ。日の入りは午後七時四十二分。もしわたしが死体を処分しようと思うのなら、絶対に暗くなるまで待つ。

となると、プロムで目撃されたあとでエミリーの体を移動させる時間は、リストにあるどの容疑者にも充分にあったことになる。だれひとり、鉄壁のアリバイはない。あの夜エミリーと最後に話をしたことを認めているエリック・ブレイクリーですら、その証言は裏付けられている。ふたりのクラスメートが、犯行のあったとされる時間帯に彼の姿を体育館内で目撃しているのだ。

医療記録によれば、エミリーは妊娠七カ月で体重は六十九キロだった。それだけの重さを持ちあげるのは十八歳の少年にとって不可能ではないにしろ、簡単ではない。遊歩道への自動車の乗り入れは禁止されている。木の桟橋はおそらく車の重さに耐えられないだろう。容疑者はビーチ・ロードに車を止めたに違いない。それから路地の突き当たりまで歩き、エミリーを抱えて車まで戻り、彼女をトランクに入れた。

そこから、その店のゴミ容器の中でエミリーを発見したと少年が供述している〈スキーターズ・グリル〉までは車で十五分。閉店時刻は夜中の十二時だが、十時前後にはほとんどの従業員が帰っていたという。少年が通報したのはその夜の十一時五十八分だった。緑がかった青色のサテンのドレスが目立ちすぎたからか、あるいは犯人が証拠を残すことを恐れたためか、エミリーは裸だった。顔は判別できなくなっていた。ハンドバッグや財布など、身元がわかるものはなにもなかった。救急隊員のひとりが彼女の死亡を宣告したが、手が動いたことにもうひとりが気づいて、心肺蘇生法《CPR》を行った。

　そして七週間後、ジュディス・ローズが彼女の体内から取り出された。

アンドレアはごろりと横向きになった。脳がデータを処理できなくなりはじめている。これだけの情報すべてをダウンロードするだけのスペースがいまの彼女の脳にはなかった。携帯電話をタップして、時刻を確かめた。今朝八時三十二分にマイクからショートメールが届いていた。心臓が震えるのを感じ、それからどこか別のところが震えるのを感じた。マイクは、湖で水を飲んでいる動物たちの小さな群れの写真と三つのクエスチョンマークを送ってきていた。

「これは――」アンドレアはなんの動物であるかを見極めようと、写真を見つめた。やがて、探偵ごっこをするには時間が早すぎるとあきらめた。再び仰向けになった。目を閉じた。ジュース・ニュートンの歌声に一分ほどうっとりと浸ったあとで、ブラウザを開いて入力した――

水牛とガゼルに似ている動物

ウィキの答えは——

ウィルドビースト、ヌーとも呼ばれる。

「ヌー？」アンドレアはつぶやいた。「初めて聞いた《ヌーズ》」

開封確認が送信されたので、彼女がメールを読んだことはマイクに伝わった。三つのドットが点滅し始めてマイクがなにか言おうとしていることがわかると、アンドレアは返事をするべきか、それとも部屋の向こうに電話を投げ捨てるべきか、心を決めようとした。

メッセージが表示された——

またおれの番号を忘れた？

アンドレアはメッセージ欄をタップしたが、なにもタイプしようとはしなかった。点滅するドットを眺めているマイクを想像した。愛するのは少し辛いとジュースが歌い終えるのを待って、返信した——

まだ九一一のまま？

ドットがまた点滅する。もう一度。さらにもう一度。

返ってきたのは、親指を立てる仕草の絵文字だけだった。

アンドレアはアプリを閉じた。携帯電話を胸に抱え、再び天井を見つめる。いまはマイクに巻きこまれるつもりはなかった。そうする代わりに、ヴォーン家のキッチンを思い起こした。金のシャンデリア、メラミン樹脂のキャビネット、テーブルの向こうから絡みついてくる蜘蛛のような判事。ジャスパーの裏工作やアンドレアとクレイトン・モロウとの関係についてエスター・ヴォーンはなにも知らないと、ゆうべは確信していた。けれどいまは疑念を抱いていた。連邦判事はあらゆる種類の情報を入手できるし、USMSの歴史と同じくらいこの仕事をしていると言ったエスター・ヴォーンの言葉は大げさではない。連邦議会議員の平均年齢が九千年であることを考えれば、彼女は上層部に山ほどの友人がいるだろう。保安官のプライベートのデータベースを検索するのは違法だが、世界がこの数年間の出来事からなにかを学んでいるとすれば、それは政治家は自分たちが作ったルールに従って行動するわけではないということだ。

自分の手が衝動的に携帯電話に伸びようとしているのを感じたが、検索するのは思いとどまった――証人保護を受けているかどうかを探り出せるのはだれ？

「オリヴァー！」バイブルが彼女の名前を呼びながら、ドアをどんどんと叩いた。「オリヴァー！　起きているか？」

アンドレアはうめきながらベッドから出た。バイブルであることはわかっていたが、カーテンの隙間から外をのぞいた。太陽の光が目に刺さる。なにも見えなくなって、携帯電話に表示されている時刻を読むことができなかった。いつまでも見えないと困るので、片手をひさし代わりにしてドアを開けた。

「まだ寝間着なのか？」バイブルが言った。

アンドレアは揃いのショートパンツとTシャツ姿であることを謝るつもりはなかった。「いま何時ですか？」

知っているにもかかわらず、彼は腕時計を見た。「ずいぶん遅い。おれと一緒に走らないかと思ってね」

「走る？」アンドレアは首を振った。英語ではない言葉を聞かされた気がした。「いま何時ですか？」

「十一時をずーーーっと過ぎている。って言うか、もうすぐ昼だ」彼は爪先立って、跳ね始めた。「ほら、走りに行くぞ。エンドルフィンを脳で放出させるにはうってつけだ。こいつは言いたくなかったが、訓練のあとなにもしないでいると、元には戻らなくなるぞ」

「わたし――」アンドレアは振り返り、物欲しげにベッドを見つめた。十一時を回ったところということは、七時間後にはまた仕事に戻らなくてはならない。

バイブルに視線を戻した。「なんですって？」

「いいねえ」彼はリズミカルに両手で腹を叩いた。「知っているか、オリヴァー？　痩せた保安官は女房が大好きなんだ」

「なん――」なんですってと、訊き返すのはやめた。ふたりとも四時間ほどしか寝ていないのは同じだ。彼にはどうしてこれほどのエネルギーがあるんだろう？「バイブル、わたし――」

「通りの向こうに森に通じる気持ちのいいトレイルがあるって、モーテルの受付係が教えてくれた。昨日、チーズ署長が話していたヒッピーのたまり場のすぐ裏だそうだ」彼はモーテルから遠く離れたところを指さしたが、アンドレアには彼の指しか見えなかった。「そのあとで朝食にしよう。パンケーキをおごるよ。ベーコンに卵――ビスケットはないが、パンケーキがあればいいだろう？　一緒に行ってくれて礼を言うよ、相棒。道路の向こう側で待っている」

バイブルが手を伸ばしてドアノブをつかみ、ドアを閉めたときも、アンドレアはまだ言うべき台詞を考えていた。駐車場にいるだれかに、元気すぎる声で〝おはよう〟と叫んでいる彼のこもった声が、ドア越しに聞こえた。

アンドレアはドアに背中を預けた。容赦のない日光のせいで頭痛がさらにひどくなっている。ベッドに戻りたくてたまらなかった。だからこそ、そうすまいと決めた。そこは、また落ちてしまう新たな崖だ。

パジャマを着替える気力はなかったが、ダッフルバッグからスポーツブラを取り出すだけの慎みは残っていた。ランニングパンツは、サイドポケットのひとつに丸まって入っていた。揃いのソックスを捜す段になって、バイブルの言葉の重要性にようやく思い至った。

彼はヒッピーのたまり場の農場を調べたがっている。

ただの好奇心のはずがない。自分たちの仕事ではないとどれほど言っていたとしても、彼は明らかに殺害の脅しについて捜査している。アンドレアのもうひとつの任務であるエミリー・ヴォーンの事件は、彼の捜査と重なるかもしれない。アンドレアはスニーカーに足を突っ込んだ。髪をうしろでまとめた。バッグに押しこんであったせいで、サングラスは曲がっていた。歯を使ってつるをまっすぐに伸ばしてから、かけた。

外に出てみると、太陽はさっきと同様容赦なかったが、いまはアンドレアにもそれに対処できるだけの熱量があった。左を見て、右を見た。判事の家は一・五キロほど離れたところにある。ダウンタウンは反対方向に徒歩五分から十分というところだろう。軽食堂は開いているはずだ。パンケーキを食べよう。熱いコーヒー。腰をおろせる椅子。頭をもたせかけて眠れるテーブル。

「相棒！」言葉どおり、バイブルが道路の反対側にいた。ティガー保安官のように、爪先で跳ねている。両手を打って、叫んだ。「行くぞ、オリヴァー！」

アンドレアはアスファルトに足を引きずるようにして、道路を渡った。バイブルは踏み固められた土のトレイルを嬉々として走っていく。あとを追うアンドレアの足取りは重かった。彼女の体が走り方を思い出したときには、バイブルはすでに数メートル先にいた。全身が文句を言っている。それでもアンドレアは肘を体の脇につけ、両手を軽く握った。

バイブルは鋭く角を曲がり、森の奥へと入っていく。かつての伐採道路だろうとアンドレアは思った。自分の位置を確かめようとした。この道はモーテルから離れ、ほぼ九十度の角度で海へと向かっている。太陽は真上から頭を照らしている。そのあいだも、全身の腱《けん》が同じ質問を繰り返していた――

どうしてわたしはベッドにいないの？

アンドレアはひたすら前へと進みながら、その声を消そうとした。頭の中で、一歩ごとに違う名前をつぶやいてみる。

クレイトン・モロウ。ジャック・スティルトン。バーナード・フォンテーン。エリック・ブレイクリー。ディーン・ウェクスラー。

ひとりは刑務所の中。ひとりは警察官。ひとりはろくでなしらしい。ひとりには軽食堂で働く妹がいる。ひとりは学校の〝いまあの人は？〟のウェブページに載ることなく教師を辞めた。

クレイトン・モロウ。バーナード・フォンテーン。エリック・ブレイクリー。ディーン・ウェクスラー。ジャック・スティルトン。

筋肉がようやく運動の記憶を取り戻しはじめたのを感じた。やっとのことで、ありがたいことに、痛みが消えていく。エンドルフィンがついに流れ出したらしい。顔をしかめることなく、頭を持ちあげられるようになっていた。

バイブルは三メートルほど前方にいる。アンドレアの目の焦点が合いはじめて、彼の様子を見て取れるようになった。彼は紺色のＵＳＭＳのＴシャツに黒のランニングパンツをはいていた。スニーカーは踵がすり減っている。くっきりと浮きあがった脚の筋肉は、ジムでのトレーニングの成果だろう。モーテルでマイクに電話をしているべきときに、バイブルがどうして彼女を偵察任務だと明らかにわかるランニングについてこさせたのか、気になりだしたら一時間でも考えていられそうだ。マイクなら、レナード・キャットフィッシュ・バイブルについてのあらゆる情報《ヌーズ》を与えてくれただろうに。

「大丈夫か?」バイブルが振り返って訊いた。汗すらかいていない。

「大丈夫です」アンドレアは息を弾ませながら答えた。

いつもの癖で、アンドレアは歯を食いしばったせいでできた頰の裏側の突起に舌で触れた。胃は驚くほどなんともない。バイブルは彼女に合わせて、走るペースを抑えていた。追いつくのを待ってくれていることにアンドレアは気づいた。トレイルの幅が広くなったあたりで、アンドレアは彼のペースについていけるようになった。

ふたりが走る動きは一致していた。バイブルのストライドはアンドレアより三十センチほど長いにもかかわらず、ふたりの足は同時に地面を蹴っていた。アンドレアが話のきっかけを探していると、バイブルが先に切り出した。

「話さなきゃいけないことがある」

アンドレアは、肺から押し出される苦しげな自分の呼吸音を聞いていた。

「農場で、おれたちが調べなきゃならないようなことが起きているかもしれない」

アンドレアは彼を見た。運動したせいで、顔の傷が鮮やかなピンク色に染まっている。

「農地で死体が見つかったと、軽食堂の持ち主の女性から聞いた」バイブルが彼女に顔を向けた。「自殺らしい」

アンドレアはつまずきそうになった。あまりにも偶然すぎる。「どうして軽食堂でそれを聞いたんですか？　署長から連絡はなかったんですか？」

「そこがおかしなところなのさ」バイブルは地面から突き出している木の根を飛び越えた。「チーズのおっさんはうんともすんとも言ってこない。レーダーに自殺が引っかかったら連絡してくれって頼んでいたにもかかわらずだ。問題の農地は、彼の管轄地域のど真ん中にある。彼から電話はあったか？」

アンドレアは首を横に振ったが、実のところ仕事用の携帯電話を見てはいなかった。アンドロイド携帯はモーテルの部屋にある。いつもの習慣で、部屋を出るときにはｉＰｈｏｎｅをポケットに突っ込んでいた。

「見つかったのは、女性だ」バイブルが言った。「若い。おれたちのプロファイルには一致しないが、チーズがおれたちに連絡しなかったのが気に食わない。あのずる賢い野郎は、なにかほかにも隠しているんじゃないかと思うんだ」

チーズにはたくさん隠していることがあるかもしれないとアンドレアは思った。「農場についてわかっていることは？」

「ヒッピーのたまり場っていう以外に？」

アンドレアは鋭いまなざしを彼に向けた。ふりをするのは、もう充分だ。

「八〇年代半ばに作られた」バイブルが説明した。「まだだれも関心がない頃に、有機栽培を始めたんだ。空豆を栽培した。調理して、味をつけて、包装して、スナックにした。〈ディーンズ・マジック・ビーンズ〉って商品名だ。聞いたことはあるか？」

「いいえ」アンドレアは答えたが、ディーンという名前の男なら聞いたことがあった。


一九八二年四月十七日午後四時五十分頃、わたしことディーン・コンスタンティン・ウェクスラーは、お目付け役としてプロムに行くためにリヒター・ストリートを車で走っていました。彼女を轢《ひ》かないようにハンドルを切らなくてはいけませんでした。彼女はひどくぼうっとしていました。ドラッグをやっていたのかどうかはわかりません。その判別がつくほど、わたしは彼女のことを知りません。彼女は、一年間わたしの生徒だったというだけです。それでも、大人として教師として、わたしは責任を感じました。車を止めて降り、彼女に近づきました。具合の悪い生徒がいれば、報告するのが教師としての義務です。エミリーはプロム用のドレスを着ていて、プロムに行くのだと言いました。わたしがこのことをあえて書くのは、彼女は授業を妨げたために数カ月前に退学になっていたからです。彼女は靴を履いていませんでした。バ

ッグには気づきませんでした。髪は乱れていました。すぐに家に帰るようにわたしは言いました。彼女は反論し、わたしもかっとなってしまいました。彼女とは関わり合いになりたくありませんでした。彼女はもう何カ月ものあいだ、自分を妊娠させたと言って赤の他人を非難していたからです。わたしが車にエミリーを押しつけたとメロディ・ブリッケルが言っているのなら、彼女をよく観察したほうがいいと思います。

怒鳴り合いはありました。それは認めます。でもそのほとんどはエミリーでした。彼女はありったけの言葉でわたしを非難して、わたしは〝言葉に気をつけろ〟〝きみにそんなことを言われる筋合いはない〟などと言い返しました。とにかく彼女から逃れたい一心だったので、正確になんと言ったかは覚えていません。六十メートル離れたところからメロディ・ブリッケルが見たと主張しているものについては、彼女に科学的な意見を訊いてみてください。ふたりともひどく反抗的で、手に負えない少女なんです。エミリーはいい家の娘だとだれもが言っているのは知っていますが、わたしに言わせればこれが生まれか育ちかの論争の答えなんだと思いますね。極端に保守的な家で育った子供は現実社会に直面したときに壊れるんです。エミリーが昏睡状態なのは知っていますがわたしには関係のないことです。彼女の子供の父親がだれなのかは知りません。わたしである可能性はゼロだとはっきり断言できます。わたしの人生からこんなことはなにもかも消え去ってほしいです。いまの仕事を辞められるものなら、こんなくだらない町で自分の才能を無駄にするのではなくて、本当に助けを必要としている人たちを助けたい。あの夜になにを着ていたのかを書くように言われました。黒のスーツとネクタイですが、だれもが黒を着ていました。違反すれば罰を受けることを承知のうえで、この修正した供述書の内容が事実であることを誓います。

「ゆうべ、判事と会ってどうだった?」バイブルが訊いた。

「わたしをまた家に入れてくれるかどうかですね」どうして彼は農地で見つかった死体の話をしないのだろうと、アンドレアはいぶかった。「レーガンが死んでうれしいっていう品の悪い冗談を言ったら、部屋に引っこんでしまいましたから」

彼は笑って言った。「やるじゃないか、オリヴァー。あれでも彼女は、年を取って丸くなったんだ」

丸くなっていない判事がどんなふうだったのか、アンドレアは考えたくもなかった。だがアンドレアがパジャマ代わりのシャツで森を走っているのは、判事のせいではない。

「軽食堂の持ち主から自殺の話を聞いたということですけれど、それってリッキー・フォンテーンのことですか? ゆうべわたしたちの給仕をしてくれた、癖毛の年配の女性?」

「そうだ」バイブルはさっきアンドレアが見せたような訳知り顔を彼女に向けた。「軽食堂に来た農場の倉庫の運転手のひとりから聞いたらしい。今朝、娘のひとりがシフトの時間に現れなかったそうだ。働き手たちが九時半頃に農地で彼女を発見した。薬を山ほど飲んだらしい。彼らは署長に報告したが、署長は友人である連邦保安官には電話をかけてこなかったってわけだ」

なにか言えば心の内をさらけ出してしまいそうだったので、アンドレアは意味のない言葉をつぶやいた。

「こっちだ」バイブルはトレイルの新たな別れ道へとアンドレアを先導していく。彼が前にも来ているのは明らかだった。アンドレアを連れて二度目に来たことには、なにか意味があるのだろう。応援のためではない。どちらも武器を帯びてはいない。アンドレアのIDとシルバー・スターは、グロックと一緒にモーテルの金庫の中だった。

トレイルは大きく曲がり、やがて反対方向に再び曲がると、不意に前方が開けて起伏のある大きな農場に出た。ずらりと並ぶひょろりとした緑色の植物の列を、日光が青々とした絨毯に変えている。アンドレアは空豆を見たのは初めてだった。話を聞いていなければ、いま見ている長くてつやつやした莢《さや》はスナップエンドウかサヤマメだと思っただろう。少し先の地面が低くなっているところに温室があった。ガラスが日光を受けて光っている。遠くにある複数の虹色の建物と農家をぐるりと取り巻くポーチに吊るされた華やかな吹流しが、ここが問題のヒッピー農場であることを教えていた。

農場の中央にある真っ白な警察のテントのせいで、あたりの空気はひどくとげとげしかった。九十センチほどの間隔を置いて作られた畝が十列、黄色いテープで囲まれていた。大きなタイヤをつけた農作物を片付けるための年代ものの青いトラックが、一本の畝をまたいでいた。

近づくにつれ、アンドレアは寒けを感じはじめた。二年前に、死には魂に忍びこむ静寂があることを学んでいた。心臓の鼓動が遅くなる。呼吸が深くなっていく。汗が蒸発したような気がした。

死体は白いシーツで覆われていた。真っ白いコットンが腰の曲線をなぞっている。その女性は横向きのまま息絶えていた。甘ったるいにおいがしたので、死体は数時間以上前からあそこにあるのだろうとアンドレアは考えた。倉庫の運転手が言っていたことと一致する。死体が発見されたのは九時半頃だ。

バイブルは警察のテープを持ちあげて、アンドレアをくぐらせた。ふたりの農夫に向かってうなずく。農夫のはずだとアンドレアは考えた。オーバーオールを着て、おんぼろのフォードのトラックにもたれていたから。ふたりはぴりぴりした様子で、テントの周辺をうろついている三人の制服警官とは対照的だった。警官のうちふたりは携帯電話を見ていて、もうひとりは両手をポケットに突っ込んでいる。彼らにとっては、なにも起きていないも同然なのだろう。アンドレアは、その背格好からジャック・スティルトン署長に気づいた。無線を口に当てて、パトカーにもたれている。彼が、トレイルの先にいるアンドレアとバイブルに気づいたことは間違いなかった。彼の不機嫌さが、『デラウェア川を渡るワシントン』（画家エマヌエル・ロイツェの油絵）のように、距離を越えて伝わってきた。

「チーズ署長！」バイブルが両手を振った。「調子はどうです？」

アンドレアは、スティルトンがのろのろとパトカーから離れるのを眺めていた。まわりの人たちに緊張が走る。ポケットから出される手。しまわれる携帯電話。農夫たちは警戒しているような視線を見交わした。どちらも白人で、ひとりは五十代後半、もうひとりは六十代半ばだろうと思われた。年かさのほうはもじゃもじゃの髪を長く伸ばし、ヒッピーのカテゴリーにいかにもふさわしい絞り染めのTシャツを着ていた。

口にだらしなく煙草をくわえた、もつれた髪の若いほうの男を見て、アンドレアはゆうべの写真を思い出した。

デラウェアのビリー・アイドル。

バーナード・フォンテーンは厚かましくもアンドレアにウィンクをしてきた。アンドレアは表情を変えなかった。ふたりのあいだには、若い女性が死んで横たわっている。四十年前には、別の若い女性がゴミ容器に捨てられた。ナードはその両方を知っている。

「署長、ゆうべのおれたちの会話を忘れていたみたいですね」バイブルはスティルトンの肩を強くつかんだ。「自殺があったら教えてくれと頼んだはずですがね」

スティルトンの視線はバイブルと布で覆われた死体のあいだを行き来した。「うむ、まだはっきりしないんだ。これが自殺かどうか、わかっていないんでね」

アンドレアは彼に厚かましさの高得点を与えた。野次馬《やじうま》の目を遮るためにテントが設置されてはいるが、防護服を着ている人間はだれもいない。写真を撮っている人間もいない。地面には証拠であることを示す目印もない。

アンドレアはスティルトンに尋ねた。「検死官には連絡したんですか？」

「わたしがいまなにをしていたと思うんだね、スウィートハート？」

「教えてもらえませんか、スウィートハート？」

忍び笑いが聞こえてきて、アンドレアの怒りはさらに募った。だれもこの一件を深刻に受け止めてはいないようだ。彼女は九一一のコールセンターで働いていたことがある。死体が発見されたときの手順はよくわかっていた。最初に現場に駆けつけた警察官は、テントを張るのではなく、応援を要請し、現場をテープで封鎖したあと、検死官に連絡するものだ。最低でも、現場には数台の消防はしご車ともちろん救急車がいなくてはならない。

それなのに被害者が自殺を図ったように見えるというだけで、だれひとりとしてそんなことを考えもしなかった。

「彼女はあんたをからかっただけですよ、署長」バイブルはテントのポールに手をのせた。「ここは、あんたが言っていたヒッピーのたまり場の農場ですよね。いや、悪気はないんですよ」

最後の台詞は年配のヒッピーに向けたものだった。「気にしませんよ」と彼は応じた。

バイブルは死体を見た。シートが風に揺れている。彼はかがみこんでスティルトンに訊いた。「見てもいいですかね?」

「お断りだ」スティルトンは胸の前で腕を組んだ。「ややこしいことにはしたくないが、保安官にこの手の事件に介入する権限はない」

バイブルが訊いた。「この手の事件とは?」

スティルトンの視線がひとところにとどまることはなかった。年配のヒッピーからナード、彼の部下たちへと移り、やがてバイブルに戻ってきた。保安官にここにいてほしくないと思っているのは明らかだ。妙だ。警察官というのはグレイハウンドに似ている。ほかの警察官が近くにいると、興奮するものなのに。

アンドレアはすべてにこれほど違和感を覚えるのはなぜだろうと考えた。本物の犯罪現場に来たのはこれが初めてだが、深刻に受け止めているのはバイブルとアンドレアだけのようだ。署長はふたりに帰ってほしがっている。彼の部下たちはなにもわかっていない。ナードは明らかに退屈している。年配のヒッピーは手巻き煙草を作ることに全神経を集中している。彼は、アンドレアの容疑者リストのもうひとりの人物に年齢が一致していた。ディーン・ウェクスラー。彼がバーナード・フォンテーンと一緒にここにいるという事実は、アンドレアが理解できないなにかを意味している。

アンドレアは彼に尋ねた。「あなたはディーン・ウェクスラー?」

彼は、煙草を巻く紙を舌で湿らせた。「そうだ」

ウィニングランをするわけにはいかなかったし、自分を温度計にすることもできなかった。ウェクスラーの温度はまったくといっていいほどわからなかったからだ。彼もナードもいまの状況に関心がないようで、それもまたアンドレアに理解できないことのひとつだった。

彼女はウェクスラーに訊いた。「ここでなにを育てているんですか?」

彼は煙草を唇にはさんだ。「ヴィキア・ファバ」

ディーン・ウェクスラーは若い女性に笑われるのを嫌がるタイプの男に見えるという、ただそれだけの理由で、アンドレアは声をあげて笑った。「それって空豆をかっこよく言い換えただけですよね」

彼の顎がこわばった。フードの下で、目が脅すような光を帯びた。

「保安官」スティルトンがバイブルに向かって言った。「手を貸してくれるのはありがたいが、もう帰ってくれてけっこうだ。これはおれたちの仕事だ」

「これというのは?」

スティルトンは唇のあいだから息を漏らし、大げさにいらだちを露わにした。「女性――若い女性――がおそらくドラッグの過剰摂取をした。彼女はしばらく前から問題を抱えていたんだ。こんなことをしたのはこれが初めてじゃない」

「なるほど。それじゃあ」バイブルが言った。「去年のクリスマスにあんたが水から引きあげたのが彼女なんですね？　それとも一年半前に手首を切ったほうだとか？」

アンドレアは、緊張に空気が張り詰めるのを感じた。

グリンコでは、自分たちの体の声に耳を傾けることを研修生たちに叩きこむ。闘争・逃走反応は、ほかの感覚に比べてはるかに敏感だ。アンドレアはナードとヒッピーに意識を集中させた。彼らにはなにか危険を感じさせるものがある。生まれて初めて、アンドレアは武器を持っていればよかったのにと考えた。

「保安官」スティルトンが言った。「間違っていたら訂正してもらいたいんだが、この状況は、あんたとパートナーがこの町に来た任務とはまったくの無関係に思えるんだがね」

バイブルはスティルトンから視線をはずそうとはしなかった。「米国の保安官の面白いところは、連邦法を施行する全面的な権限がある国内でふたつきりの法執行機関だっていうことなんですよ。税関と国境の取り締まりだけじゃない。アルコール・煙草・火器及び爆発物の取り締まりだけでもない。内国税だけでもない。大きいものから小さいものまで、おれたちはあらゆる法律を取り締まる。できたばかりのものはもちろん、米国憲法が制定された一七八九年三月四日以降、すべてだ」

スティルトンは落ち着かない様子だったが、肩をすくめて言った。「だから？」

「合衆国法典四八二一九三〇・一には、いかなる者であれ自らの命を絶つことは連邦法に反すると記されている。古いが、いいものってやつですよ。英国の慣習法の時代にまで遡れます」バイブルがアンドレアにウィンクしたのは、ふたりともそれがはったりだとわかっていたからだ。「どう思う、相棒？」

アンドレアは答えた。「わたしたちに権限があるようですね」

スティルトンは主張を変えてきた。「自殺かどうかははっきりしないと、最初に言ったはずだ」

バイブルは、その言い分に矛盾があることには触れず、ランニングパンツのポケットからニトリル手袋を引っ張り出した。再びアンドレアにウィンクをして、ちゃんと準備してきていることをようやく認めた。

スティルトンが言った。「ここは犯罪現場だ、保安官補。検死官を待たなければいけない。現場を乱すのは――」

アンドレアが訊いた。「遺体にシーツをかけたのはだれですか？」

ウェクスラーが咳払いをした。「彼女を見つけた男だ」

農夫が死体を見つけたとリッキーは言っていた。農場にはふたりの男以外だれも見当たらない。「それなら、現場はすでに乱されていますね」

バイブルは仕事に取りかかっていた。無駄口は叩かない。ただ膝をついて、そっとシーツをはがした。

だれかが息を呑んだ。自分ではなかったことが、アンドレアは誇らしかった。

それでも彼女の胃はこぶしくらいにまで縮まった。

グリンコの死体安置所で死体を見たことはあったが、そのときは心の準備をする時間が充分にあった。遺体はどれも科学研究のために提供されたものだったから、故人とのあいだには合意があるように感じられた。なにもかもが厳粛で予測どおりだった。研修生たちは学ぶためにそこにいて、故人たちは機会を与えるためにそこにいた。

いまアンドレアは、突然の死を目の当たりにしたショックに襲われていた。

ジュディスのコラージュを見たときのように、初めは圧倒されそうな感情を処理するだけでせいいっぱいだった。細かく観察しろと自分に言い聞かせる。地面には空の薬瓶。口のまわりに乾いたピンク色の泡。汚れた金髪。血の気のない肌。青い指先は、赤い染みがある手のひらの上で丸まっている。彼女は何時間もここに横たわっていたのだ。重力が、地面に接していた箇所に血液を集めている。足元にシーツが丸まっていたが、だれも彼女が眠っているとは思わないだろう。明らかに死んでいた。

「なんてこった」だれかがつぶやいた。

臭気が鼻を打ったので、アンドレアは口で息をした。自分が保安官補であることを思い出した。するべきことはわかっている。

分析、理解、報告。

裸の女性が横向きに倒れている。

あってはならない光景だった。

被害者は女性というよりは、十六歳か十七歳の少女のようだ。尖《とが》った左の腰が宙に突き出している。恥毛は剃《そ》られている。腐敗の初期段階にある乳輪は黒く変色しかかっている。黄色いワンピースは畳まれて、枕のように頭の下に置かれている。片方の腕は伸ばされている。もう一方の手は細いウェストに巻きついている。

なにより衝撃的だったのは、その痩せ細った体だった。アンドレアは美術学校の一年目に、具象画を描くために解剖学の授業を取っていた。そのときに見た、人間の体内を立体的に描いた図を思い出した。少女の皮膚の下の骨が見えていた。関節はドアノブのようだ。落ちくぼんだ頬越しに、歯の形状がわかる。髪は汚れている。右目の下に痣がある。唇は淡い青色。紙のように薄くなった皮膚に残るいくつもの星形は、血管が損傷した跡だ。手首には何本ものピンク色の傷痕が縦横に残っていた。

彼女は以前にも自殺を図っていた。

「オリヴァー」バイブルの口調は鋭かった。「写真を撮れ」

アンドレアは少女の横に膝をついた。iPhoneをポケットから取り出す。親指を使って、カメラの機能を選択した。指先で少女の足を覆っていたシーツをめくった。

彼女が裸足だったのは、それほど驚くべきことではなかった。左足首には、骨のまわりの皮膚がすりむけるほどきつく絞められた金属の輪がつけられていた。その中央には宝石が三つ、埋めこまれている――アクアマリンとその両脇に青いサファイヤ。そのアンクレットはあたかもジュエリーのようだったが、足首と一体化させるために熱を加えた形跡が残っていた。

アンドレアは銀の輪に文字が彫られていることに気づいた。

バイブルも気づいて尋ねた。「アリス・ポールセンってだれです？」

一九八一年十月二十日

エミリーは朝食をフォークでつついていた。向かい側では祖母が同じようにして食べている。空気がこれほど張り詰めている理由はわからないまでも、黙っていたほうがいいことは本能的に悟っているようだった。これがいつもどおりの暮らしのいつもどおりの一日であるかように仕事用の服に身を包んだエスターとフランクリンは、テーブルの反対側の端に座っていた。フランクリンは新聞を読んでいる。エスターは唇を結び、判決理由の草稿を修正することに集中していた。ふたりとも老眼鏡をかけている。やがてふたりは眼鏡をはずし、それぞれの書類を自分のブリーフケースにしまい、別々の車に乗って仕事に出かけていくのだ。

エミリーは、これまでも数えきれないほどの困難をこうやって乗り越えてきた両親を見ていた。彼らは、問題が起きなかったふりをしてやり過ごす。エミリーもゆうべの出来事はなかったふりをしようとしていたから、その能力がわずかに備わっているのかもしれなかった。昨日の朝のドクター・シュレーダーの診療所でのことも。パーティーで起きたことも。

なにより、あの夜、ミスター・ウェクスラーが車で家まで送ってくれたという記憶は、想像の産物かあるいはLSDのバッドトリップの影響なのだと思いこもうとしていた。

まるでタイミングを見計らったかのように、吐き気の波が襲ってきた。気がつけば、皿の上の卵がねばねばした黄色い塊に変わっていた。ベーコンの脂がトーストのまわりで固まっていた。どれくらいのあいだ、皿を見つめていたのかはわからないが、顔をあげたときには両親はいなくなっていて、テーブルには祖母だけだった。

「今日はなにか予定があるの？」祖母が訊いた。「わたしは庭いじりをしようかと思っていたんだよ」

エミリーは涙がこみあげるのを感じた。「あたしは学校があるんだよ、おばあちゃん」

祖母は戸惑ったような顔になった。銀食器と皿を片付けてから、食堂を出ていった。

エミリーは指先で涙を拭った。今朝、化粧をしたときは、まるで紙やすりで顔をこすっているように感じられた。ひと晩じゅう泣き続けたせいで、まぶたはがさがさだ。ゆうべは眠れなかった。鏡をのぞくと、宇宙人がこちらを見つめ返している気がした。

あたしは処女《ヽヽ》じゃない。

どうしてあたしは恥ずかしさしか感じないんだろう？　セックスは、ソウルメイトとつながり合う、あたしの愛にふさわしい人にあたし自身を捧げる、特別でロマンチックな時間のはずなのに。

　実際は、あたしの教師の汚らしくて安っぽいピエロの車の後部座席で起きた。

　多分。

　エミリーは、繰り返し蘇ってくる記憶の断片を信用したくなかった。それはまるで、点滅する照明の中で繰り広げられる、本当かもしれないし本当じゃないかもしれないホラーショーのようだ。少年たちのだれかの仕業だと――わからないと自分に言い聞かせていたときでさえ――エミリーは確信していた。そしていま彼女は、汗臭いもじゃもじゃの口ひげと不器用な手のディーン・ウェクスラーが、彼女が与えようと思っていないものを奪っていったのだとは信じないようにしていた。

　だって、それってレイプでしょう？

　それとも、そうじゃないのかもしれない。母親は正しいのかもしれない。父親も。お酒を飲みすぎたり、ドラッグをやったりするのは、少年がしたがるようなことをされても仕方がないと受け入れることなのかもしれない。

　でもミスター・ウェクスラーは大人だ。

　だとすると、事情が違う。そうでしょう？　もしもエミリーが、相手は少年のだれかではなくて、大人の男が機に乗じたのだと告げていたら、父親は異なる対応をしたかもしれない。彼女を見てくれたかもしれない。ゆうべ以降、父親はエミリーをまったく視界に入れようとはしなかった。部屋に入ってきて、テーブルに座り、コーヒーポットに手を伸ばし、新聞を読む――そのあいだ、ほんの数十センチのところに自分の娘が座っていることを、一度たりとも認めようとはしなかった。

エミリーは自分の手を見おろした。涙で視界がにじむ。あたしは消えようとしている？　もうだれも、あたしを以前のあたしとして見てはくれないの？

「エミリー」エスターがドア口に立っていた。脇柱に片手を当てて、パンティストッキングの爪先をまっすぐに直している。「遅刻しないようにするのよ」

エミリーは母親ではなく、窓の外に目を向けた。母親のあまりにも当たり前の口調に、心臓が激しく打った。エスターはこの件で二度と怒ることはない。議論も諍いも起きない。彼女はその言葉どおり、あらゆる意味で判事《ジャッジ》だった。一度決定をくだしたら、その件について二度と疑問を持つことはない。

エミリーがドア口に視線を戻したときには、母親はいなくなっていた。

エミリーはゆっくりと息を吐き出した。ナイフとフォークを皿にのせて、キッチンに運んだ。食べ残したものをゴミ箱に捨てる。家政婦に片付けてもらうため、皿はシンクに置いた。ガレージのドアの脇に、通学用鞄とバッグがあった。ゆうべそこに置いた記憶はなかったが、ゆうべよりはるかに大事な多くのことの記憶もない。

彼女が思い出せるのはこれだけだ：ミスター・ウェクスラーの車の暗い内部。ダッシュボードが光っていたこと。ラジオから小さく流れていた歌。自分の手がリッキーの緑のワンピースの破れた裾をしきりにいじっていたこと。膝に置かれたミスター・ウェクスラーの手。

エミリーは目をしばたたいた。最後の部分は本当にあったこと？　それとも事実ではないことを自分に信じさせようとしている？

いまわかっているのは、これから一生廊下に立って、このことを考え続けるわけにはいかないということだけだった。すでに学校を丸一日休んでしまっている——美術の先生との面談、化学のテスト、バンドの練習、体育が始まる五分前に一日前はとても大切に思えたことについてリッキーと話をするはずだった。

エミリーはドアを開けた。父親のメルセデスはもう見当たらない。ガレージから外に出た。母親の運転手が家の前でアイドリングをしていた。

「エム？」

振り返ると、チーズが木にもたれて煙草を吸っていたので驚いた。

「あ、やだ、チーズ、ごめん」エミリーの心は沈んだ。納屋で寝てくれていいと彼に言ったのだった。「枕と毛布を置いておくのを忘れた」

「なんてことないよ」彼は靴の裏で煙草をもみ消し、吸い殻をポケットに入れた。「なにもいらないって言っただろう？　ぼくは大丈夫さ」

大丈夫そうには見えなかったから、エミリーの気分はさらに落ちこんだ。「ごめんなさい」

「きみも眠れなかったみたいだね」

自分がどう見えているかなど、いまのエミリーに考えている余裕はなかった。納屋は家の反対側にあるが、もしも彼がガレージの外に立っていたなら、ゆうべキッチンで起きたことを聞いていたかもしれない。「何時にここに来たの？」

「わからない」彼は肩をすくめた。「家にいたんだけれど、母さんのネジがはずれてね。父さんは警察署に行っちゃったから、だからぼくは……」

彼の下唇が震えはじめた。彼はなにも聞いていない。彼には彼の問題があるのだ。

「まあいいさ、学校に行こうか」彼が言った。

チーズがエミリーの鞄を持った。エスターの車が出ていくまで、ふたりは待たなくてはならなかった。エスターは車のうしろの窓からこちらを眺め、改めて見直した。ほんの一瞬、彼女のポーカーフェイスが崩れた。エミリーは母の心の声が聞こえた気がした――相手はスティルトンの息子なの？

車が私道を走り出したときには、エスターは平静さを取り戻していた。

チーズはなにも気づかなかった。煙草の箱を振って、一本取り出した。ふたりは居心地のいい沈黙を守りながら、曲がりくねった私道を歩いた。エミリーはチーズに初めて会ったときのことを思い出そうとした。学校のたいていの友だちと同じで、記憶にあるかぎりの昔から、彼の存在はそこにあった。おそらく幼稚園にも一緒に通っていたのだと思う。彼についての最初の記憶をたぐってみれば、だれもが楽しんでいる様子を隅っこに座って見ている恥ずかしがり屋の少年が浮かんでくる。彼はだれの仲間でもなかった。エミリーが彼に話しかけるようにしていたのは、それが理由だ。結社の一員でありながら、エミリーは自分が外からそれを眺めているような気持ちになることが時々あった。

とりわけいまは。

「さてと」チーズが言った。「なにがあったのか、話す気はある?」

エミリーは微笑んだ。「あたしは大丈夫。本当よ」

チーズは黙って煙草を吸ったが、信じていないのは明らかだった。

エミリーは別のことを考えていた。「先月の今頃も納屋にいた?」

チーズは心配そうな顔になった。「きみの両親が怒ったのなら――」

「違う、違う。あの人たちは全然気づいてないから。気になったのは、その夜、あたしが帰ってきたのがすごく遅かったの。二十六日の夜。門限を破ったたって、両親にものすごく怒られた。だからあなたがなにか聞いたか、覚えていることはないかって思っただけ」

「そっか。ごめんよ、エミリー。そのときにいたとしても、なにも聞こえなかったよ。困ったことになっているわけ？　だから、そんなに落ちこんでいるの？」

エミリーは首を振った。チーズは心の内を隠しておけるタイプではない。彼があの夜納屋にいたのなら、すでになにか言っていただろう。エミリーは的外れなことを尋ねていた。

「捜査のことって、詳しい？　お父さんから聞いている？」

「まあね」チーズは肩をすくめた。「『刑事コロンボ』の再放送で学んだことのほうが多いだろうけれど」

彼が笑顔になったので、エミリーも笑みを返した。放映されていたときには、父も見ていた番組だ。エミリーは一度も見たことがなかったが、有能な刑事のドラマであることはもちろん知っていた。「だれかがすごく悪いことをした事件をコロンボが解決するんだって考えてみて」

「エミリー、コロンボの事件はいつだってそうさ」チーズはいたずらっぽく笑った。「そこが面白いんだから」

「そっか」エミリーはしばし考えた。「女の人がカクテルパーティーに出て、そこでダイヤモンドのネックレスが盗まれたって考えてみて」

「わかった」

「でも彼女はパーティーのことをなにも覚えていないの。お酒を飲みすぎたから」エミリーは彼がうなずくのを待って言葉を継いだ。「でもこういう記憶はある。いろんな人と話したことや、どこかにいたっていうことを途切れ途切れに思い出すの。でも、それが本物の記憶なのか、違うのかはわからない」

「ドラッグをやっていたみたいに聞こえるね」チーズは言った。「記憶が飛ぶまで酔っぱらわないかぎり、アルコールではそんなふうにはならないんだ。少なくとも、ぼくの母さんはそうだ」

そのとおりなのだろうとエミリーは思った。「その女の人はどうやったらネックレスを取り戻せる?」

彼はまた笑った。「コロンボを呼ぶのさ」

エミリーもまた笑みを返した。「でも、コロンボはどうやって事件を解決するの?」

答えが返ってくるまで、それほどの時間はかからなかった。「パーティーにいた人たちと話をする。そして彼らの証言を比べるんだ。例えば、この男の話は、別の男が言っていたことと一致しているだろうか? もし一致していなければ、どちらかが嘘をついているってことだ。そして嘘をついているってことは、そいつはなにかを隠しているっていうことだからね」

ここ何日かで初めて、エミリーは心が軽くなるのを感じた。完璧に筋が通る。どうしていままで、だれかと話すことを考えつかなかったんだろう? 白状させることができるかもしれない。

ひとつ問題があった。

エミリーは尋ねた。「でも、コロンボはどうやって人に話をさせるの？　罪を犯した人は話をしてくれないでしょう？　相手が警察なら特に」

「父さんもそう言っている」チーズは肩をすくめた。「でもテレビでは、うしろめたい人間はいつだって話をしている。ほかの人間に疑いの目を向けるために嘘をつくことも時々ある。あるいは、自分が捕まるのかどうかを知りたいから、捜査についてあれこれと尋ねてくる。それにコロンボは犯人をごまかすのが最高に上手なんだよ。相手を非難したりはしない。こう言うんだよ。〝サー、あなたはパーティーにいらしたようですね。ちょっとお訊きしたいんですが、なにか怪しいものや、いつもと違う振る舞いをしている人間を見かけませんでした？〟彼はだれかを指さして、〝あなたがやったんですね〟と言ったりはしない。犯人に自分から喋らせるんだ」

エミリーは、チーズはコロンボの声真似がとてもうまいと思った。「ほかには？」

「そうだな、彼はあらゆることを書き留める。警察官はそうするべきなんだ。だれかを尋問すると情報がたくさん集まるけれど、大切なことはそのうちのほんの一部だから、全部書き留めておいて、あとから見直して必要なものを選び出すんだって、父さんが言っていた」

大いに納得できたから、エミリーはうなずいた。授業で教わった細かい事柄にそのときは混乱しても、あとからノートを見返すと納得できたことが何度かあった。

「いちばん面白いのが、ドラマの最後の部分なんだよ」チーズが言った。「コマーシャルの直前に、コロンボが容疑者と話をするんだ。で、質問が終わったと思わせて、くるりと振り返って言う。〝ああ、すいませんね。あとひとつだけ〟」

「あとひとつ?」

「そうさ、いちばん重要な質問はそのときまで取っておく。相手のガードが緩む、最後の最後までね」チーズは煙草の端を指でつまんでから、吸い殻をポケットに滑りこませた。「〝わかりました、答えてくれてありがとう〟って言って、帰るふりをする。それからノートだかなんだかをまとめ始めると、容疑者は終わったと思ってほっとする。そこで振り返って――」

「あとひとつだけ、って言うのね」

「大正解《correctamundo》」チーズのフォンジー（テレビドラマ『ハッピーデイズ』の登場人物）の真似も悪くなかった。「そうやってダイヤモンドのネックレスを取り戻すってわけさ」

「え?」

「その女性――ネックレスを盗まれた人だよ」

「ああ、そうね」エミリーは心臓が震えるのを感じた。前に進む方法があるかもしれない。

「あなたはいい警察官になるわね、チーズ」

「とんでもない」彼はもう一本、煙草を出した。「十年後もこんなむさ苦しい町にぼくが住んでいたら、忘れずに頭に弾をぶちこむように言ってくれ」

「なに言ってるのよ。そんなこと言わないで」

チーズはエミリーに通学鞄を渡した。学校はすぐそこだ。チーズはそれ以上なにも言うことなく、彼女から足早に離れていった。数年前、エミリーに熱をあげているんだろうと言ってナードがチーズをからかったことがあって、彼はいまだにその誤解を解くための努力を惜しまない。

エミリーはハンドバッグをひょいと肩にかけた。チーズの言葉を考えてみる。この件は捜査として取り扱うべきだ。答えがわかってもなにも変わらないかもしれないが、少なくとも気持ちは落ち着くだろう。両親がなんと言おうと、だれかが彼女を傷つけたのだ。その人物は、もっとも無防備なときにエミリーをもてあそんだ。彼がいずれ報いを受けると考えるほど彼女は愚かではないが、自分自身の心を守るためにもだれがしたことなのかを知る必要がある。

「なにやってんの?」リッキーが肩をぶつけてきた。「チーズを切ってたの?」

エミリーは目をぐるりと回したが、返事代わりにリッキーに肩をぶつけた。

「なんだって、あんな壊れた玩具のことを気にするわけ?」

エミリーは挑発に乗らないようにした。結社の仲間たちは外部の人間に対してひどく冷たい。彼らが知ったら、エミリーをどうするだろう？

「昨日はどこにいたの？」リッキーが訊いた。「二回も電話したのに、二回ともあんたは寝ているってお母さんに言われたよ」

「お腹の風邪だったの。土曜日に言ったじゃない」

「ああ、そうだった！」リッキーはまた肩をぶつけた。「昨日、話をするはずだったからさ」

「なんの話？」

「あたし――あ、やだ。ナードがいる」リッキーは振り返ろうともせずに中庭を駆けていった。

エミリーはあとを追わなかった。そうする代わりに、体育館の入り口の外でたむろしている結社の仲間たちを眺めた。もう三回も見つかっているというのに、ナードはまた煙草を吸っている。ブレイクは手に本を持って、壁にもたれている。クレイだけがエミリーのほうを向いていた。彼は、階段をあがってくるエミリーを目で追った。生まれて初めて、エミリーは彼に反応しなかった。手を振ろうとはしなかった。自分の傍らへ連れてこようとする彼の視線のトラクタービームを感じなかった。

エミリーは彼から顔を背けるようにしてドアを開けた。ドアを閉めたときも、背中にまだ彼の視線を感じていた。ロビーの天井の照明がまぶしくて、目を細めた。低学年の子たちが脇を駆け抜けていく。学校に来るといつもそうなるように、体が緊張するのがわかった。ただし今日は、優等生でいろというエスターの無言の圧力のせいではない。計画を立てはじめていたせいで不安だったからだ。

ミスター・ウェクスラーと話をするつもりだった。なにも問題などないように、さりげなく彼に近づく。いくつか質問をする。そして帰るふりをしてから、あともうひとつを投げかけるのだ。

自信が揺らぎはじめるのがわかった。あたしをもてあそんだかと、本当にミスター・ウェクスラーに訊けるだろうか？　彼は激怒するだろう。もちろん激怒する。けれどそれは身に覚えがないから？　それとも本当のことだから？

「エミリー！」メロディ・ブリッケルが廊下を馬のように疾走してきた。馬好きなことが、彼女があまり人気のない理由のひとつだった。「昨日、バンドの練習に来なかったね！」

エミリーは小さく丸まりたくなるのをこらえた。ミセス・ブリッケルはすべてを知っている。娘にはなにも話していないの？

「エム？」メロディは彼女の手をつかむと、だれもいないミスター・ウェクスラーの教室に引っ張りこんだ。「どうかした？　ひどい有様だけど。泣いていたの？　でもその髪はいいね」

「あたし――」エミリーの思考が停止した。あたしはミスター・ウェクスラーの教室にいる。彼はじきに来るだろう。まだ準備ができていない。彼に立ち向かうなんて無理。質問のリストを作るつもりだったのに、いまは彼が現れる前にここを出ていかなければいけないとしか考えられない。

「エミリー？　どうかした？」

「あたし——」エミリーは唾を飲んだ。「お母さんから聞いていない？」

「なにを？　昨日、ドクター・シュレーダーのところに行ったの？　ママはあそこでのことは喋っちゃいけないことになってるの。なんかそういう規則みたいなのがあるんだって。わからないけど。でも、行ったってあんたが言ったわけだから、なにかあったの？　大丈夫？」

「うん、えーと——」エミリーは言い訳を探した。「生理なの。何日か前に始まったんだけど、今回はすごくひどくて」

「そうなんだ、かわいそうに」メロディはエミリーの手を握った。「あんたはもう、あの意地の悪い間抜けなヤギに診てもらうほど子供じゃないよ。ちゃんとした婦人科にかからないと。あたしはママに言われて二年前からピルを飲んでるけど、そうしたら生理がすごく楽になったんだ」

エミリーはどちらのほうが衝撃的だったか判断がつかなかった——メロディが婦人科にかかっていることと、ピルを飲んでいることと。

「そんな怒った顔しないでよ、ばかだね。ピルはセックスのためだけじゃないんだから。あたしは望みを持っているけどね！」メロディは自分の通学鞄に手を入れ、カセットテープを取り出した。「ほら、持ってきたよ。でも返すって約束してよね」

エミリーはどうしていいかわからず、カセットテープを受け取った。カバーは、タオルを体に巻き、コールドクリームをべったりと顔に塗って座っている五人の少女だ。ゴーゴーズ。『ビューティ・アンド・ザ・ビート』。

「先週、話したでしょう？」メロディの声は弾んでいた。彼女は音楽に夢中だった。「ボーカルが、『アワ・リップス・アー・シールド』の途中で、どんなふうにテンポを落とすかを聞いてみて。いい？　ただの拍子記号じゃないんだから。あたしは、ビートルズの『恋を抱きしめよう』で、四拍子から三拍子に変わるところを連想したの。それとも、ストーンズの『アンダー・マイ・サム』の——」

その先の言葉はエミリーの耳を素通りした。ミスター・ウェクスラーが教室に入ってきた。自分の机に書類の束を置く彼の姿が視界の隅に映っていた。エミリーは、空想上のドラムを叩きながら彼女だけに聞こえる音楽に合わせて足でリズムを取るメロディから視線を離さなかった。

「聞いてみてね？」メロディが言った。「すごくいいから。それに、彼女たちは自分で曲も作っているんだよ。すごくない？」

エミリーはうなずいたが、なにがすごいのかさっぱりわかっていなかった。ただそうすることで、メロディがのんびりと教室を出ていったのがわかっただけだった。

ミスター・ウェクスラーが訊いた。「今日の彼女はなんであんなに興奮していたんだ？」

エミリーは口を開く前に、唾を飲みこまなくてはならなかった。「ゴーゴーズです」

彼は大笑いをした。「丸ぽちゃの女の子たちのグループをストーンズと比べていたの？冗談はやめてくれ。あの子たちはただ、男の子の気を引くためにわざとらしく振る舞っているだけさ」

これが先週であれば、エミリーは彼の言葉を真に受けて一緒になって笑っていたかもしれないが、いまはこう訊き返した。「男の子たちは、女の子の気を引くためにバンドを組んだりしないんですか？」

「きみが訊いているくだらないバンドはそうかもしれないな。ストーンズは本物のミュージシャンだ。真の才能を持っている」

エミリーは両手を組んだ。また汗をかき始めている。なんの計画もなかった。できそうもない。あたしはコロンボじゃない。

「なんの用だい、エム？」ミスター・ウェクスラーは机からトレイルミックスの袋を取り出し、ひとつかみ口に放りこんだ。「ゆうべはひどく疲れていてね。なんとか朝のランニングはこなしたが、まるで砂地獄を走っているみたいだった。授業に備えておかないと」

「あたし――」エミリーはチーズが言ったことを思い出そうとした。書き留める必要がある。授業のノートを使うわけにはいかない。ハンドバッグに手を突っこんで、適当に紙を取り出し、ペンをクリックした。顔をあげてミスター・ウェクスラーを見たが、なにを言えばいいのかわからなかった。

「エミリー？　いったいなにごとだ？」

「あたし――」エミリーはおじけづいた。「昨日の授業を休んだから、その分の穴埋めをしないと」

彼は笑った。「それなら、もう大丈夫だ。きみの成績はAだよ。心配しなくていい」

「でも――」

「エミリー、昨日の授業がどうだったのか、ぼくはもう覚えていないんだ。いいね？　ぼくはきみがいるものとして成績をつけた。ぼくの中では、きみは出席していた。それでいいじゃないか」

エミリーは、黒板を拭く彼の背中を見つめていた。いつも走っているから体は引き締まっているけれど、きちんとしているのはそこまでだ。ズボンにはしわが寄っている。シャツの脇の下には汗染みができている。髪はぼさぼさだ。机の上の目薬を使っていないから、こちらに向き直った彼の目は充血していた。

ダッシュボードの淡い明かり。ラジオから流れる歌。リッキーの緑のワンピースの裂け目。

「エム?」彼は机に手をついて身を乗り出した。「いったい、今日のきみはどうしたんだ? 悪気があって言うわけじゃないが、見るからにひどいぞ」

「あたし――」エミリーはチーズが言ったことを思い出そうとした。何気ない調子で始める。非難がましくしない。エミリーはさりげない素振りで、前の列の机に座った。「先月、ナードの家からあたしを送ってくれたときのことを覚えていますか?」

突如として、彼の態度がうしろめたそうなものに変わった。目が細くなった。ドアに近づいて閉めた。エミリーを振り返った。「そのことは話題にしないと言ったはずだ」

エミリーは紙にペンを押しつけた。手が動きはじめる。

「なにを書いている?」ミスター・ウェクスラーがきつい口調で訊いた。「どうしてきみは――」

彼にペンをむしり取られて、エミリーはすくみあがった。

「いったいどういうことだ?」

「あなたを――」エミリーはコントロールを失いかけていることに気づいていた。こんなふうに進めるはずじゃなかった。対決しちゃだめ。非難しちゃだめ。「祖母があなたを見たんです。あの夜。あなたの車だって気づいた」

エミリーの隣の机にどさりと座りこんだ彼は、ひどく落胆しているように見えた。「くそ」

「祖母は――祖母にゆうべ、そのことを訊かれたんです。あんなに夜遅く、どうしてあなたの車に乗っていたのかって。あなたが教師だっていうことを祖母は知っていますから」

彼は両手で頭を抱えた。こわばった声で尋ねる。「両親には話したの？」

彼が怯えているのがわかった。力のバランスが少しだけ彼女のほうに傾いたということだ。彼の立場を弱いままにしておかなくてはならなかったから、エミリーは答えた。「まだです。話さないでって祖母には言っておきましたけれど、でも……」

ミスター・ウェクスラーは椅子の背にもたれた。「万一お祖母さんが話をしたときに備えて、話を合わせておかなきゃいけない。万一じゃないな、いずれ話すことはわかっているんだから」

エミリーはうなずくことしかできなかった。

力のバランスはあっさりと元に戻った。

「よし」彼は肘をついて、エミリーのほうに体を乗り出した。「お祖母さんは具体的になにを見たんだ？」

「あたしが――」戦略を練らなければならないことはわかっていたが、エミリーは混乱していた。「あたしが車から降りて、遅い時間で、あたしが動揺していたって」

ミスター・ウェクスラーはうなずいた。彼が頬を掻《か》くと、剃っていないひげにこすれる音がした。「そうか、うん、たいしたことじゃない」

エミリーは口を閉じたままでいた。うしろめたいところがある人間は話したがるとチーズは言っていた。ミスター・ウェクスラーが話すのを待たなくてはいけない。

「そうか」彼は繰り返すと、ペンをエミリーに返した。「両親にはこう言うんだ」

エミリーはなにも書かれていない紙にボールペンを押し当てた。

「ナードがぼくに連絡してきた。きみはハイになっていた。みんな朦朧《もうろう》としていた。ぼくはきみを家に連れて帰るために車で向かった。ぼくとクレイとのあいだで起きたことは――」彼は手を振った。「いまのは忘れてくれ。ぼくたちと彼の言い分が違っても、彼を信じる者はだれもいない」

クレイ？

「そして、ぼくはきみを家まで送っていった」ミスター・ウェクスラーは締めくくった。

「それで終わりだ。いいね？」

「でも――」エミリーはそれ以上の情報を引き出すにはどうすればいいだろうと考えた。

「考えなきゃいけないのはクレイのことだけじゃないですよね？　ナードとブレイクもあそこにいた。リッキーも。リッキーもいたんです」

「ぼくが行ったとき、リッキーは前庭で意識をなくしていた。ナードとブレイクがどこにいたのかは知らない。家の中からぼくたちが見えたはずだろう？　プールが見える窓があるような気がした。

「えーと——あります、多分」エミリーは口いっぱいに綿を詰められたような気がした。リッキーは前庭で意識を失っていた。ナードとブレイクは家の中のどこかにいた。クレイと自分はプールのそばにいた。泳いでいたわけではない。プールには覆いがしてあるし、水は泳ぐには冷たすぎる。どうしてあたしたちはふたりだけで外にいたの？　なにか意味があるはずだ。

「よし、これで解決だ」ミスター・ウェクスラーは彼女のノートを叩いた。「そうしたほうがいいなら、書き留めておくんだな。きみはクレイと言い争いをしたので、ぼくに連絡した。ぼくがきみを迎えに行った。家まで連れて帰った。そういうことだ」

エミリーは書き始めたが、気にかかったことがあった。「あたしはクレイとなにを言い争っていたんでしょう？」

「知るもんか。その前からの喧嘩の続きをしていたとでも言えばいい。きみたちはいつだって、互いを怒らせているからな」ミスター・ウェクスラーは立ちあがった。「教室に行ったほうがいい。このことはだれにも話すんじゃないよ、いいね？　きみの仲間たちはクレイの味方をするだろうし、こんなばかげたことできみに友だちをなくしてほしくはないからね」

エミリーの口の中の綿はコンクリートに変わった。結社の仲間を失うかもしれないという不安はあったが、その恐れが現実として感じられた。彼らはエミリーを見捨てるだろう。エミリーがしがみついていた友人、一年生の頃から知っている仲間、この十年あまり、学校の外での空いた時間を常に一緒に過ごした子たちは、厄介な状況になれば彼女を見捨てるだろう。

厄介な状況にクレイが関わっているとなれば、なおさらだ。

ミスター・ウェクスラーが言った。「きみの親から追及されたら、その話を繰り返せば大丈夫だ。ぼくも同じ話をするから」

エミリーは紙を見た。書かれていた単語はひとつ——クレイ。

「エミリー」ミスター・ウェクスラーは腕時計を見た。「さあ、教室に行くんだ。これ以上、きみたちに遅刻許可証は出せないよ。ぼくがえこひいきをしていると訴えてきた教師が何人かいると、ミスター・ランパートに言われているんだ。きっとダーラ・ノースだろうな。まったくあのくそばばあは、でかい口を閉じておけないんだからな」

エミリーは紙とペンをしまった。ドアのほうへと歩きはじめる。

そこで振り返った。

「ミスター・ウェクスラー？　あとひとつだけ」

彼はまた腕時計を見た。「なんだ？」

「祖母なんですけど……」戦略を練るのもこれまでだ。切り出さなくてはいけない。「あたしを送ってくれたあの夜。あたしの服が破れていたって祖母が言っていました。それに裏返しだったって」

ミスター・ウェクスラーは、顔からガラス片が突き出しているように見えるくらいきつく、奥歯を食いしばった。

エミリーは言った。「あたしが車から降りたとき、祖母はそのことに気づいたんです」

彼は再び、むさ苦しい頬をこすった。無精ひげが指にあたるじゃりじゃりという音が聞こえた。

エミリーはとどめのひとことを放った。「そのことを父に訊かれたら、なんて言えばいいですか？」

最初のうち、彼はじっとそのままだったが、やがてエミリーが反応できないほどの素早さでその体が動いたかと思うと、彼女は壁に背中を押しつけられ、彼のじっとりと湿った片方の手で口を、もう一方の手で首をつかまれていた。

エミリーは息がつまって、彼の手の甲を引っかいた。足が地面をこする。彼に持ちあげられてエミリーはなにもできず、ただ空気を求めてあえぐだけだった。

「よく聞くんだ、このあばずれ女」彼の息はコーヒーとウィスキーのにおいがした。「父親にはなにひとつ話すな。わかったか？」

彼の指が喉に食いこんでいたから、エミリーは答えることができなかった。

「おれはナードの家におまえを迎えにいった。おまえはクレイとばかげた喧嘩をしていた。おれはおまえを家に送っていった。それだけだ」彼の手に力がこもった。「わかったか？」

声が出なかった。動けなかった。エミリーのまぶたが震えはじめた。

その瞬間、彼が手を放した。エミリーは床に崩れ落ちた。痣ができた首に手をやる。血管がどくどくと打っているのが感じられた。頬を涙が伝った。

ミスター・ウェクスラーはエミリーの前にしゃがみこんだ。顔に指を食いこませる。

「なんて言うのか、言ってみろ」

「あれは」エミリーは咳きこんだ。喉に血が流れていく。「あなたじゃなかった」

「おれじゃなかった」彼は繰り返した。「おまえを迎えに来てくれとナードから電話があった。おれは彼の家に行った。おまえはクレイと喧嘩をしていた。おれはおまえを家まで送った。おまえに触れてはいないし、服を破いてもいないし、それに……」

エミリーは、彼が目を細めたことに気づいた。その視線がエミリーの顔から腹へとゆっくりと流れていく。彼の頭の中で鳴り響くベルが聞こえた気がした。

「くそ」ミスター・ウェクスラーが言った。「妊娠したのか」

エミリーは、軽量コンクリートブロックの部屋に響くその言葉を聞いた。これまでだれもその言葉を口にした者はいなかった。ドクター・シュレーダーでさえも、その言葉を使わなかった。父親ははらんだと言った。母は、だれかが癌になったときのように、まわりくどい言い方をした。

「くそ！」ミスター・ウェクスラーは壁にこぶしを打ちつけた。そして痛みに悲鳴をあげて、手をつかんだ。こぶしは出血していた。「くそ」

「ミスター・ウェ――」

「いいから黙れ。ちきしょう、間抜けなくそ女め。これがどういうことかわかっているのか？」

エミリーは立ちあがろうとしたが、脚に力が入らなかった。「ごめ――ごめんなさい」

「まったくだ」

「ミスター・ウェクスラー、あたし――」エミリーは彼を落ち着かせようとした。「ディーン、ごめんなさい。なにも言うべきじゃなかった。あたしはただ――怖いんです。怖くてたまらない。だって自分の身にひどいことが起きたのに、なにも覚えていないから」

彼はエミリーを見つめていたが、その表情を読み取ることはできなかった。

「ごめんなさい」エミリーは、これ以外の言葉を今後だれかに言うことはないのかもしれないと感じながら、繰り返した。「あたしがあなたの車から降りてくるのを祖母が見たんです。だからあたしは――あなたかもしれないって……」

エミリーの言葉が尻すぼみに途切れた。

ミスター・ウェクスラーの顔は相変わらず無表情だ。あたしたちは、このまま永遠にこうしているんだろうかとエミリーは考えたが、やがて彼は現実に引き戻されたかのように立ちあがった。ぎくしゃくと教室を歩いていく。振り返った彼のシャツは、こぶしからの血で汚れていた。

「おれは子供の頃、おたふく風邪にかかった」彼は折れていないことを確かめているのか、指を動かした。「そのせいで精巣炎になった」

エミリーは彼を見つめた。なにを言っているのかわからない。

「辞書を引くんだな、ばかなあばずれ」彼は机に腰かけた。「おれは父親じゃないってことだ」

5

バイブルは死んだ娘の足首に固定された銀の足輪から顔をあげた。

「この足輪にそう書かれている」彼は再び尋ねた。「アリス・ポールセンってだれだ?」

ナードに視線を向けられたウェクスラーが答えた。「ボランティアだ。おれは知らない」

バイブルは立ちあがった。明らかに怒っている。「なんのボランティアだ?　基本的な食事も与えず、実験台みたいに識別用の足輪をつけるボランティアか?」

ナードとウェクスラーは、その質問がわかりやすく言い直されるのを待っているかのように、ただバイブルを見つめるだけだった。

「いいだろう」バイブルは奥歯を嚙みしめた。「ここには何人のボランティアが働いているんだ?」

やはりナードはウェクスラーに答えさせた。「十人、忙しいときは十五人から二十人というところかな」

「十人か十五人か二十人ね。確かに、全員を把握するには大変な人数だ」バイブルはステイルトンに向き直った。「署長、たしかミズ・ポールセンは一年半前に自殺を試みたと言いましたよね。手首を切ったと。間違いないですか？」

スティルトンはうなずいた。「そうだ」

「ということは、彼女はここに少なくともそれだけの期間はいたことになる。もっと長いかもしれない」バイブルはウェクスラーに尋ねた。「彼女はいくつだ？」

「法定年齢に達している」ウェクスラーが答えた。「おれたちは、法律上の成人しか受け入れていない。パスポートかＩＤで確認している」

「なのにあんたは、十八カ月もあんたのところで暮らし、働いていたこの成人女性を知らないと？」

ウェクスラーは舌についた煙草の葉をつまんだだけで、なにも言わなかった。

バイブルとスティルトンとディーン・ウェクスラーの三人のあいだで、緊張が高まるのが感じられた。だれも地面の遺体を見てはいなかったが、そのうちのふたりは明らかに痩せこけた若い女性の姿に動揺していた。

バイブルの反応は怒りだった。アンドレアは底知れない恐怖を感じていた。目の前に広がる闇に押しつぶされそうだ。この女性はだれかの娘で、あるいはクラスメイトで、あるいは友人で、あるいは姉妹かもしれない。その女性が死んだ。

アンドレアにできるのはバイブルの指示に従うことだけだった。アリス・ポールセンの体に残された悪意の跡を記録した。こけた頰。痛々しいほど細い手足。手首にぐるりと残る指の形の痣。あばら骨は、腐った動物の死骸のように浮きあがっていた。少女が栄養不良だったことは、事実の半分でしかない。肘と腰骨には床ずれらしい傷が癒えずに残っていた。トウモロコシのひげのような髪の束が地面に落ちていた。手を口に突っ込んで吐いていたのか、瓜は胃酸で丸まっていた。

彼女は自分から進んでこんな仕打ちを受けていたの？

アンドレアは薬瓶にカメラのピントを合わせた。ラベルがはがされている。蓋はひっくり返されている。足かせだったのだろう足輪の最後の写真を撮ったときには、彼女の手は震えていた。ショートパンツで手のひらを拭いながら立ちあがった。なにもかもが間違っている。この少女はがりがりになるまで食事を与えられず、家畜のようにタグをつけられていた。アリス・ポールセンは自ら命を絶ったにせよ、何者かが彼女をそこまで追いこんだのだ。

彼のほうが残忍であることを本能的に悟ったアンドレアは、ナードを見た。「これを足首につけたのはだれ？　自分でやったはずがない」

「ちょっと待てよ、お嬢ちゃん」ウェクスラーが言った。「おれたちはなにも知らない」

アンドレアは口からこぼれ出そうになった罵り言葉を呑みこんだ。彼は足輪を見ても驚いていないし、この娘がだれなのかを知っていることは間違いない。アリスは一年以上も彼の農場で暮らしていたのだ。ウェクスラーの知らないところで、彼の許可もなしにこんなことが起きたはずがない。アンドレアは怒りのあまり震えていた。アリスはようやく高校を出たばかりだろう。ボランティアとしてここにやってきた彼女は、死体袋に入って出ていくのだ。

アンドレアは死体を指さした。「彼女は骨と皮よ。どうしてこんなになるまで放っておいたの？　見かけたことがあるはずよ。まるで歩く死体みたいに見えたでしょうね」

ウェクスラーは肩をすくめた。「おれの担当じゃないんでね」

アンドレアはバイブルのさっきの質問を繰り返した。「アリス・ポールセンってだれなの？」

「知らないね」ウェクスラーはもう一度肩をすくめた。「去年、デンマークから娘がふたり来た。そのうちのひとりだろう」

もちろん彼は、少女がどこから来たのかを知っている。「もうひとりはだれ？　いま、ふたりって言ったわよね？」

ウェクスラーはまた肩をすくめた。「さっきも言ったとおり、おれはよく知らないんだ」

「なるほど」バイブルが話を引き継いだ。「それなら、だれがよく知っている？　彼女をこんなふうにしておきながら、なにも言わなかったのはだれだ？」

答えはなく、やがて腹立たしいことに彼はまた肩をすくめた。

アンドレアは、口の中で鼓動が感じられるほど激しく心臓が打っていることに気づいた。口を開いた。大きく息を吸った。全身を震わせている感情をいくらかコントロールすることができた。

訓練センターで、ストレスと怒りが感覚をどれほど鈍らせるかを教わっていた。アンドレアは怒りを強引に抑えこみ、いま目の前で起きていることに意識を集中させた。三人の制服警官は興味深く話を聞いているが、警戒している様子はない。彼らの上司からなにかの合図を受け取っているということもない。スティルトンは全身の筋肉を収縮させているようだった。一方のナードはウェクスラーから数歩離れた。それが彼から距離を置こうとしているのか、それともじりじりとトラックににじり寄っているのか、アンドレアには判断できなかった。

アンドレアはにじり寄ったりはしなかった。トラックのほうへと素早く移動して、勝手に乗りこもうとすれば、襟首をつかんで引きずり出すつもりだと態度で示した。

「銃を持っているのか、スリム？」バイブルの言葉はナードに向けられたものだったが、彼が見ているのはアンドレアだった。

アンドレアは首のうしろを大粒の汗が伝うのを感じた。ナードのゆったりしたオーバーオールは、背中のくぼみにホルスターが入るように直されていることに、気づいていなかった。いまになってようやく、九ミリの小型拳銃らしきものの輪郭を見て取った。怒りのあまり、武器を捜すことを忘れていたのだ。まず初めにするべきことだったのに。アメリカにはざっと三億三千万の人口がいて、四億挺《ちょう》近い銃がある。たいていの場合、いい人間と悪い人間の区別ができるのは、悪い人間が銃を撃ちはじめたときだ。

「許可は取っている」ナードが言った。「だが、あんたには関係ないことだ」

「まあ、そうだな」バイブルは両手をパチンと打ち合わせた。彼はアンドレアよりも怒りを抑えこむのが上手だ。「諸君、おれたちは署に戻って、話をする必要があると思うんだが」

「お断りだ」ナードが言った。「おれは弁護士のいないところでは、お巡りとは話をしない」

三十八年前の供述書とほぼ同じ台詞だったから、アンドレアには彼の返事は予想がついていた。


一九八二年四月十八日、わたしことバーナード・アストン・フォンテーンは、弁護士なしではお巡りと話をしません。

バイブルは言った。「まあ、その気持ちもわかる。おれの女房のカシーはいつも、警察官と話をするのは大嫌いだと言っているからね。署長、全員であんたのパトカーに乗って、署でこの続きをするっていうのはどうです？」

「お断りだ」ウェクスラーが言った。「話がしたいなら、おれのトラックでおれの家まで来るんだな」

アンドレアが言った。「わたしが一緒に行きます」

アンドレアはウェクスラーの返事を待つことなく、トラックの向こう側に回ってドアを開けた。背の高い車だったので、よじのぼらなくてはならなかった。まず感じたのは、この古いフォードで吸われたのは、灰皿の中のマリファナ煙草だけではないということだ。あらゆるところにマリファナのにおいがしみこんでいる。けれどアンドレアが注意を逸らされることはなかった。銃の間違いを繰り返すつもりはない。前かがみになって、座席の下からライフルの先端が突き出していないことを確認した。ドアのポケットに武器がないかを調べた。それからグローブボックスを開けた。

ウェクスラーが運転席に乗りこみ、乱暴にドアを閉めた。「おれの車を調べる令状はあるのか？」

「捜索する相当な理由がある」アンドレアが説明した。「あなたのパートナーは武器を隠し持っていた。わたしは自分の身の安全を確保するため、あなたの車に武器がないかどうかを確認していたの」

彼はどうでもいいというようにうなり声をあげながら、エンジンをかけた。アンドレアはシートベルトに手を伸ばしたが、リールから出てこない。ウェクスラーはシートベルトをつけようとすらしなかった。手の付け根でレバーを叩くようにしてギアを入れる。古いエンジンがうなり、ベンチシートが震えた。きれいにならされた畝をまたいだタイヤがゆっくりと動きだした。農作物を踏みつぶさないために、畑の終わりまで進んで、そこで方向転換をするのだろう。

アンドレアはあたりを見まわし、収穫や手入れやそのほか豆を育てるのに必要な作業をしている人間がだれもいないことに気づいた。農場がどんなふうに運営されているのかは知らないが、犯罪現場で処理をする際、野次馬の整理が常に問題となることは知っていた。表向きは全員が暮らしているとされている場所から叫べば届くところで仲間のひとりが死んでいるのだから、十人だか十五人だか二十人だかのボランティアたちは、すぐ近くにいるはずだ。

隠れていろとだれかに指示されたのでなければ。

「ボランティアの責任者はだれ？」アンドレアは訊いた。「ナード？」

ウェクスラーは無言のまま、口の内側を噛んだ。スピードメーターの目盛りは五から上にはいかない。老人のような運転をするのは、彼が老人だからなのだろうとアンドレアは考えた。この速度では、母屋に行き着くのに数分かかる。それだけ彼に話をさせる時間があるということだ。温度計の秘訣《ひけつ》はここでも無意味だ。ディーン・ウェクスラーが、彼の畑で死んでいた若い女性に関心がないことははっきりしていた。彼は、農場を自分が適切だと思うやり方で運営することに慣れている。質問に答えることには慣れていない。とりわけそれが女性から発せられたものである場合には。

アンドレアは簡単なところから始めた。「ここにはどれくらい住んでいるの、ミスター・ウェクスラー？」

「それなりに」がたがたとトラックは進み、ウェクスラーはまっすぐ前を見たまま答えた。アンドレアが当たり障りのない別の質問を考えていると、彼のほうから切り出した。「ゆうべ、あの判事のババアからおれのことを全部聞いたんだろうな」

アンドレアはなにも言わなかった。

「あんたは昨日の午後、ここに着いた。軽食堂で食事をした。判事の家で夜を過ごした。モーテルで眠った」ウェクスラーはうれしそうに唇を歪めた。アンドレアを不快にさせていると思っているらしい。「ここは小さな町だ、スウィートハート。みんながなにをしているのか、みんな知っている」

アンドレアは彼を見つめた。「そういう仕組みなの？」

「ほかのことも教えてやろう。あんたたちは判事を見張るために来た。つまり、あの女の聖人ぶったたわごとに、いい加減うんざりしている人間がいるってことだ」

「あなたは自分にうんざりしているみたいだけれど」

「彼女を脅迫している人間を捜しているなら、おれはあんたのリストの六百番目だろうな」彼はわかったような顔をアンドレアに向けた。「ナードはそれよりもっとうしろだ。やつはあの一家にはまったく興味がない。特にあの娘——名前はなんて言ったかな。名前すら覚えていないよ」

「エミリーよ」アンドレアが言った。「エミリー・ヴォーン」

ウェクスラーはまたうめいた。車は畑の終わりまで行き着いた。彼はゆっくりと車の向きを変えて森の前を通り過ぎ、農作物が植わっている畝とタイヤが平行になるようにした。そのまま前進を続ける代わりに、ウェクスラーは急ブレーキを踏んだ。

アンドレアは思わず叫び声をあげた。金属製のダッシュボートに顔を打ちつけずにすんだのは、素早く反応できたおかげだ。くすくす笑うウェクスラーは、気味が悪いほどうれしそうだった。アンドレアを怖がらせようとしただけではない。彼女を傷つけたかったのだ。それを咎《とが》めれば、彼の望みどおりになったと認めることになる。アンドレアにできるのは、トラックが再びゆっくりと農家に向かって走っていくあいだ、ただ黙って座っていることだけだった。

ウェクスラーはにやにやしたまま、ポケットから煙草の袋を取り出した。膝でハンドルを固定して、煙草を巻いていく。現場のテントが近づいてきた。だれかが死体をまたシーツで覆っていた。通り過ぎるとき、ウェクスラーはそちらに顔を向けようともしなかったし、ナードが荷台に飛び乗ったことを教える大きな音がしたときにも、振り返ることはなかった。

ナードは荷台と座席を隔てる窓を開けて、アンドレアにウィンクをした。手を銃の形にして、彼女に向かって引き金を引いた。

アンドレアは前方の母屋を見た。あそこに着くまでには、まだあと数分ある。窓が開いているから、ここでの会話はナードにも全部聞こえるだろう。エミリー・ヴォーンの名前を持ち出したとたんにウェクスラーが彼女を脅かそうとしたのは、偶然だとは思えなかった。

アンドレアは言った。「エミリーの子供の父親がだれなのか、結局、結論は出ていないのよね」

「ジュディスか」なにも覚えていないと言った男が答えた。ウェクスラーはマッチで煙草に火をつけると、両手でハンドルを握った。「おれじゃないぞ、スウィートハート。エミリー本人も、だれにはらまされたのか知らなかった。判事から聞いたか？　あの娘にもさっぱりわかっていなかったんだ」

アンドレアは平静な表情を保とうとして必死だった。それが謎であることは知っていたが、エミリー自身も知らない謎だとは知らなかった。

「あのあばずれはパーティーで酔っぱらって、目が覚めたときには妊娠していたんだ。おれが知るかぎり、あそこいた男はみんな彼女とやっていた」アンドレアが愕然とするのを見て、彼はにやりと笑った。「エミリーは軽い女だった。どういうことになるか、承知していたのさ。それどころか、自分で望んだんじゃないかな。彼女が死んで、親は彼女を天使に仕立てあげたがね。エミリー・ヴォーンは動くものなら相手がなんだろうとやっていたなんて話は、だれもしなくなった」

アンドレアは顔を殴られたような気がした。彼が言っているのはレイプだ。同意することができない状態であったなら、エミリーが酔っていたかどうかは関係ない。

ウェクスラーはうれしそうに煙草を吸っている。彼はこのために、朝ベッドを出るのだ——女性を最低な気分にするために。

アンドレアは自分が受けた訓練を必死で思い出そうとした。たったいまとてもショックなことを聞いたが、容疑者と話をしているときにショックを受けるわけにはいかない。仕事中は感情をどこかに封印しておき、あとからゆっくり対処すればいい。

彼女はウェクスラーに言った。「エミリーの娘からDNAを採取するのは簡単なはずよ。いまは一九八二年じゃない。父であるかどうかは簡単に証明できる」

「おれは種無しなんだ、ベイビー・ドール」彼の顔には、たちの悪いにやにや笑いが貼りついたままだった。「四十年前、おれの潔白は証明されている。チーズに訊いてみるといい。この件を捜査したのは彼の親父だからな。あれを捜査と呼べるならだが。だれの仕業なのかは、みんな知っているんだ。能無し野郎は、やつが町から逃げ出す前にとっ捕まえることができなかっただけだ」

アンドレアは言った。「クレイトン・モロウ」

「そのとおり」ウェクスラーは鼻から煙を吐き出した。「言い換えれば、おれじゃないってことだ」

車が畑を抜けたところで、彼はギアをセカンドに入れた。スピードメーターの目盛りが十を超えた。そこは、母屋まであと五十メートルほどの広々とした空間だった。芝生と雑草が日光を求めて競い合っている。納屋があり、鶏がいて、ヤギがいた。

アンドレアはそういったものに目もくれなかった。これで話は終わりだとディーン・ウェクスラーに思わせるわけにはいかない。ネットの検索で得た情報に基づいて、推測してみた。「あなたは父親じゃないかもしれないけれど、そのせいで仕事をなくしたじゃない」

ウェクスラーがたじろぐことはなかった。「あんなくそみたいな学校をクビになったのは、おれの人生で最高の出来事だったね」

アンドレアは初めて、彼がありのままの事実を話していると感じた。

「ここはおれにとっての天国だ」ウェクスラーは両手を広げて、農場を示した。「そういう気分のときは畑に出て作業をするし、そうでないときはハンモックに揺られながらマリファナを吸う。食う物と屋根と必要な金はある。四十年前、おれはあの学校をあとにして、自由を手に入れたんだ」

「そして、傷つきやすい若い女の子をまわりにはべらす方法を見つけたのね」

　ウェクスラーの足がいきなりブレーキを踏んだ。

　アンドレアの頭ががくんと前に振られた。今回も反射神経が彼女を救った。ナードはそこまで運がよくはなかった。アンドレアの歯が震えるくらい激しく、うしろの窓に肩からぶつかった。

「くそ、ディーン！」ナードはこぶしで窓ガラスを叩いたが、その顔には笑みが浮かんでいた。「いったいなにがあった？」

　アンドレアの心臓がまた口の中でばくばくしていた。今度は見逃すわけにはいかない。

「ミスター・ウェクスラー、もう一度同じようなことをしたら、地面に這《は》いつくばらせるから」

　彼は大声で笑った。「おれのひりだす糞《くそ》のほうがあんたよりずっとでかいぜ、お嬢ちゃん」

「あなたは大腸の内視鏡検査を受けたほうがいいんじゃない？」アンドレアはドアノブに手を伸ばした。「お医者さまがお尻から脳みそを引っ張り出してくれるかもよ」

　すべてはあっという間に起きたことだったが、その一瞬のあいだにアンドレアの脳は時間を遅くしたように状況を把握していた。

ナードがトラックのうしろで笑っている。

アンドレアは腕に突然の鋭い痛みを感じている。

視線を向ける。

ウェクスラーに手首を強く握られているせいで、まるで尺骨神経に火がついたようだ。

連邦保安局の訓練生は、卒業資格を得るために一日に二時間から八時間の軍隊式の戦闘訓練やブラジリアン柔術や接近戦を行わなければならない。それは、教科書や抜き打ちテストのある机上の訓練ではない。ノミが湧いている砂場で、降りしきる雨の中で、あるいはサウス・ジョージア州ブランズウィックの焼けるような暑さの中で毎日、ときには一日に二度行われる、実践的な戦闘だった。

さらに面白いものにしようとして、教官が消防ホースで水をかけることも時々あった。わかりきった理由のために、あるいはただ訓練生たちを震えあがらせるために、救急車が常に待機していた。健康上の理由で学校から姿を消す者も珍しくなかった。スパーリング・パートナーは選べない。現実の世界でことはそんなふうには運ばないから、訓練もそんなふうには行われない。女が戦うのは女だけではないし、男の相手は常に男性ではない。全員が全員と戦ったから、アンドレアがペイズリー・スペンサーを出し抜かなくてはならないこともあったし、ひと塊の花こう岩からくりぬいたような体をしている身長百九十センチ近い男を相手にしたこともあった。

花こう岩の大きな塊でいることの大きな欠点は、こぶしを振り回したり、脚を蹴り出したりするのに多大なエネルギーを必要とすることだと、アンドレアはごく早い時期に学んでいた。もちろん、そんな大男は一撃で相手の背骨を折ることができるが、必要なすべての筋肉を起動させなければならないから、一撃を加えるためにはかなりの時間を必要とする。

アンドレアにそんな問題はなかった。彼女は敏捷《びんしょう》だったし、卑劣だったし、汚い戦い方をすることをいとわなかった。

ディーン・ウェクスラーの古いフォードのトラックの中で、あっという間に片がついたのはそれが理由だった。

アンドレアは右手で彼の手首をつかんだ。手のひらの付け根を親指で、それ以外の指で手の甲を押さえた。背中に腕をねじりあげ、肘の動きを封じて、ハンドルに顔を押しつける。完璧な背後手首ロックだ。

気づいたときには、ウェクスラーの背中を全体重をかけて両膝で押さえつけていた。

「なんてこった」ナードが言った。「小娘にやられたな、じいさん」

ウェクスラーはうめいていたが、今度は痛みのせいだった。

「手を放すけれど、二度とばかなことはしないで」アンドレアはウェクスラーに警告した。

アンドレアはゆっくりと力を抜いた。彼がまたばかなことをしたらいつでもまた押さえこめるように、両手を構えたまま座席に座り直す。

ディーン・ウェクスラーはばかなことをするつもりはないようだった。ドアを開けながらつぶやいた。「くそったれのアマが」

アンドレアはトラックを降りたが、ウェクスラーとは距離を置いた。彼の動きは、彼が運転する車と同じだった――関節がどれもこわばっているか炎症を起こしているみたいに、のろのろしている。アンドレアは自分の行動を振り返っていた。強引すぎただろうか？　彼をおとなしくさせるほかの方法があった？　現実世界での初めての争いは、彼女を権力を誇示するろくでなし警官に変えてしまった？

「よくやったよ、おばさん」ナードがトラックのうしろにもたれていた。キャメルの箱から一本取り出し、アンドレアにも勧めた。

アンドレアは首を振った。両手はまだこぶしを作ったままだ。心臓は激しく打ち続けている。これは訓練だったのだと自分に言い聞かせた。一度目は見逃した。そして警告をした。ウェクスラーは彼女の手首をつかんで、事態を悪化させた。彼女は反応した。そしてなにより大事なのは、ウェクスラーが従うまで、彼を放さなかったということだ。

「いまのを道端で披露したら、かなりの金を稼げると思うぞ」ナードはそう言って笑い、煙に咳きこんだ。「ゼリーの中でのレスリングをどう思う？」

アンドレアは手で煙を払った。彼はすえたビールと悪意のにおいがした。「軽食堂であなたの奥さんに会ったわ。あなたがここであんな若い女の子たちに囲まれていることを、彼女はどう思っているの?」

「元妻だよ、ありがたいことにね」彼は長々と煙草を吸いこんだ。「その答えは、彼女に訊いてもらわないとな」

「彼女のお兄さんはどうしているの?」

「とっくに死んだよ、かわいそうにな」

アンドレアは息をのんだ。エリック・ブレイクリー本人の供述書によれば、グループの中で、エミリーが襲われる前に最後に話をしたのが彼だ。


一九八二年四月十七日、わたしことエリック・アラン・ブレイクリーは体育館の近くからビーチ・ドライブのほうへ歩いていくエミリー・ヴォーンを見かけました。興味がなかったので彼女がなにを着ていたのかは気づきませんでした。彼女が酔っていたのか、ハイになっていたのかも気づきませんでしたが、過去の話からすればありうることだと思います。彼女はわたしに話しかけようとしました。わたしはそれを無視しました。すると彼女が暴言を吐き出したので、わたしは彼女を落ち着かせようとしました。彼女はわたしを罵ってから、路地に入っていきました。わたしはその場を離れて、クラスメートたちがすでに証言しているとおり、体育館へと向かいました。言

い争いをしたせいで後味が悪かったので、家に帰ることに決めて、妹のエリカ・ブレイクリーと一緒にビデオを見ました。エミリーの赤ん坊の父親がだれなのかは知りません。あの夜は黒いタキシードを着ていましたが、ほかのみんなも同じでした。違反すれば罰を受けることを承知のうえで、この供述書の内容が事実であることを誓います。

ナードは煙草を深く吸いこんだ。「死んじまうってのは、ばかになるのとちょっと似ていないか？　本人は楽だが、まわりの人間が大変だ」

アンドレアは彼を見つめただけだった。ナードは彼女が笑うことを期待している。

「まあ、いいさ」ナードは煙の向こうで顔をしかめた。「何キロか痩せたら、あんたはなかなかだと思うぜ。あのモーテルに泊まっているんだよな？」

アンドレアは、ローラからひとつだけ教わった祈りの言葉で返事をした。「神さまはわたしに、平凡な白人男の自信を与えてくれたの」

「やるじゃないか」彼は感心した様子だった。「あんたたち南部の女性は強気に出るよな」

「エミリー・ヴォーンの頭を木片で殴りつけた人間みたいに？」

ナードはいつもの不機嫌そうな表情に顔を歪めた。「レズ女」

彼の世代では、それが侮辱に当たるのだろうとアンドレアは考えた。彼は足音も荒く、納屋のほうへと歩いていった。彼の姿が見えなくなるのを待って、アンドレアは深々と息を吸ってから、吐き出した。

左手を見た。ウェクスラーにつかまれた手首はずきずきと痛む。痣になるだろう。おそらくは、アリス・ポールセンの手首に残っていたのと同じような痣に。

アンドレアはもう一度深呼吸をした。目の前の事件に集中しなくてはいけない。彼女とバイブルが農場に来たのは、ディーン・ウェクスラーとナード・フォンテーンのエミリー・ヴォーンとのいわくつきの過去が理由ではない。ほんの数時間前に命を落としたもうひとりの若い女性がいるのだ。携帯電話を眺め、両手をポケットに突っこんでいる警察官たちがあたりをうろついているあいだも、彼女は白いシーツの下で地面に横たわったままでいる。

アンドレアの電話には、アリス・ポールセンが日々受けていた痛ましいほどの仕打ちが残されていた。少女の両親は数千キロ離れたところにいて、娘はアメリカで冒険をしていると思っているだろう。じきに彼らの家をだれかがノックして、そうではないことを告げる。自分たちの娘の身になにが起きたのかを、彼らは知りたがるだろう。アンドレアとバイブルは彼らに答えを与えられる唯一の存在だ。

分析、理解、報告。

アンドレアはあたりを観察した。納屋と三軒の離れ家と同じく、平屋建ての母屋も鮮やかな虹の色に塗られていた。家をぐるりと取り巻くフロントポーチには吹き流しが吊るされている。窓には蠟燭《ろうそく》が飾られている。丸々した雌鶏《めんどり》でいっぱいの鶏小屋《とりごや》がある。美しいウィローオークの木の下で三匹のヤギが草を食《は》んでいる。おそらくはランボルギーニより高価なトラクターが収納された蛍光色の大きな納屋の近くには、手押し車と農機具。遠くには、〝ディーンズ・マジック・ビーンズ〟と書かれた看板がかかっていることから、倉庫だろうと見当をつけた建物。そのロゴは、アリス・ポールセンの足輪の宝石と同じ、サファイヤの青とアクアマリンの色だった。

「くそったれのろくでなし」アンドレアはつぶやいた。ディーン・ウェクスラーは間違いなく少女がだれなのかを知っている。

砂利を踏む音が聞こえてきて、アンドレアは看板からそちらに視線を向けた。署長のパトカーが近づいてきている。アンドレアがディーン・ウェクスラーとじっくり話ができるように、ゆっくり来たのだろう。バイブルはまた彼女を深みに投げこんだ。何往復かできたのか、それとも立ち泳ぎをしているのか、まだ結論は出ていない。

パトカーはカーブを鋭く曲がった。アンドレアは、遠くにある窪地《くぼち》に二棟の金属製の建物が立っていることに気づいた。華やかな色合いは砂利道までだ。金属がむき出しのその建物は黒っぽく、ところどころが錆びていた。屋根には落ち葉が積もっている。大きいほうの建物のドアには〝宿泊小屋〟、小さいほうには〝食堂〟とステンシルで記されていた。

どちらの建物も、暑さをしのぐためにすべての窓が開け放たれていた。アンドレアは南部で育っていたから、このあたりでエアコンがないことはそれほど過酷でも珍しいことでもないのだと、改めて自分に言い聞かせなくてはならなかった。だが、食堂から十メートルほどのところに五つ並んだ青い仮設トイレについては、そうとは言えない。

農場は屋内トイレがあってもおかしくないほどには成功しているように見える。ボランティア――ただ働きの婉曲《えんきょく》表現だろうとアンドレアは考えた――によって労働力を確保しているらしいから、驚くことではない。インターンシップについて読んだことがあったから、オーガニック農家の暮らしの実体験の大げさな宣伝文句は想像がついた：住居を提供、Wi-Fi完備。添えられている写真には粗野な宿泊小屋は写っておらず、色鮮やかな母屋だけが紹介されているのだろう。

肝心な点として、母屋にはエアコンがついていた。

スティルトン署長のパトカーは、青いフォードのトラックのうしろに止まった。ここに来るまでの車中でバイブルとじっくり話をしたのだとしても、ふたりとも満足してはいないようだ。スティルトンはさっきのウェクスラーと同じくらい乱暴に車のドアを閉めた。

アンドレアは数歩あとずさり、署長は荒々しい足取りで母屋へと向かった。

「チーズ署長はいったいどうしたんだか」バイブルが言った。「じいさんはどうだった？」

「怒ってます。手首をつかまれたんで、彼の顔をハンドルに押しつけてやりました」

「正解だ」バイブルの口調はいたって真剣だった。「保安官規則第一条：だれにも自分の体に手を触れさせるな」

彼が支持してくれたのはうれしかったが、認めなくてはいけないことがあった。「アリス・ポールセンについて、彼と話をするのが難しくなってしまいました」

「問題はそれだけじゃなさそうだ」バイブルは母屋を振り返った。「相棒、あんたはどうだか知らないが、おれはこんな格好で来たことを後悔している」

「わたしもです」少なくとも彼は当局のTシャツにショートパンツという格好だ。アンドレアのラベンダー色のパジャマのシャツの襟首には、アニメ化した〝Z〟が一面に描かれていた。

網戸が開いた。ウェクスラーが大声で叫ぶ。「おれは暇じゃないんだ」

「ますます奇妙だ」バイブルが言った。

彼のあとを追って通路を歩いていたアンドレアは、納屋からふたりの女性が出てきたことに気づいた。宿泊小屋のほうに向かっている。足並みは揃えたようにゆっくりだ。どちらも袖なしの黄色くて長いワンピースを着ていた。アリス・ポールセンの頭がのせられていた間に合わせの枕と同じものだ。似ているのはそれだけではなかった。足は裸足だ。よれよれの黒髪は腰のあたりまである。どちらもひどく痩せていて、腕と脚はワンピースからぶらさがっている紐のようだった。どちらかは、あるいはふたりとも、アリス・ポールセンの双子の姉妹だと言っても通るだろう。

ふたりの左の足首には銀の輪がかっちりとはまっていた。

「オリヴァー？」バイブルがドアを開けて待っていた。ディーン・ウェクスラーとスティルトン署長が中に立っているのが見えた。互いの顔を見てはいないが、ふたりのあいだの敵意はまるで、三人目の人間がそこにいるかのようだ。過去になにかあったことは間違いない。小さな町は変わっていると人々はしばしば話題にするが、実のところ、長年の確執はあらゆるところに潜んでいる。

アンドレアは網戸がバタンと閉まる前に受け止めた。悲しくなるくらいみすぼらしい家を予想していたが、そこにあったのは驚くほど明るくて現代的な部屋だった。オープンタイプの居間とキッチンは、さまざまな色合いの灰色と白に塗られている、革のカウチとお揃いの安楽椅子は黒だ。キッチンの電化製品はステンレス製だというだけでなく、おそらくアンドレアの年収を上回る価格の〈サブ・ゼロ〉や〈ウルフ〉の製品だった。色彩はすべて床に集められていた。幅広の厚板は、一枚一枚が十二色相環の色のひとつになっている。ウサギとキツネと鳥が同じパターンで繰り返し描かれていた。

この町ではだれもがアーティストらしい。

「ミスター・ウェクスラー」バイブルが切り出した。「時間を割いてくれて感謝する」

ウェクスラーは腕を組んだ。「おれになにをしたか、その女から聞いたか？」

「あんたが、連邦法執行官に暴行を加えようとしたとパートナーからは聞いている。そういうわけだから、あんたはおれに逮捕されたいか？　それともおとなしく座って、予定どおり話をするか？」

どうするべきかをウェクスラーが考えているあいだ、つかの間の沈黙があった。廊下から現れた女性が、彼が返答する手間を省いた。彼女はアンドレアたちがいることに気づいていなかった。髪をうしろで束ねようとしたところで部屋に見知らぬ人間がいることに気づき、驚いて動きが止まった。

アンドレアはその女性を見て愕然とした。

彼女はほかの少女たちよりは年上で、二十代後半に見えた。同じ黄色のワンピース。同じような長く黒い髪。同じような裸足。同じような痛ましいほどの細さ。頭蓋骨の輪郭が皮膚の下から浮き出ている。目は痣があるように見えるまぶたに押しつけられた、ふたつの丸い球体だった。足首につけられた輪はきつすぎて、皮膚がすりむけていた。

「ディーン？」彼女の声は恐怖に震えていた。

「大丈夫だ、スター」ウェクスラーの口調からは、いくらか荒々しさが抜けていた。「作業を続けて。これはきみにはなんの関係もない」

スターは説明を求めなかった。だれのことも見ようとはせず、だれにも話しかけることもなく、ゆっくりとキッチンに入ってきた。キャビネットに近づいてドアを開けるその動作は、ロボットのようだった。動作のあとには、必ず一拍の間があることにアンドレアは気づいた。小麦粉を取り出す。止まる。カウンターに置く。止まる。グラニュー糖を出す。止まる。それを置く。止まる。次にイースト。止まる。

「ディーン?」スティルトンがシャツのポケットのボタンをはずし、らせんとじのノートとペンを取り出した。「話をするのか、それともしないのか?」

「座れよ」ウェクスラーが言った。「さっさと終わらせようぜ」

ここにはカウチと椅子が一脚しかない。バイブルもスティルトンも大柄だし、ウェクスラーが椅子に座るつもりなのは明らかだ。アンドレアは彼らに騎士道精神を期待してはいなかったから、キッチンのほうへと歩いていった。アイランドの下にひとつだけ置かれていた革のスツールに腰かける。うしろでスターが作業しているのが聞こえたが、アンドレアは振り向くことも、自分の存在を彼女に教えることもなかった。こちらに向けたウェクスラーの視線からすると、彼もそうすることを望んでいるようだ。

「いいだろう」バイブルはスティルトンに向かってうなずき、ふたりはカウチの両隅に腰をおろした。どちらが主導権を握るのかは、すでに決定済みらしい。「署長?」

スティルトンが言った。「ディーン、畑のかわいそうな少女のことを話してくれ」

アンドレアの背後で、グラスが乱暴に置かれる音がした。

「知っていることは話したさ」ウェクスラーが言った。「実際のところ、おれが本当に知っていることですらない。彼女に会った記憶はないって言っただろう?」

「アリス・ポールセン」バイブルが言った。

スターの動きが止まった。背後で緊張が高まるのが感じられたが、アンドレアは振り返らなかった。

「それが被害者の名前のようだ」バイブルが言った。「アリス・ポールセン」

「被害者?」ウェクスラーはすでに聞き慣れた素っ気ない口調で言った。「彼女は自殺したんだ。おれとは無関係だ」

「彼女の状態は?」バイブルは、スターが同じような状態であることに気づいていた。

「どうなんだ?」

「どんな状態だ? 彼女はおれが知るかぎり、美しい若い女性だった」ウェクスラーは歯を見せて笑った。「彼女たちはみんな、大人だ。なんだって好きなことができる。おれは雇い主ですらない。ボランティアたちが自分の時間になにをしているかなんて、おれが知るはずないだろう」

バイブルは攻め方を変えた。「ボランティアはどうやって集めているんだ? ウェブサイトかなにかがあるんだろう?」

ウェクスラーは答えようかどうしようか考えているようだったが、やがてうなずいた。

「サイトを通じて応募がある。ほとんどが海外からだ。アメリカのX、Y、Z世代──自分たちをどう呼んでいるんだか知らないが――はみんな怠け者で、この手の作業はしたがらないのさ」

「なるほど。こんな場所をゼロから作りあげるのは、大変だっただろうな」

「遠い親戚から、いくらかの遺産を受け取った。それで土地を買った」ウェクスラーは指で口をこすった。その視線は不安そうにスターに注がれている。「実際、有機栽培／水耕栽培の運動はここデラウェアで始まったんだ。おれたちは最初から、栄養素を作りだすのに微生物活動を利用している。ほかにはだれもやっていない。西海岸でもね」

「水耕栽培」バイブルは口の中でその言葉を転がしているようだった。ウェクスラーの警戒を緩めようとしている。「そいつは水と――」

「そうだ、初めはな。地球の温暖化のおかげで、畑で栽培できるようになった。あと十年もすれば、ここでオレンジを育てられるかもしれないぜ」彼の手は椅子の肘掛けをつかんでいる。もうスターを見てはいない。「始めたときは、町のやつらはみんなおれをいかれていると思っていた。豆を育てることも、そのために必要な労働力を集めることもできっこないって言われた。利益をあげられるようになるまでに、二十年かかったよ。それがいまはどうだ」

彼の声から不機嫌そうな響きが消えたことにアンドレアは気づいた。自分がどれほど聡《そう》明《めい》かを語るディーン・ウェクスラーは、はるかに雄弁だった。

「アリス」バイブルが言った。「彼女はデンマークから来たのかもしれない。どう思う？」

「そうかもしれないが、さっきも言ったとおり、おれは知らない。環境保護の領域では、ヨーロッパは常におれたちよりずっと先を行っていた。スカンジナビア諸国は特に」ウェクスラーは前かがみになって、膝の上に肘をついた。「おれが始めたのは八〇年代だ。石器時代も同然だった。カーターはいろいろと間違いも犯したが、環境が危険にさらされていることはわかっていた。彼は国民に犠牲を払ってほしいと頼んだが、例によってやつらはカラーテレビと電子レンジを選んだんだ」

バイブルが気づいて言った。「ここにはテレビはないようだ」

「あれは、大衆のための無用な燃料だ」

「まさにそのとおり」バイブルが膝を打った。彼はこの手のことが本当にうまい。「で、ファバ・ビーンズだ。空豆と同じものなのか？　なにかの毒があるんだと思っていたが」

「そうだ、フィトヘムアグルチニンは天然由来のレクチンだ」ウェクスラーは言葉を切ったが、息をしただけだった。「この豆にはそいつが低濃度だが含まれている。それをどうにかするには、十分、茹《ゆ》でればいい。だが、話が面白くなるのはそこからなんだ」

アンドレアは、ディーン・ウェクスラーの話が佳境に入るのを待った。そっとｉＰｈｏｎｅを取り出す。スターの写真を撮りたかった。彼女にはどこかに両親がいる。彼女が生きていることを知りたいだろう。

ウェクスラーは話し続けた。「野生の状態では、この豆は爪の先くらいの大きさで、それだと消費者市場に出すには小さすぎる」

スターの両親をどうやって捜せばいいだろうとアンドレアは考えた。それとも、どうでもいいことだろうか。彼女は三人の警察官がいる部屋に立っている。助けが欲しいのなら、口を開けばそれですむ。

恐ろしすぎてそれができないのでなければ。

「ソラマメ中毒は」ウェクスラーは言葉を継いだ。「先天性代謝異常の人間に起きる。赤血球を溶解してしまうんだ。こいつはすごく危険だ。とりわけ新生児には」

ウェクスラーは、子供がかっこいいと思い、大人は仰天するようなタイプの教師だったろうとアンドレアは考えた。彼女は振り返った。スターがまっすぐに見つめ返してきた。彼女の目は落ちくぼんだ顔の上で光るクリスタルの球のようだった。口が開いている。甘ったるい彼女の息は、咳止め薬と腐敗のにおいがした。

彼女はアンドレアの携帯電話を見つめていた。

「スター」ウェクスラーが命じた。「水を持ってきてくれ」

スターの動きはやはり、サブルーチンに従うロボットのようだった。キャビネットまで歩く。止まる。グラスを取り出す。止まる。シンクまで歩く。

アンドレアは彼女に背を向けた。ウェクスラーがそうすることを待っていたのがわかった。

彼はバイブルに言った。「本題に入ってくれ。することがあるんだ」

「わかった。それじゃあ、ボランティアの応募方法について教えてくれ」

「たいして複雑なものじゃない。応募者にはエッセイを書いてもらう。有機農法に興味があることは必須だ。その分野で学んだ経験があるとなおいい。おれたちが国際的に高い評価を得ていることは、あんたも聞いているかもしれないな。最高の人材を獲得しているよ」

「毎年、十人かそこらまで絞りこむのは大変だろうな」

ウェクスラーは話がどこに向かっているかに気づいた。「農場責任者のバーナードが応募書類を見ている。ボランティアを選んでいるのは彼だ」

バイブルが訊いた。「全員女性なのか？」

「なんだって？」

「応募者だ。全員女性なのか？　それともバーナードは男性をより分けているのか？」

「そいつは彼に訊いてくれ」ウェクスラーのしたり顔が戻ってきた。彼は称賛をすべて自分のものにしながら、非難は一切受けつけないらしい。「この三十五年間、選考手続きはバーナードがすべて担当していた。ごく最初の頃は、おれも選考基準を決める手助けをしたが、面接どころか、最後に応募書類を読んだのがいつだったかも思い出せないね」

「ナードが面接をしていた？」バイブルが訊いた。「ヨーロッパまで行って、そして――」

「違う、違う。全部、コンピューターさ。フェイスタイムかズーム。詳しいことは知らない。広告をどこに出しているのか。どんな質問をしているのか。どうしてもう一年残る者がいて、家に帰る者がいるのか」ウェクスラーはスターを見た。彼女は水の入ったグラスを手に彼の横に立っていた。彼はサイドテーブルを指さし、彼女がコースターの上にグラスを置くまで待った。「ナードは幸運な何人かを選び、詳しい話をする。すると彼らはチケットを予約して、飛んでくるってわけだ。おれはほとんど会うことすらないよ」

スターはキッチンへと戻っていった。こけた頰に小麦粉がついている。肌はあまりに白すぎて、影すらできないくらいだ。裸足の脚が床板をこする音が聞こえた。彼女の動きは幽霊のようだ。再び、その視線がアンドレアの携帯電話に流れた。

バイブルが尋ねた。「ボランティアたちの費用は自己負担なのか？」

「もちろんだ。おれたちが雇っているわけじゃないからな。彼女たちが大学に戻ったら、課題に実際に適用できる、高水準のスキルを学ぶ機会を提供してやっているんだ」

アンドレアはカウンターにうしろ向きにもたれた。携帯電話のロックをはずす。画面を上に向けてカウンターに置き、スターが手に取れるように肘で奥へと押しやった。

「やっているのは農業だけなのか？」バイブルが尋ねた。「それとも彼女たちは、道路の先にあるあの工場でも働いているのか？」

「豆の処理をしているのがあそこだ。ほぼ自動化されているが、それでも箱詰めや包装といった作業には人の手が必要だ。発送の手続きや、トラックに載せたりとかもね」

「実際に適用できる高水準のスキルね」バイブルが繰り返した。

「そのとおり」ウェクスラーは、皮肉に気づかなかった。「おれたちは役に立つスキルを身につけさせてから、彼女たちを世の中に戻してやっているんだ。机の前に座って教科書を読むのなら、だれだってできる。そいつが、おれが教師だった頃に毎日直面していた問題だ。両手を土まみれにして、形而上学的《けいじじょうがく》に大地を理解できるのに、なんだって教科書を読まさなきゃいけないんだ？」

麺棒がきしる音が背後から聞こえてきた。イーストのにおいがキッチンに広がる。アンドレアは携帯電話をちらりと見た。さっき置いたところにそのままだ。画面は暗くなっている。三十秒たつと、自動的にロックがかかるようにプログラムされているのだ。

「面白いことを言うじゃないか」バイブルが言った。「世の中に戻してやっているね。彼女たちを解放する前に、あの足首のブレスレットははずすってことか？」

「知っていることは全部話した。チーズ、おれはいつ畑に戻れるんだ？　作業があるんだ」

スティルトンは、ウェクスラーが使ったニックネームを明らかに嫌がっていた。「おれが満足したときだ」

「アリスの親はどうするんだ？」バイブルがウェクスラーに訊いた。「連絡するんだろう？」

「どうすればいいのか、わからないね」

「ナードがするのか？」

「さあな」

アンドレアは、携帯電話のロックをもう一度はずそうかどうしようか迷っていた。スターが送ろうとしていたのは、違うメッセージだったんだろうか？　自分の手とショートパンツを眺めた。スターはなにを伝えようとしていたの？

「彼女の両親に連絡するのは、おれたちが代わりにやってもいい」バイブルが言った。「ミズ・ポールセンの持ち物の中に、手紙か携帯電話があるはずだ。いまは、あらゆる情報が携帯電話の中に入っているからな」

「それには令状がいるんじゃないか？」ウェクスラーの口の端が歪んで、また悦に入ったような顔になった。「警察官に法的な助言を求めるのは、あまりいい考えとは言えないな」

「保安官か保安官補と呼んでもらいたいね。警察官っていうのは、ここにいるスティルトン署長みたいな人間のことだ。彼らは交通違反とか飲酒運転みたいな、州レベルの問題を扱う。おれは連邦レベルの仕事をしているから、給料泥棒とか強制労働や性的強制や性的目的のための人身売買といった犯罪も対象だ」

余熱しているオーブンのカチカチという音が聞こえるほど、部屋が静まりかえった。なにか小さくて硬いものが肘に当たるのを感じたが、アンドレアは表情を変えまいとした。麺棒がきしる音が再び始まるのを待って、そちらに目を向けた。スターがアンドレアのｉＰｈｏｎｅを押し戻していた。

「ミズ・ポールセンはあそこの宿泊小屋で暮らしていたのか？」バイブルが訊いた。「おれたちがいまから行って――」

「令状なしではお断りだ」ナードが網戸の向こう側に立っていた。火をつけたばかりの煙草をだらりと口にくわえている。「差し迫った危険はない。あの娘は死んだ。特別許可がなければ、ここの建物に入ることはできない。おれたちには、合衆国憲法修正第四条の権利が守られるものだと考える合理的な根拠がある」

バイブルは笑った。「弁護士らしいことが言えるくらい、弁護士の知人がいる人間のような口調だな」

「そういうことだ」ナードは網戸を開けたが、中に入ってくることはなかった。「ディーン、納屋であんたの手助けがいる。お巡りどもはさっさとここを出ていくか、死体のまわりをうろつくのか、どっちかにしてくれ」

ウェクスラーはうなりながら椅子から立ちあがった。「いますぐにだ」

スティルトンとバイブルも立ちあがった。アンドレアはスターを振り返ったが、彼女はただひたすら生地をこねている。パンを作っているようだ。コンロの上の平鍋にはすでに油が引かれていた。

「いいにおい」アンドレアは言ってみた。「わたしの祖母もこんなふうにパンを焼いていたものよ」

スターは顔をあげなかった。アンドレアの嘘に気づいていたのかもしれない。あるいは、なにか喋ると、ウェクスラーかナードに罰を与えられることを恐れているのかもしれない。

部屋に入ってきてから、彼女は〝ディーン〟以外の言葉を発していなかった。

「出ていってくれ」法執行官たちが出ていくあいだ、ナードはドアを押さえていた。

新鮮な空気が吸えて、アンドレアはほっとした。家の中は息がつまりそうだった。バイブルは畑に戻ろうとはしなかったから、アンドレアも従った。彼は署長のパトカーに乗りこんだ。アンドレアは後部座席に座った。金網の仕切り越しに、スティルトンが車の前を回ってくるのが見えた。

バイブルが訊いた。「スターとなにかあったのか？」

「彼女はずっと――」

ドアが開いた。スティルトンが車に乗りこんだ。

画面のロックがはずされているあいだにスターがなにかをしたのかもしれなかったから、

アンドレアは携帯電話を確かめた。Eメールを見た。メッセージ。ノート。応答できなかった電話。カレンダー。三十秒という時間はそれほど長くない。アンドレアが視線を戻したとき、携帯電話は彼女が置いた場所にそのままあった。スターが携帯電話を押し戻したのは、〝失せろ〟という意味なのかもしれない。

スティルトンがエンジンをかけた。バイブルに向き直る。「言ったはずだ」

「確かにね。まったくの時間の無駄だった」バイブルは同意しているような口ぶりだったが、アンドレアにはわかっていた。「疑問なんだが、あんたたち三人には過去になにがあった？　あんたとやつらは喧嘩腰だったように感じたんだが」

「同じ高校だった」スティルトンはそれで話は終わりだと考えていたようだったが、途中で気が変わったらしかった。「悪い連中だよ」

「そうらしいな」

「嘘をつくし、不正もする。だが頭がいいんで、一度も捕まったことがない。ナードは父親から学んだんだ。父親は連邦刑務所に五年いたんだよ」

アンドレアの頭の中で鐘が鳴り響いた。あてもなくインターネットで検索をしていたとき、デラウェアのレジナルド・フォンテーンという名前を見つけていた。家族には言及していなかったが、彼は貯蓄貸付組合スキャンダルで逮捕されていた。待遇がそれほど悪くない刑務所《クラブ・フェッド》に五年入っていた。ちょうどバーナード・フォンテーンが、高校時代の体育教師のところで豆の王子になった頃だ。

バイブルが言った。「署長、ここでは正直にならせてもらう。ヒッピー農場について、あんたは詳しいことを話してくれていないような気がするんだが」

スティルトンが運転するパトカーは、鶏小屋をぐるりと回った。

バイブルは言った。「同じ服を着ている女性たちがいた。同じように長い髪をしていた。それから、女性の体格についてあれこれ言うなって女房に躾《しつ》けられているんで、こんなことは言いたくないんだが、みんなちゃんと食事をしていないようだ」

「そうだ」

「飢えているように見える」

「ああ」

「あんたはどう考えている？」

「おれの考えはあんたと同じだ。やつらはなにかのカルトを運営している。だがあんたもわかっているとおり、カルトに入るのは違法じゃない」

アンドレアは〝カルト〟という言葉に身震いした。歯が鳴らないように、ぐっと奥歯を嚙みしめた。もちろん、これはカルトだ。その証拠はすべて揃っている。目的を探している、絶望して途方に暮れた若い女性たち。高い代償と引き換えにそれを差し出すふたりの変態じじい。

「確かに、あんたの言うとおりだよ、署長。こいつを説明するには、〝カルト〟っていう言葉がふさわしい」

アンドレアは携帯電話のロックをはずした。写真を開く。アリス・ポールセンのクローズアップの写真が現れた。尖った骨。床ずれ。荒れて、裂けた唇。きつく絞められて肉に食いこんだ足輪。

カルト。

アリスは黄色いワンピースを着ることを選んだ。髪を伸ばすことを選んだ。足首に輪をはめられることに抵抗しなかった。意識を失うくらい、食事を断った。

そして彼女は畑に歩いていき、薬を大量に飲んで死んだ。

バイブルはスティルトンに言った。「あんたは、あの家にいた娘を知っているようだったな。スターと言ったか？」

アンドレアは携帯電話から顔をあげた。まったく気づいていなかった。

「スター・ボネール。母親がもう何年も彼女をあそこから連れ出そうとしている」

「で？」

「彼女が出たがっているように見えたか？」スティルトンはついに怒ったような口調になった。「どうすればいいのか教えてくれ、保安官補。彼女たちは幼く見えるが、全員、成人だ。大人の女性の集団を無理やり誘拐するわけにはいかない。彼女たちはあそこにいたいんだ」

「スターの母親はどこに住んでいるんだ?」

「町から数キロのところだ。だが彼女はいかれている。彼女は去年、娘をさらおうとした。宿泊小屋の正面に自分のプリウスを止めて、娘の腕をつかんで中から引きずり出したんだ。モーテルには、カルトの洗脳解除者を待たせていた」

「それで?」バイブルが先を促した。

「気がついたときには、おれは不法侵入と誘拐未遂で彼女を逮捕するために農場に呼ばれていた」スティルトンは首を振った。「母親は社会奉仕活動を命じられたが、実刑を食らうことになってもおかしくなかったから、運がよかったんだな。接近禁止命令が出たから、娘に連絡することも近づくこともできなくなっている」

「くそ」バイブルは言った。「手ごわい母親だな」

「まったくだ」スティルトンが応じた。「手に負えないよ。彼女と関われば、娘があんなところに行き着いた理由がよくわかる」

アンドレアには、それを手に負えないと呼ぶべきだとは思えなかった。もしもアンドレアがあの農場のようなところに捕らわれたら、ローラは同じことをするだろう。ただし、ローラは成功するだろうけれど。

バイブルが訊いた。「子供を取り戻そうとした親はほかにもいたのか?」

「おれが知るかぎりではいないし、おれには関係のないことだとはっきり言われているからな」スティルトンの怒りは自己憐憫《れんびん》に代わっていた。「ウェクスラーは短縮ダイヤルに山ほどの弁護士を登録している。あいつらは町を破産させることもできるんだ」

関わらない。あいつらとは関わり合いにならないほうがいい。おれは

アンドレアはこれ以上言い訳を聞いていたくなかった。アリス・ポールセンの写真に視線を戻した。アリスにも母親がいる。自分の娘が自殺に追いこまれたことを知ったら、彼女はどうするだろう？　それがアリスの唯一の脱出手段だったことは、遺体を見ればわかるからだ。クローズアップ写真一枚一枚が、アリスが耐えてきた苦痛を教えていた。いったいどんな動機があれば、こんなふうに自分を飢えさせることができるのだろう？　アリスは農場で働いていた。食べ物に囲まれていた。食べずにいられたとは、とても信じられなかった。つらいだけだとわかっていながら、アンドレアは写真を見ることをやめられなかった。画面をスワイプする。さらに次の写真。

その次の写真で彼女の手が止まった。

スターは携帯電話のロックを解除する必要はなかった。ｉＰｈｏｎｅのロック画面には、パスワードがなくてもアクセスできるアプリがふたつある。ひとつは懐中電灯。もうひとつがカメラだ。

アンドレアは、スターが写した写真をズームした。彼女は黒のカウンタートップに白い

小麦粉を広げ、ある言葉を指で記していた――
助けて。

一九八一年十月二十日

エミリーは、学校の図書室の一区画を全部占めているブリタニカ百科事典で精巣炎について調べた。〝片方もしくは両方の精巣の炎症。たいていの場合、ウイルスかバクテリアが原因で、しばしば不妊をもたらす。〟

次に、ディーン・ウェクスラーの教室を出たあとで書き留めておいたメモを見た。

〝おれは父親じゃない〟と彼は言った。パーティーにあたしを迎えに来たことは認めた。家まで連れて帰るようにナードから電話があったと言った。彼が来たとき、あたしはプールのそばでクレイと喧嘩をしていたと言った。人前で彼を責めたりしたら、痛い目に遭わせると言った。あたしの手首をつかんだ。すごく痛かった。

エミリーは図書室に座り、その意味を見出《みいだ》そうとしながら書かれている文字を見つめていた。これを書き留めたときには全身が震えていたので、普段ならきれいな字もところどころはほとんど読めないほどだ。すぐにはっきりしたことが、ひとつあった。チーズは正しい。重要なことを書き逃していた。

エミリーはひとつ書き足した。

父親ではないと言ったことは本当かもしれないけれど、だからといって彼がなにもしていないということにはならない。そうでしょう？

その後学校にいるあいだ、エミリーはディーンと交わした会話だけでなく、ドクター・シュレーダーに言われた、結婚している女性にしか見られないという〝緩さ〟について考え続けていた。それは嘘だとミセス・ブリッケルは言っていたが、彼女は看護婦でしかない。医者のほうが詳しいに決まっている。嘘をつくことについても、ルールがあるはずだ。

エミリーはノートを閉じて、バッグにしまった。

人通りのない道を歩きながら、空を見あげた。いまが何時なのか、どれくらい外にいるのかもわからない。昨日の朝以降、時間の感覚を失っていた。学校で過ごした時間は霧の中にいるようだった。美術、バンド、化学、英語。体育の時間にリッキーと会って、彼女が打ち明けたかった重要な話というのは、ナードをあきらめるということだとわかった。とはいえそれも、体育の授業が終わって廊下にいるナードを見かけたリッキーが、エミリーが隣にいることをすっかり忘れるまでの話だったけれど。

なにがあったかをリッキーに話してもいいだろうか？

そもそも話したいだろうか？　ミスター・ウェクスラーは、絶対にだれにも話さないとわかっていた。わたしが話すこともないと、彼も考えているだろう。彼につかまれた首に手を当てた。首を絞められたと言ってもいい。息ができなかったのだから。彼と対決してからもう数時間がたつのに、唾を飲むときにはまだ顔が歪んだ。

対決？

それほどひどかった？

学校を出る前にロッカーの鏡をのぞいてみたが、予期していたような指の跡ではなく、首の片側に細い赤い筋が残っているだけだった。いつまでも消えないのは、彼の怒りの記憶だ。自分の暗殺未遂を社会的セーフティネットを骨抜きにするために利用したレーガンの話をするときに感じる怒りではない。自分の人生が危険にさらされているときの怒りだ。ディーン・ウェクスラーは、世界を旅したことで因習打破主義者になったように振る舞っていたが、改革主義はともかく、エミリーの父親と同じで憎しみを抱いているタイプであることに変わりはない。女性を魅力的か太っているか、知性があるか愚かか、自分の時間を割く価値があるか、それともまったくの役立たずかで分類する。すべてを自分でコントロールしていれば、物事の白黒をはっきりさせるのは簡単だろう。ウェクスラーが彼ではないなにかであると信じるほど、あたしは愚かではなかったはずなのに。

エミリーは急いで作った探偵日誌をバッグから取り出した。〝コロンボ捜査〟とタイトルをつけたページを開く。わかったことの要約を百回目くらいに読み直した。

エミリーを迎えに来てほしいとナードがミスター・ウェクスラーに電話をした。ナードはランニングクラブのキャプテンだったから、ミスター・ウェクスラーの電話番号を知っていたというのは筋が通る。パーティーにいた人間は全員がハイになっていた。ミスター・ウェクスラーは彼らに罰を与えることも、もちろん通報することもしないとわかっていた。彼は車を持っている。エミリーを連れ出すことができた。彼女がクレイと喧嘩をしていたのならなおさら簡単だっただろう。

クレイとの喧嘩というのも、エミリーの記憶にはないことだった。

結社の中でささいな喧嘩はしょっちゅうあったが、エミリーがその当事者であることは滅多になかった。たいていの場合彼女は、場を丸く収める仲裁役だった。クレイが関わっているときには特に。彼女がクレイに反論した回数は片手で数えられるくらいだったし、それもなにかとても重要な場合だけだった。州外の車からの盗みを繰り返すことを拒否した。チーズのひどい扱いをやめるか、せめて無視するだけにしようと言い張った。クレイにプールに突き落とされたときには、激怒した。

パーティーの記憶を意識に浮きあがらせようとした。クレイがまたあたしをプールに落としたの？　エミリーは泳ぎが上手だったが、自分の体のコントロールを失う感覚は嫌いだった。プールの縁を歩いていたと思ったら、次の瞬間には宙を飛んでいたという記憶は恐ろしいものだった。

リッキーの緑色のワンピースは濡れていなかったから、エミリーは首を振った。それとも、乾燥機で乾かしたんだろうか？　ひょっとしたら、乾燥機から取り出したワンピースをあわてて着たから、うっかりして裏表にしてしまった？

そして下着をつけるのを忘れた？

つけていなかったのはパンティーだ。ブラジャーではなく。

それに太腿がべたべたしていた。そのことをずっと考えていると、歩いているときに腿がこすれるようなあの感触が戻ってくるようだった。

エミリーの胃がもぞもぞした。もう一度ノートを見た。最初に書いた文字が、ページのいちばん上にあった。

クレイ。

コロンボならいまこの瞬間にもモロウの家に向かっていただろうが、エミリーはその日の学校ですら、クレイと言葉を交わすことができずにいた。重要な話など、とんでもなかった。だれかに告白させることが彼女の計画なのだとしたら、チーズの助言どおりにするべきだろう。あの場にいた人たちと話をする。なにか一致しないことがあれば、だれかが嘘をついているということで、だれかが嘘をついているとすれば、それはなにかを隠しているということだ。

始めるのなら、もちろんリッキーからだ。彼女はなにも考えずに喋ると、ブレイクがいつもからかっていた。彼女の頭に浮かんだことは、なんであれ口から出てくる。先週の今頃であれば、リッキーは世界でいちばんの友だちだとエミリーは言っていただろう。いまは、リッキーは兄とナードを守るためなら——その順番ではないかもしれないが——できることはなんでもすると直感で悟っていた。

背後でクラクションが鳴った。車を運転していたのがビッグ・アルだったので驚いた。腕時計を見ると、五時前だった。アルは、夕方の書き入れ時に間に合うように店に行けそうもない。エミリーは考え事に没頭していたせいで、ブレイクリーの家の前を通り過ぎていた。

きびすを返し、通りを戻った。リッキーとブレイクの両親のものだった濃い茶色の乱平面造りの家に近づくにつれ、足が重くなっていった。息子とその妻が船の事故で死んだあと、ビッグ・アルはこの家に越してきた。息子夫婦とはそれほど親しくなかったから、その後の暮らしは簡単ではなかった。祖父と孫たちが、家族というよりは気乗りしないルームメイトのように振る舞っていることに、エミリーはいつも驚かされていた。

彼女自身の家族が模範例というわけではないけれど。

ブレイクリーの家は険しい丘の頂上にあった。これまではのぼり坂もまったく苦にならなかったけれど、いまはガレージまでたどり着いたときには息を切らしていた。そこから方向を変えてとんでもなく急な階段をのぼりはじめたものの、二番目の踊り場で休憩しなくてはならなかった。気がつけば、老婦人のように手で背中を押さえていた。それとも、若い妊婦のようにと言うべきだろうか。自分の体の中でなにが起きているのか、いまもまだよくわかっていない。ドクター・シュレーダーに診断されるまで、お腹の風邪にかかったか、なにか悪いものを食べたのだろうと思っていたのだ。ありとあらゆる言い訳を考えた。

いまはもう言い訳はできない。

自分のお腹を見おろした。この中で赤ん坊が育っている。本物の人間。あたしはいったいどうすればいい？

「エム？」リッキーが網戸を開けた。エミリーの心の内と同じくらい、彼女はひどい有様だった。川のように涙が頬を伝っている。鼻水が垂れている。頬には赤い斑点ができていた。

まず感じたのが怒りだったことをエミリーは恥ずかしく思った。エミリーの人生が粉々になりかけているいま、ナードのどうということのない態度に傷ついてしくしく泣いているリッキーの話を聞かされるのは耐えられなかった。

ひどく身勝手ではあったけれど。

「リッキー」エミリーは言った。「どうしたの？」

「アル――」リッキーは言葉につまった。エミリーの手をつかみ、家の中へと引っ張りこむ。「たったいまアルから聞いたの——ああ、エム、あたしたちどうすればいいの？」エミリーは出窓の下に置かれた張りぐるみのソファにリッキーを連れていった。「リッキー、落ち着いて。どうしたの？　なにがあったの？」

リッキーはエミリーにもたれかかった。エミリーの膝に頭をのせた。体を震わせている。

「リック」ブレイクはどこだろうと思いながら、エミリーはキッチンに続く階段に視線を向けた。「大丈夫よ。なにがあったのかは知らないけど、きっと——」

「大丈夫じゃない」リッキーがぽつりと言った。顔をあげてエミリーを見た。「お金がなくなったの」

「なんのお金？」

「訴訟のお金。あたしたちが大学に行けるように信託されているはずだったのに、アルが使っちゃったの」

エミリーは信じられずに首を振った。アルは不愛想で無礼なことも時々あるけれど、自分の孫から盗むようなことはしない。

「あたしたち、ここから離れられないんだ」リッキーが言った。「ずっと」

「それって……」エミリーはなにがあったのかを理解しようとした。筋が通らない。彼女は判事の娘だ。信託財産に厳しい制約があることは知っている。思いつきで引き出すことはできない。それに——失礼なことを言うつもりはないが——ブレイクリー一家が暮らす家は立派とは言えない。アルが運転しているトラックは、双子よりも年上だ。

エミリーはリッキーに訊いた。「アルはなにに使ったの？」

「店」

エミリーはソファの背にもたれた。数年前、軽食堂はほぼ全焼した。アルはそれを再建した。どういう手段を取ったのか、エミリーはようやく理解した。

リッキーは言った。「レストランはあたしたちの――あたしたちが受け継ぐ財産なんだってアルは言うの。あんなばかみたいなところであたしたちが働きたがっているって、アルは思っているんだよ、エム。あたしたちにできるのは、ボルチモアから来たデブで金持ちのろくでなしのためにミルクシェイクを作ることくらいだって、考えているんだ」

エミリーは唇を嚙んだ。先週ならリッキーの怒りにうなずけただろうが、いまの彼女は自分以外の人間の責任を負うことの意味を理解していた。今後エミリーがくだすあらゆる決断は、彼女の中で育っている子供にとってプラスかマイナスのどちらかになるのだ。あの店は今後も続けていくことができるし、利益も生んでいる。大学は大事だが、食べるものと寝るための場所を確保するためのお金も大事だ。

「奨学金を申しこむには遅すぎる」リッキーが言った。「学資援助も受けられない。アルがお金を稼ぎすぎているから。少なくとも、書類上はそうなっているから」

「それって――」エミリーはなにを言えばいいのかわからなかった。アルの味方をしている自分に気づいて、少し怖くなった。「気の毒に」

「おじいちゃんは、あたしたちよりあのばかみたいな軽食堂のほうが大事なんだよ」

「一年働いて、お金を貯《た》めたら？」

リッキーはぎょっとしたように体を起こした。「どこで働けって？　からかっているの？」

「ごめん」エミリーは咄嗟《とっさ》に謝っていた。リッキーは普段から気まぐれだが、この怒りは無視できない。「あんたはジャーナリスト志望だよね。新聞社でインターンをするとか、それとも――」

「うるさい！」リッキーが叫んだ。「あんたってアルよりひどいよ。わかってる？」

「あたし――」

「あたしを子供扱いする不機嫌なじいさんたちにコーヒーを運べって言うの？　あたしにはジャーナリズムの学位が必要なんだよ、エミリー。使い走りの娘なんて、だれも尊敬してくれない。あたしには教育が必要なの」

ジャーナリズムの学校でなにを教えているのかエミリーは知らなかったが、新聞社で実際に経験を積むのが悪いことだとは思えなかった。「でも、少しずつ地位を築いていけば――」

「地位を築く？」リッキーの声が甲高くなった。「エミリー、あたしの親は死んだんだよ！

どこかのチャーター便が規則を守らなかったせいで、殺されたの」

「それは知ってる。でも――」

「でも糞もない！」リッキーは声を張りあげた。「冗談じゃないよ、エム。あたしの親は、あたしがむかつくじいさんたちに見下されるか、それとも観光客に見下されるかを選ばせるために死んだわけじゃないんだ」

「どっちにしたって、見下されるんだって！」エミリーは自分でも驚いたことに、大声で叫んでいた。「どうしたって、あの人たちはあんたを尊敬したりしないよ、リッキー。そんなことはしない」

リッキーはショックのあまり黙りこんだ。

「だれもあんたを尊敬することはないの」エミリーの頭の中に、母親の自信に満ちた警告の言葉が響いていた。「あんたはそこそこの成績と立派なおっぱいを持った、ビーチリゾートの町の人間っていうだけ。そのどれひとつとして、尊敬に値しないの」

リッキーのショックが弱まることはなかった。見知らぬ人を見るような目でエミリーを眺めている。「自分を何様だと思ってんの？」

「あんたの友だち。あたしはただ、あんたなら切り抜けられるって言ってるだけ。大変だろうけれど、でも――」

「大変？」リッキーはあからさまに笑った。「判事の娘のあんたみたいに？　銀のスプーンでも喉につまってんの？」

「そんなつもりじゃ——」

「あんたは甘やかされた嫌な女だよ」リッキーは腕を組んだ。「あんたにとっては、なんだっていたって簡単なんだろうね。現実の世界で生きることをなにひとつ知らないんだから」

エミリーは自分の喉が動くのを感じた。「あたしは妊娠してる」

リッキーの口があんぐりと開いたが、今回ばかりは声にならなかった。

「あたしも大学には行けない。最終学年を終わらせることができたら、ラッキーだろうね」これまでも考えていたことではあったが、実際にその言葉を耳にすると、たとえ自分の声であっても死刑宣告のように聞こえた。「議会のインターンシップは取れない。多分仕事も見つからない。だって家でおむつを替えて、赤ちゃんの世話をしなきゃいけないから。赤ちゃんが学校に行くくらい大きくなっても、だれが未婚の母を雇ってくれる？」

リッキーの口が閉じ、再び開いた。

「先月のパーティーを覚えている？」エミリーは尋ねた。「だれかがあたしになにかをしたの。あたしをもてあそんだ。そしてあたしはこれから一生、そのつけを払うことになる」

リッキーは首を振った。最初の反応はエミリーと同じだった。「あの子たちはそんなことをしない。あんたは嘘をついてる」

「それならだれだっていうの？　ねえ、リッキー、だれなのかを教えてよ」

リッキーは首を振り続けている。「彼らじゃない」

エミリーは同じ言葉を繰り返すしかなかった。「じゃあ、だれ？」

「だれって？」リッキーの動きが止まった。エミリーの目を見つめる。「だれだろうね、エム。だれであってもおかしくないんだから」

今度はエミリーが言葉を失う番だった。

「パーティーで妊娠したかどうかなんて、わからないんでしょ」リッキーは腰に手を当てた。「ただ彼らのうちのだれかを捕まえたくて、そんなことを言っているだけなんだ」

リッキーがそんなことを考えていたことに、ましてや口に出して言ったことに、エミリーは茫然《ぼうぜん》とした。「あたしはそんなこと――」

「あんたはいつもほかの男の子たちと話をしてるじゃない。たとえばあんたの壊れた玩具。二年続けて、夏はメロディとバンドのキャンプに行ったよね。ディベート・クラブ。美術展。昨日は一日中姿が見えなかった。ことによると、町の半分の男とやっていたのかもしれない。今朝はチーズと一緒にいたよね。あいつ、怯えたネズミみたいに駆けだしていった」

「まさかチーズとあたしが――」

「あんたはいつもお高く留まってたけど、あたしたちがいないところでなにをしてたのかなんて、だれにもわからないよね?」

「なにも」エミリーはささやくような声で応じた。「なにもしてない」リッキーは立ちあがり、一歩ごとに興奮状態を募らせながら、部屋の中をうろうろと歩きはじめた。「ナードかブレイクに責任を取らせようって考えているの? それともクレイに? それが望みなんだよね? クレイは十年もあんたを無視していたけど、あんたはようやく彼を捕まえる方法を見つけたっていうわけだ」

「あたしがだれかを捕まえようとしているなんて言うのはやめて」エミリーも立ちあがった。「そんなの嘘だってわかっているくせに」

「あたしは嘘は言わないよ。クレイを一緒に引きずりおろそうっていうのがあんたの計画なら、無駄だから。ほかのふたりもあんたの味方はしないよ」

「あたしは――」エミリーは言葉を切って、唾を飲んだ。「あたしはクレイと結婚なんてしたくない。そんなこと――」

「あばずれ」リッキーは吐き捨てるように言った。そのとき、なにかに気づいたように彼女の目がきらめいた。答えがわかったと思ったらしい。「ナードを狙っているんだね?」

「え?」

「あんたはいつだって楽な道を歩いてる。あんたにとって楽なら、だれが傷つこうとどうでもいいんだ」

「え？」

「あんたは楽してるって言ったんだよ！」リッキーは怒り狂って、口から唾を飛ばしていた。「あんたのパパはもう彼らと話をつけたんだろうね。いつだって金持ちは互いの尻を拭い合うんだから。いくらで片をつけたわけ、エミリー？　それともDCの社交界に入るための許可証だった？　あんたのママが彼を不起訴にするとか？　ナードの人生をめちゃめちゃにするために、あんたのパパはどれだけ賄賂を贈ったの？」

エミリーは自分の耳が信じられなかった。「そんなこと——違う。そんなことにはならない。あたしの親はそんなこと——」

「あんたは能天気なポリアンナだよ！　するに決まってるじゃない！　大事なかわいい娘に心地いい人生を送らせるためにあんたの親がひどい目に遭わせた人間のことなんて知りもせずに、あんたは肩に青い鳥をのせて楽々と人生を漂っていくんだ！」リッキーは狂乱状態に見えた。「あんたがもう純潔な天使じゃないってわかって、親はなんて言った？」

エミリーは答えようとして口を開いたが、リッキーが先んじた。

「当ててみようか。パパはにらみつけて、文句を言って、ママは解決策を提案した」

エミリーは裏切られた気がした。リッキーの推測が当たっていたのは、これまであったことを幾度となくエミリーが打ち明けていたからだ。

「処置できないんだよね？　あんたのママがレーガンのショートリストに入っているから。そんなことをしたら、台無しだもんね」リッキーは苦々しげに笑った。「あんたを見本として使うんじゃない？　公営住宅で暮らす若くて貧しい黒人の妊婦は、ヴォーン家の正しい先例に従うべきだ。なぜなら、彼らの甘やかされた身持ちの悪い娘も同じ状況にいるからだって」

その言葉は真実にとても近かったから、ぐさりとエミリーに突き刺さった。

「勇敢なエミリーは妊娠中絶反対派《プロライフ》」リッキーは、フランクリンのカントリークラブの友人をからかうときの口調で言った。「ビーチから三キロの百万ドルの家で子守と一緒に暮らせるなら、そう言うのは簡単だよね」

エミリーはようやくつぶやいた。「それって、不公平だよ」

「あたしとブレイクの身に起きたことは公平だって言うの？　そして、あんたはもっと悪い知らせを持ってうちに来たって言いたいわけ？　いいことを教えてあげるよ、エミリー。これでなにもかも解決！　くたばっちまえ！」

最後の言葉が、エミリーの耳の奥でサイレンのように響いていた。これまでもリッキーが激怒したところを見たことがある。彼女がどれほど冷たくなれるかはわかっていた。リッキーは、まるで癌のように自分の人生から人を切り離す。いまエミリーに同じことをしようとしていた。

「あんたはばかなあばずれだよ。すべてを台無しにした」

「リッキー……」エミリーは言いかけたが、その先はないことを感じていた。終わりだ。結社は消えた。エミリーのいちばんの親友はいなくなった。もうだれもいない。なにもない。

彼女の中で育っている〝これ〟以外は。

「出ていって」リッキーはドアを指さした。「あたしの家からさっさと消えてよ、尻軽女」

エミリーは自分の頬に触れた。涙が流れているかと思ったのに、そこにあったのは恥ずかしさで熱くなった肌だった。自分で蒔《ま》いた種だ。リッキーは正しい。あたしはみんなの人生をめちゃめちゃにした。結社は終わった。いまのあたしにできるのは、彼らを引きずりこまないようにすることだけ。

「出ていけ！」リッキーが叫んだ。

エミリーはドアに向かって走った。急な階段でつまずいた。そこで足を止めた。

ブレイクが階段のいちばん下に座っていた。指のあいだに煙草をはさんでいる。エミリーをちらりと見た。「おれが結婚するよ」

エミリーはなにを言えばいいのかわからなかった。

「そんなに悪い話じゃないだろう？」彼は立ちあがって、エミリーを見つめた。「おれたち、いつもうまくやっていたじゃないか」

彼の表情は読めなかった。冗談を言っているの？　それとも自白している？

ブレイクは彼女がなにを考えているのかわかっていた。「おれじゃないぜ、エミー。パーティーで起きたんだったらな。ほかのときでもだ。自分のチンコがなにをしたかくらいは、覚えているさ。おれにくっついているんだからな」

エミリーは私道の向こうの木に一羽の鳥が留まるのを眺めた。これもまた、純潔と一緒に失ったものだ。以前はだれも、彼女の前で汚い言葉を使うことはなかった。いまではだれもが使うみたいだ。

「どっちにしろ、おれはパーティーではぐでんぐでんだった。上の階のバスルームでぐっすり寝こんでね。ナードは鍵を壊さなきゃならなかったんだ。おれは赤んぼみたいに漏らしていたらしい。まったくわけがわからないよ。便器はすぐそこにあったのにな」

エミリーは唇を結んだ。コロンボ捜査のことを考えた。家に着いたときブレイクとナードはまだ中にいたと、ミスター・ウェクスラーは言っていた。ブレイクも同じことを言っている。ふたりの話が一致したなら、ふたりはおそらく本当のことを言っている。だとすると、エミリーとふたりきりになった唯一の人間はクレイだということになる。

「ほら」ブレイクはコーヒー缶に煙草を落とした。ガレージを頭で示す。エミリーは無力感に襲われて、彼のあとをついていくことしかできなかった。未完成の壁にはロックバンドのポスターが貼られている。卓球台と古いソファとブレイクとリッキーの両親のものだった巨大なハイファイ装置のシステムが置かれていた。結社の仲間たちは数えきれないほどの時間を、ここで煙草を吸ったり、酒を飲んだり、音楽を聞いたり、どうやって世界を変えるかを語り合ったりして過ごした。

そしてエミリーは、ロングビル・ビーチに永遠に閉じこめられる。アルのせいで、ブレイクとリッキーは大学に行けない。ナードはペンシルベニアで一年ももたないだろう。クレイだけが、この狭苦しい町から出ていく。それは、太陽が東からのぼって西に沈むのと同じくらい、起こるべくして起こることのように思えた。

エミリーは言った。「あんたとは結婚できない。あたしたち、愛し合っているわけじゃないし。それにあんたじゃないなら――」

「おれじゃない」ブレイクはソファに腰をおろした。「おれがそんなふうにおまえを見ていなかったことは、わかっているはずだ」

そうではないことをエミリーは知っていた。二年前、町の路地で彼にキスされたことがある。気まずくなるようなまなざしをこちらに向けている彼に気づいたことも何度かあった。

「座って」ブレイクは、エミリーが隣に腰かけるのを待って言った。「考えてみないか、エム。おれたちどっちにとっても、悪いことじゃない」

エミリーは首を振った。とても考えられない。

「おまえは体面を繕えるし、それに……」彼は手を大きく広げて肩をすくめた。「おまえの両親は、義理の息子を大学に行かせたいと思うだろうしな」

エミリーは首筋の毛が逆立つのを感じた。父親が銀行家なのはナードだが、昔から計算高かったのはブレイクだ。彼はいつも頭のなかで損得勘定をしていた。おまえのためにこれをしてやるから、お返しにおれのためになにかをしてくれ。

エミリーは尋ねた。「あたしはどうなるの？　家にいてクッキーを焼くわけ？」

「悪い人生じゃないだろう」

エミリーは笑った。それは彼女が考えていた人生ではない。フォギー・ボトムで暮らすつもりだった。上院議員のインターンをするつもりだった。弁護士になるつもりだった。夫と子供のためにクッキーを焼くとしても、それは法廷で議論したり翌日の動議の準備をしたりする合間にやるべきことだった。

「落ち着いて考えてみろよ」ブレイクは言った。「おまえも大学には行ける。もちろん行けるさ。ただ、キャリアを積むのは無理だ。おまえの親がおれに期待するような未来は」

エミリーは彼の冷徹な計算に衝撃を受けた。「どんな未来だっていうの？」

「政界だよ、もちろん」彼は肩をすくめた。「おまえの母親はこの政権でなにかの地位につくだろう。おれたちふたりがいい暮らしをするために、それに便乗してなにが悪い？」

エミリーは足元を見つめた。いままでにも考えていたことなのだろう。エミリーの妊娠はまたとないチャンスなのだ。「あたしの親が共和党だってことを忘れてる」

「それがなんだっていうんだ？」エミリーが顔をあげると、ブレイクはまた肩をすくめてみせた。「政治的イデオロギーなんてものは、権力のレバーをこじあげるてこの支点にすぎないのさ」

エミリーはソファの上で座り直した。いまの言葉は受け入れられない。「つまりあたしは、あんたに操作されるてこの支点だっていうこと？」

「メロドラマみたいなことを言うなよ」

「ブレイク、あんたは政治家としての一歩を踏み出すために、あたしと結婚して、あたしの子供の父親になるって言っているんだよ」

「利点があることを忘れてるんじゃないか？　おれたちはどっちも困った状態にある。おれたちはどっちも、もっといい人生を送りたいと思っている。それにおれはおまえをそれほど嫌だとは思っていない」

「ずいぶんロマンチックだこと」

「いいじゃないか、エミー」ブレイクは彼女の髪を撫でた。「おれたちはうまくやれる。だれも傷つかない。みんな友だちのままでいられるんだ」

友だちという言葉に許可を得たかのように、涙がこぼれはじめた。彼の申し出は、確かに解決策だと言える。結社の仲間たちが他言することはないだろう。ブレイクの論理的な説明を聞いて、リッキーの怒りはあっさりと溶ける。ナードは問題を回避したと冗談を言い、クレイは彼らから遠く離れたところで、刺激に満ちた新たな人生を始める。そしてエミリーは愛してもいない少年と結婚する。彼女を目的を達成するための手段としてしか見ていない少年と。

「エミリー」ブレイクが体を寄せてきた。耳に彼の息がかかる。「な、そんなに悪い話じゃないだろう？」

エミリーは目を閉じた。涙がじわりとこぼれた。来年、そしてその後の数年の姿が、花が咲くように頭の中で開いた。あたしは、だれもが感心するいい子に戻る。ブレイクは大学に行き、政治的な将来への足がかりをつかむ。リッキーが言ったとおりになる――ヴォーン家のお金があたしを困難な状況から救い出す。

あっさりと。

「エミー」ブレイクの唇が彼女の耳をかすめた。彼はエミリーの手を取ると、自分の股間へと持っていった。

エミリーの体がすくんだ。固くなったその形がわかった。

「そうだ、いいね」ブレイクは彼女の手を動かした。耳に舌を差し入れる。

「ブレイク！」エミリーは彼の名を叫びながら、手を引いた。「なにしてるの？」

「なんだよ」彼はソファにもたれた。大きく脚を開いている。ズボンの前面がテントのように張り出していた。「どうしたっていうんだ？」

「あんたこそどうしたのよ？　いったいなにをしてるの？」

「なにをしてるかなんて、わかりきっていると思うけどな」ブレイクはポケットから煙草を取り出した。「いいじゃないか、もう一度妊娠するわけじゃなし」

エミリーは喉に手を当てた。心臓がばくばくしているのが感じられた。

ブレイクはライターをさっと振って開いた。「はっきりさせておくよ、マイ・ガール。おれは雌牛を買ったら、牛乳だけで満足するつもりはないからな」

エミリーは彼が煙草に火をつけるさまを眺めた。そのジッポーのライターは、彼の十六歳の誕生日に彼女が贈ったものだった。リッキーに盗まれないように、追加料金を払って横に彼のイニシャルを彫ってもらった。

エミリーは言った。「あんたは怪物よ」

「おれは、おまえの二番目にいい選択肢だよ」エミリーが戸惑ったような顔をしているのを見て、彼は笑って言った。「かまととぶるなよ、エミリー。いちばんいいのは、そいつをトイレに流してしまうことさ」


（下巻へつづく）

訳者紹介　田辺千幸

ロンドン大学社会心理学科卒、英米文学翻訳家。主な訳書にスローター『ざわめく傷痕』『凍てついた痣』『グッド・ドーター』『罪人のカルマ』『贖いのリミット』(以上、ハーパーBOOKS)、ロボサム『誠実な嘘』(二見書房)、ボウエン『貧乏お嬢さまの困った招待状』(原書房)がある。

ハーパーBOOKS

忘《わす》れられた少女《しょうじょ》 上

2023年1月20日発行　第1刷

著　者　カリン・スローター

訳　者　田辺千幸《たなべちゆき》

発行人　鈴木幸辰

発行所　株式会社ハーパーコリンズ・ジャパン
東京都千代田区大手町1-5-1
03-6269-2883(営業)
0570-008091(読者サービス係)

印刷・製本　中央精版印刷株式会社

この書籍の本文は環境対応型の植物油インクを使用して印刷しています。

ISBN978-4-596-75988-7